TOUJOURS PAS FINI...

SÉRIE « L'ART DE LA VENGEANCE »
TOME 3

DAN PETROSINI

DAN PETROSINI
MYSTERY & SUSPENSE AUTHOR
www.danpetrosini.com

ISBN (édition imprimée) : 978-1-960286-64-2

Imprimé à Naples (Floride), USA

LIVRES DE DAN PETROSINI

Art Of Payback

Course à la vengeance

Bien au-delà de la vengeance

Toujours pas fini...

Autres œuvres de Dan Petrosini

L'Ennemi final

Témoin complice

Résistance

La Falaise de l'ambition

PARTIE I

QUATORZE ANS PLUS TÔT

Assassiner — verbe transitif : tuer une personne illégalement et sans justification, avec intention malveillante et préméditée.

1

« 911, QUELLE EST VOTRE URGENCE ? »

Tyler Crane a dit : « Ma mère a besoin d'aide ! »

« Que lui arrive-t-il ? »

« Elle est par terre et il y a du sang partout. J'ai essayé de la relever, mais elle ne se relève pas. »

« Nous envoyons une ambulance et des voitures de patrouille. »

« Vite ! Vite ! »

« Êtes-vous au 9943 Hunters Road ? »

« Oui, c'est notre maison. Dépêchez-vous ! »

« Restez en ligne avec moi. Êtes-vous en danger ? »

« Non. Ce n'est pas moi, c'est ma mère. »

« Je comprends. Y a-t-il quelqu'un d'autre sur place ? »

« Non. Personne. »

« D'après vous, que s'est-il passé ? »

« Quelqu'un l'a poignardée. »

« Est-ce qu'elle respire ? »

« Non. Je ne crois pas. Vite, s'il vous plaît. »

« Essayez de vous calmer et je vais vous guider pour pratiquer la RCP. »

« Je ne sais pas quoi faire. »

« Ce n'est pas grave, je vais vous aider. »

L'opérateur a guidé Tyler pendant qu'il essayait de réanimer sa mère.

Tyler a dit : « Ça ne marche pas ! »

« Ce n'est pas inhabituel. Restez calme, on recommence. »

L'opérateur est resté avec Tyler pendant qu'il essayait d'obtenir une réaction de sa mère.

« Elle ne respire pas ! Qu'est-ce que je dois faire ? Aidez-moi ! »

« Êtes-vous sûr de faire correctement les compressions ? »

« Je crois, oui. »

« Utilisez les deux mains, placez-les au centre de sa poitrine. Assurez-vous que vos coudes sont verrouillés et appuyez. N'ayez pas peur de lui faire mal. Si c'est le cas, on pourra y remédier. Sa poitrine doit s'enfoncer d'au moins cinq centimètres. »

« Cinq centimètres ? »

« Oui. Vous devez faire beaucoup de compressions, environ cent par minute, mais assurez-vous que sa poitrine revient à sa position normale avant la suivante. »

« J'entends des sirènes, ils arrivent. »

Une voiture de patrouille du shérif du comté de Collier s'est arrêtée dans un crissement de pneus devant la maison de Livingston Estates.

Tyler Crane a couru jusqu'à la porte d'entrée et l'a ouverte d'un coup. « Par ici ! »

Un agent en uniforme a trottiné jusqu'à la porte d'entrée.

« Y a-t-il quelqu'un d'autre à l'intérieur, à part votre mère ? »

« Non, elle est dans la cuisine, par terre. »

« Restez dehors jusqu'à ce que je vous appelle. »

En entrant dans la maison, l'agent Goodwin a posé la main sur son étui. « Police du comté de Collier ! »

Il a traversé la salle familiale pour gagner la cuisine. À côté de l'îlot, le corps d'une femme était étendu. Sa chemise jaune était souillée de plusieurs larges taches rouges.

Goodwin s'est agenouillé et a pris son pouls au cou. Elle était froide au toucher. L'agent a estimé qu'elle était morte depuis plusieurs heures.

« L'ambulance est là ! »

Goodwin s'est relevé et est allé jusqu'à la porte.

Tyler a dit : « Est-ce qu'elle va s'en sortir ? »

Évitant le regard du gamin, Goodwin a dit : « Attendons de voir ce que diront les secouristes. »

Il a dirigé les ambulanciers vers la cuisine au moment où une berline sombre s'est arrêtée. Le détective de la brigade des homicides Mark Donovan est sorti de la voiture banalisée tandis qu'une autre voiture de patrouille arrivait.

Goodwin s'est approché du détective Donovan et l'a mis au courant. Donovan a dit : « Établissez un périmètre. Voyez si le garçon a un père et trouvez quelqu'un — un voisin, n'importe qui — pour rester avec le gamin. »

« Il a dit qu'il avait appelé son père, mais qu'il est à une heure d'ici. »

« Alors, voyez avec un voisin. »

« Je vais rester avec le gamin. »

Donovan lui a tendu les clés de sa voiture. « Mettez le garçon dans ma voiture. J'ai besoin de voir la scène de crime avant de lui parler. »

Il a commencé à se diriger vers la maison, puis s'est ravisé. « Mettez le gamin dans la voiture et garez-la dans l'allée. »

Donovan a disparu à l'intérieur. Le détective s'est arrêté à l'entrée de la cuisine. Debout, deux ambulanciers discutaient. Un pied nu dépassait du coin de l'îlot.

Donovan a demandé : « Elle est décédée ? »

Ils ont hoché la tête de gauche à droite, et le technicien le plus grand a dit : « Elle est décédée depuis un moment. »

« D'accord. Vous pouvez vous retirer. »

Pendant que les secours rangeaient leur matériel, Donovan a mis des surchaussures et des gants, puis a contourné l'îlot. Le corps était affalé, face contre terre. Elle ne portait pas de soutien-gorge, seulement un T-shirt et un bas de survêtement fin. Il semblait qu'il y ait au moins trois sources distinctes à la mare de sang dans laquelle elle gisait.

Le détective a sorti son portable et a demandé la venue du médecin légiste et d'une unité de police scientifique. Il a remis le téléphone dans sa poche et s'est agenouillé près du corps. Il a touché la joue de la femme du dos de la main gantée.

La peau était ferme et froide, et les bras étaient couverts de plaies de défense. Elle s'était débattue, mais son agresseur avait eu le dessus. Donovan pensait que l'agression était personnelle.

Donovan s'est relevé et a examiné la cuisine. La cafetière semblait inutilisée. Aucune tasse sur le plan de travail ni dans l'évier. Il a ouvert le lave-vaisselle. Deux boîtes en plastique et quelques ustensiles attendaient d'être lavés.

Il l'a refermé et a balayé du regard le plan de travail. Une fente du bloc à couteaux était vide. Donovan a tiré un couteau et l'a examiné. La victime avait-elle surpris un intrus qui s'était servi du couteau contre elle ?

Il a regardé la baie coulissante qui donnait sur un petit lanai grillagé. Il a contourné la table de cuisine et a tiré sur la poignée de la porte coulissante. Elle a glissé. Il est sorti. Une chaise longue, une table de bistrot et des chaises occupaient l'espace.

Donovan s'est approché de la porte moustiquaire : elle n'était pas verrouillée. Une étroite bande de pelouse servait de tampon avant une réserve boisée. Il a fait le tour de la maison ; il n'y avait aucune trace d'effraction.

Donovan s'est avancé jusqu'au bord de la propriété et a scruté les bois. Le tueur était-il entré ou sorti par là ? Décidé à vérifier sur quoi donnait l'arrière de la maison, il est rentré.

L'appareil photo en bandoulière, le photographe du service est entré dans la cuisine. « Vous allez bien, Donovan ? »

« Je préférerais vraiment ne pas être ici. »

« Je comprends. »

« Mettez des surchaussures et ne touchez à rien. »

« Entendu. »

« Le médecin légiste et la police scientifique sont en route. Je sors pour parler au gamin qui a trouvé la victime. »

Donovan a contourné le brancard que les ambulanciers faisaient rouler dans la maison. Il est allé droit à un sac à main posé sur une table. Il a fouillé le sac, en a tiré le portefeuille et en a extrait un permis de conduire. La victime était Ana Crane, âgée de quarante-deux ans. Il a tout remis en place et est sorti.

Un petit groupe de curieux s'était rassemblé au périmètre de cette maison isolée. Une camionnette de WINK News était garée de l'autre côté de la rue.

Donovan a gardé la tête baissée en retirant ses gants. Il a ouvert la porte de sa voiture et s'est installé sur la banquette arrière à côté de Tyler Crane. L'agent Goodwin est sorti de la voiture et Donovan a dit : « Hé, champion. »

Tyler a demandé : « Comment va ma mère ? »

Il a cherché ses mots. « Ils sont en train de s'occuper d'elle. »

Le gamin a désigné l'extérieur par la fenêtre. « Mais les ambulanciers s'en vont. »

Donovan a regardé le gamin droit dans les yeux. Il a vu le fil de l'espoir s'effilocher et a posé la main sur l'épaule du garçon. « Je suis désolé, champion, mais euh... votre maman n'a pas survécu. »

Le menton de Tyler a tremblé. D'un revers de la main, il s'est essuyé la lèvre supérieure et les larmes se sont mises à couler. Donovan lui a frotté le dos et, au bout de quelques minutes, ses sanglots se sont apaisés.

Donovan a dit : « Je suis vraiment désolé, champion. Mais maintenant, il faut qu'on soit forts. On doit attraper la personne qui a fait ça. »

Tyler a hoché la tête.

« Vous avez quel âge ? »

Tyler a redressé les épaules. « Je viens d'avoir dix ans. »

« Eh bien, vous êtes très mûr pour dix ans. »

Tyler a souri.

« Si vous vous en sentez capable, j'ai quelques questions à vous poser. »

« Je peux parler. »

« Vous en êtes sûr ? »

« Ouais. »

Le détective a sorti un carnet. « Vous êtes rentré à quelle heure ? »

« Disons, quelques minutes avant que j'appelle les secours. »

« Vous étiez où avant de rentrer ? »

« On est allés à Universal Studios hier et on est revenus ce matin. »

« Vous y êtes allé avec qui ? »

« La mère de Drew nous a emmenés, Jimmy et moi. »

« Leur nom de famille ? »

« Brandenberg. »

Donovan l'a noté et a dit : « L'autre agent m'a dit que votre père était en route. »

« Ouais, il arrive de chez un ami. »

« C'est où, ça ? »

« Euh, je ne suis pas sûr, mais après Fort Myers, je crois que c'est à Port Charlotte. »

« Votre mère n'est pas partie avec lui ? »

« Non, ils sont divorcés. »

« Et vous vivez avec votre mère ? »

« Ouais, mais Papa habite, genre, dans la rue d'à côté. Ça va, ce n'est pas si mal. »

« C'est bien. Mes parents ont divorcé quand je suis sorti de l'académie. Ça fait combien de temps que les vôtres sont divorcés ? »

« Environ deux ans. »

« Vous savez si votre mère avait des ennemis ? »

« Non. Tout le monde aimait Maman, elle est... était... la meilleure. »

Le visage de Tyler s'est décomposé. Donovan a passé un bras autour de lui et l'a serré contre lui.

2

LE DÉTECTIVE DONOVAN A ATTENDU QUE LE DR BILOTTI termine son appel. Le médecin légiste a raccroché et Donovan a dit : « Je ne vous prendrai pas trop de temps, Docteur. Je veux juste savoir ce que l'autopsie d'Ana Crane a révélé. »

« Elle a été poignardée à plusieurs reprises — je crois que c'était sept, pour être précis — mais un coup lui a tranché l'aorte, ce qui l'a vidée de son sang. »

« Vous avez récupéré quelque chose sous ses ongles ? »

« Malheureusement, non. Elle avait des blessures de défense, mais ne semblait pas avoir touché son agresseur. La victime avait un hématome au-dessus de l'oreille droite, qui pourrait avoir été causé par un poing ou par un objet, sans qu'il ait été manié avec une force excessive. Il se peut qu'elle ait été sonnée par le coup, ce qui l'a rendue incapable de résister à son agresseur. »

« Et pour l'heure du décès ? »

« Je la situerais entre 23 h et 3 h. »

« Avait-elle quelque chose dans l'organisme ? »

« Nous effectuons un bilan toxicologique, mais aucune trace d'alcool ni de substance évidente n'a été détectée. »

« Je pense que c'était personnel. Qu'en dites-vous ? »

« Hautement probable. »

« Il n'y avait pas de trace d'effraction. Soit elle connaissait le tueur, soit on l'a dupée pour qu'elle le laisse entrer. »

« Je vois que vous penchez pour un homme comme auteur. »

« Vous connaissez les stats aussi bien que moi ; les trois quarts des femmes assassinées connaissaient leur meurtrier, et une part significative d'entre eux sont des partenaires intimes actuels ou anciens. »

« Elle était divorcée, c'est bien ça ? Avait-elle quelqu'un dans sa vie ? »

« Oui, dans les deux cas. Je vais parler à la fois à son ex-mari et à son petit ami d'ici peu. »

———

DONOVAN A QUITTÉ Livingston Road et a pris Old Livingston Road. Il a jeté un coup d'œil le long de Hunters Road, où Ana Crane avait été poignardée à mort, puis a tourné à gauche sur Sable Ridge Road. Il n'y avait qu'une rue entre l'endroit où le meurtre avait eu lieu et le pâté de maisons où vivait l'ex-mari de la victime.

Le détective de la brigade criminelle a jeté des regards entre les maisons en roulant vers la maison de plain-pied où vivait Atlas Crane. La cour avant était remplie d'un aménagement paysager désertique mal entretenu et de deux palmiers tigres maigrichons.

À l'approche de Donovan, le chien d'un voisin s'est mis à japper.

Il a appuyé sur la sonnette, et un solide gaillard d'un peu plus d'un mètre quatre-vingts a ouvert la porte.

Atlas Crane a dit : « Détective Donovan ? »

Donovan a montré sa plaque.

« Entrez. »

Le détective a désigné d'un geste plusieurs cartons alignés dans l'entrée. « Vous venez d'emménager ? »

« Non, je n'ai simplement pas encore eu le temps de déballer. »

Donovan a sorti un carnet. « Depuis combien de temps êtes-vous ici ? »

« Neuf mois. Je finirai peut-être par foutre ce qu'il y a dans ces cartons à la poubelle. Ça ne m'a pas manqué, alors à quoi bon ? »

Le détective l'a suivi jusqu'à la cuisine. « C'est vrai, mais ils peuvent contenir des souvenirs de famille. »

Crane a tiré une chaise. « Ouais, eh ben, ce n'est pas le moment de regarder des trucs comme ça. »

Donovan s'est assis et a posé son carnet sur la table. « Le service vous présente ses condoléances. »

« Tyler va la regretter. »

« Et vous ? »

« Entre nous, c'était fini depuis un moment. On s'est éloignés, vous voyez. Vous voyez le genre. »

« Vous avez été mariés combien de temps ? »

« Treize ans, à peu près. »

« Ça doit être difficile de tourner la page après aussi longtemps. »

« Vous savez ce qu'on dit des hommes : on passe vite à autre chose. »

« Que faites-vous dans la vie ? »

« Je pose des plaques de plâtre. »

« Vous devez être occupé avec tous les chantiers. »

« Ouais, mais vous savez, tous ces sans-papiers qu'on a ici prennent une bonne partie du boulot, et ils tirent les prix vers le bas. C'est une putain de catastrophe. Il va falloir que quelqu'un fasse quelque chose. »

« Avez-vous une idée de qui a pu faire ça à Ana ? »

Il s'est renversé sur sa chaise et a pointé Donovan du doigt. « Vous devez commencer par son nouveau petit ami, Fred Foster. »

« Qu'est-ce qui vous fait dire ça ? »

« C'est un pressentiment. »

« Vous l'avez rencontré ? »

« Ouais, plein de fois, vous savez, quand je viens chercher Tyler. »

Donovan a consulté son carnet. « Qu'est-ce qui ne vous plaît pas chez M. Foster ? »

« C'est un connard suffisant. Chaque fois que je vais à la maison, il a une attitude, il croit qu'il vaut mieux que moi ou je ne sais quoi. Je veux dire, le type est dans *ma* putain de maison. Qu'il me montre un peu de respect, merde. Je dois attendre dehors comme un livreur pour voir mon gamin ? »

« Vous avez la garde alternée ? »

« Je ne l'ai que tous les deux week-ends, et on se partage les fêtes. Les tribunaux donnent toujours à la mère tout ce qu'elle veut. Les pères, ils s'en foutent complètement. »

« À part M. Foster, quelqu'un d'autre vous vient-il à l'esprit qui aurait pu faire ça à Ana ? »

« Le monde est cinglé ; les gens font toutes sortes de saloperies. Vous devriez le savoir. »

« Je dois vous le demander : où étiez-vous du samedi soir 31 mai au dimanche matin 1er juin ? »

« À Charlotte Park, là-haut. Je suis revenu quand Tyler

m'a appelé. J'étais, genre, sonné, et j'ai conduit comme un fou pour rentrer. »

« Qu'est-ce que vous faisiez à Charlotte Park ? »

« Je rendais visite à un ami. »

« Comment s'appelle-t-il ou s'appelle-t-elle ? »

« Pete Storch. On est amis depuis toujours. On a fait l'école primaire ensemble. »

Donovan a noté les coordonnées de son alibi et est parti.

———

En longeant Airport Pulling Road, Donovan a tourné à droite sur Naples Boulevard et s'est garé sur une place devant le Vitamin Shoppe. Il est entré dans le magasin et a demandé à voir Fred Foster.

La caissière l'a conduit à l'arrière de la boutique de compléments alimentaires. Elle a frappé à une porte et l'a ouverte. La pièce était remplie de piles de cartons. Une odeur terreuse flottait dans l'air.

Un homme en pantalon chino et T-shirt portant l'inscription *N'oubliez pas de prendre vos vitamines* était assis derrière un bureau métallique. Donovan a aperçu un paquet de cigarettes sur le bureau, non sans s'interroger sur la contradiction.

Le détective est entré dans cet espace non aménagé et s'est présenté.

Foster s'est levé d'un bond. « Vous l'avez eu ? »

« Pas encore. J'ai besoin de vous poser quelques questions. »

Il s'est laissé retomber sur sa chaise. « Je n'arrive toujours pas à y croire. Je savais que ce salaud ferait un truc de fou. »

« De qui parlez-vous ? »

« L'ex d'Ana, Atlas Crane. C'est lui, il a fini par la tuer. »

« Qu'est-ce qui vous fait penser ça ? »

« Vous avez combien de temps ? »

En sortant son carnet, Donovan a dit : « Autant qu'il en faudra. Dites-moi ce que vous savez. »

« D'abord, il ne lui fichait pas la paix. Il passait tout le temps pour essayer de se remettre avec elle. Et il menaçait Ana en permanence. »

« L'avez-vous entendu la menacer ? »

« Non. Mais elle m'en a parlé. Au moins dix fois différentes, il l'a menacée. Ana avait peur de lui. »

« Pourquoi n'a-t-elle pas demandé une ordonnance restrictive contre lui ? »

« À cause de Tyler. Elle disait qu'elle ne voulait pas que ce soit bizarre pour le gamin. Je ne voulais pas insister, mais croyez-moi, j'aurais aimé la pousser à en demander une. »

« Savez-vous si M. Crane a déjà eu des gestes violents envers elle ? »

« Bien sûr que oui. Ce n'est pas qu'il la frappait à coups de poing, mais elle disait qu'il la bousculait si fort qu'elle était tombée à deux reprises. »

« À quelle fréquence est-ce arrivé ? »

« Au moins deux fois, si ce n'est trois, il a été violent. Une fois, il l'a poussée par-derrière et elle a percuté l'îlot de cuisine si violemment qu'elle a eu un énorme hématome. C'était comme une grosse crêpe violette. Juste là. » Il a montré son flanc. « Et une autre fois, il l'a poussée en pleine poitrine, elle est tombée en arrière et s'est fait une entorse au poignet en voulant amortir sa chute. Ce lâche est une vraie crapule. »

« Quand ces incidents se sont-ils produits ? »

« Celui où elle s'est cognée contre l'îlot ne remonte pas à très longtemps. Atlas est passé en disant qu'il voulait voir Tyler, alors qu'il savait très bien que le gamin était à l'école et qu'Ana était seule. Après qu'elle s'est blessée, il a dit qu'il était tombé sur elle par accident, ou une histoire bidon du genre. Après ça, elle a arrêté de le laisser entrer dans la maison, même quand il venait officiellement chercher Tyler. »

« Qui considérez-vous comme les meilleurs amis d'Ana ? »

Foster lui a donné deux noms et leurs numéros de téléphone.

Donovan a dit : « Où étiez-vous quand Ana a été tuée ? »

« J'étais chez moi. D'habitude, on passait le week-end ensemble, mais on s'était un peu pris la tête et je suis parti vers deux heures, samedi. »

« Sur quoi portait votre dispute ? »

« Ce n'était pas, à proprement parler, une dispute, plutôt un désaccord. »

« Je vais avoir besoin de plus que ça. »

« Écoutez, on s'entendait très bien, et je pensais qu'on devrait emménager ensemble, mais elle ne voulait pas. »

« Pourquoi ça ? »

« À cause de Tyler. Elle estimait que c'était trop tôt après le divorce, mais deux ans avaient passé, et je n'arrêtais pas de lui dire que Tyler n'était plus un bébé. »

3

DONOVAN A DÉCROCHÉ LE TÉLÉPHONE SUR SON BUREAU.
« Homicide, inspecteur Donovan. »

« Bonjour, inspecteur. Pete Storch à l'appareil. Vous m'avez envoyé un texto disant que vous cherchiez à me joindre. »

L'inspecteur a dit : « C'est le cas. Merci de m'avoir rappelé. »

« Désolé, mais je ne réponds pas quand je ne reconnais pas le numéro. »

« Moi non plus, c'est pour ça que j'ai envoyé un texto. »

« Qu'est-ce que le shérif du comté de Collier me veut ? »

« Vous êtes ami avec Atlas Crane ? »

« Ouais, on est des amis d'enfance, on se connaît depuis toujours. Pourquoi ? »

« Il a dit qu'il était avec vous du samedi soir au dimanche matin. »

« Ah oui ? »

« Oui. Ce n'est pas exact ? »

« Euh, plus ou moins. »

« Qu'est-ce que vous entendez par "plus ou moins" ? Soit il était avec vous, soit non. »

« Ça a un rapport avec ce qui est arrivé à son ex ? »

« Peut-être. Étiez-vous avec lui du samedi 31 mai au dimanche matin 1er juin ? »

« Atlas est monté me voir, on est sortis, on a dîné, pris quelques verres et on est rentrés chez moi. »

« À quelle heure est-il arrivé samedi ? »

« En fin d'après-midi, vers cinq heures. »

« Et quand est-ce qu'il est reparti ? »

« Assez tard. »

« À quelle heure ? »

« Je crois que c'était vers minuit. »

« Donc, Atlas est arrivé vers cinq heures et il est reparti vers minuit ? »

« Oui, à peu près. »

« D'accord. Merci de votre disponibilité. Bonne journée. »

Donovan a tiré le tiroir du bas de son bureau. Il a basculé en arrière sur sa chaise, posant les pieds sur le tiroir ouvert. L'inspecteur a réfléchi à sa prochaine démarche, l'alibi d'Atlas Crane s'étant effondré.

Il a attrapé le téléphone qui sonnait sur son bureau. « Homicide, inspecteur Donovan. »

C'était un agent en uniforme qu'il avait chargé de faire du porte-à-porte. Il a dit : « On dirait qu'on a un témoin dans l'affaire du meurtre de Crane. »

Donovan a reposé les pieds au sol. « Qu'est-ce que vous avez ? »

« Un voisin d'en face. Il dit avoir vu l'ex-mari, Atlas Crane, utiliser le clavier du garage pour entrer dans la maison en plein milieu de la nuit. »

« Parfait. Amenez-le. »

« Attendez, il y a autre chose. »

Donovan s'est levé. « Allez-y. »

« Ce gars, Owen Reale, il promenait son chien, il dit que le chien avait la diarrhée ou un truc comme ça, et il a dû le ressortir environ une heure plus tard, et il a vu l'ex-mari sortir du garage. Et tenez-vous bien, il pense qu'il tenait un couteau. »

« C'était à quelle heure ? »

« Il dit que la première fois, il est sorti à deux heures et quart, et la seconde environ une heure plus tard. »

« Il est certain que c'était Atlas Crane ? »

« Oui, il a dit qu'il n'y a aucun doute. Il dit qu'il vit là depuis dix ans et qu'il le connaît bien. »

« Il a dit autre chose à propos de Crane ? »

« Il dit qu'il avait l'habitude de le fréquenter un peu, mais qu'il a pris ses distances : selon lui, Crane a un sale tempérament. »

« Faites-le venir dès que possible. Il faut enregistrer sa déposition. »

« Vous pensez que le mari est le coupable, n'est-ce pas ? »

« On verra comment Crane réagit à ça. »

———

DONOVAN REGARDAIT le flux vidéo de la salle d'entretien. Les jambes écartées, Atlas Crane était assis, la main posée sur l'entrejambe. Déclaration sous serment et ordinateur portable en main, l'inspecteur a poussé la porte et a pris place en face de Crane.

« Hé, ça va durer encore longtemps ? Je dois aller chercher Tyler. »

« Ça dépend de vous, M. Crane. »

« De quoi parlez-vous ? »

« Vous avez affirmé être avec votre ami Peter Storch à Charlotte Park la nuit où votre ex-femme a été assassinée. »

« Oui. »

« Pas d'après votre ami. Il dit que vous êtes parti avant minuit. »

« C'est vrai, je suis parti vers cette heure-là. »

« Eh bien, ça vous laissait largement le temps d'aller chez votre ex à l'heure de sa mort. »

« Je ne lui ai rien fait. Je n'y étais pas. »

« Où étiez-vous entre minuit et le moment où votre fils vous a appelé ? »

« J'ai quitté la maison de Pete, il était tard et on avait pris quelques verres. J'étais fatigué, je me suis arrêté sur une aire de repos et j'ai dormi. Je ne me suis réveillé que quand Tyler m'a appelé. Je suppose que j'étais plus fatigué que je ne le pensais. »

« Vous êtes en train de me dire que vous vous êtes endormi sur une aire de repos pendant quoi ? Dix heures ? »

« Comme je l'ai dit, j'étais crevé. »

« Quelle aire de repos ? »

« Euh... la première sur l'I-75 après que je m'y suis engagé. »

« Vous en êtes sûr ? »

« Oui, je suis presque sûr que c'était la première. »

« Vous avez parlé à quelqu'un là-bas ? »

« Non. Je dormais. »

Donovan a ouvert le dossier devant lui et a fait glisser un document vers Atlas Crane. « Nous avons une déclaration sous serment d'une personne qui vous a vu utiliser le garage pour entrer chez votre ex-femme à l'heure de son décès. »

« C'est des conneries. »

Donovan a ouvert son ordinateur portable et a pianoté sur le clavier. Il a retourné l'écran et a appuyé sur la touche Entrée. « Nous avons une vidéo Ring Doorbell provenant de la maison en face de celle de votre femme. C'est vous qui composez le code de la porte du garage. »

Atlas s'est penché en avant. « Impossible. On n'y voit que dalle. »

Donovan a fait un geste du bras et a ouvert une deuxième vidéo. « C'est vous qui partez. Il est 2 h 15. Le médecin légiste a fixé l'heure du décès entre 1 h et 2 h du matin, le dimanche 1er juin. »

« Allez, quoi. Comment pouvez-vous dire que c'est moi ? On n'y voit que dalle. »

Donovan a claqué l'ordinateur portable en le refermant d'un coup sec. « Avouez-le, Monsieur Crane : vous avez tué votre ex-femme. »

« Je ne lui ai rien fait. »

« Écoutez, c'est votre seule chance d'obtenir de la clémence. Si vous avouez, vous ferez économiser de l'argent aux contribuables pour le procès, et les procureurs seront plus indulgents avec vous. »

« Je n'avouerai rien. Je veux un avocat. »

———

DONOVAN A PRIS une chaise devant le bureau du procureur O'Leary. « Je veux un mandat d'arrêt contre Atlas Crane pour le meurtre de son ex-femme, Ana. »

« Exposez le mobile de l'homicide. »

« Comme vous le savez, ils ont divorcé récemment, et c'est elle qui a décidé de la séparation. Elle s'était trouvé un petit ami et, d'après tous les témoignages, ça devenait sérieux. On parlait d'emménager ensemble. Cela a bouleversé Atlas Crane, ce que nous pensons être le mobile qui l'a poussé à lui ôter la vie. »

« Pensez-vous que c'était prémédité ? »

« Il est allé chez elle en pleine nuit. Il y a une chance infime qu'il y soit allé pour tenter de la reconquérir, mais pourquoi passer par le garage ? Et il nie y être allé, ce qui ruine la piste de la réconciliation. »

« Cela pourrait relever de la préméditation. »

« Une amie de la défunte nous a dit qu'Ana et Atlas Crane s'étaient violemment disputés la veille. »

« D'accord. Qu'avons-nous sur le mari comme auteur présumé ? »

« Nous avons un témoin : un voisin qui promenait son chien l'a vu entrer et sortir par le garage. Il a dit que c'était Crane et qu'il tenait ce qu'il croyait être un couteau. Nous avons aussi une vidéo de sonnette montrant quelqu'un près du garage. L'horaire correspond, mais il est difficile d'identifier formellement la personne ; en revanche, la carrure de l'homme correspond à celle de Crane. Ah, et Crane a monté un alibi de toutes pièces. »

« Le témoin va déposer ? »

« Assurément. Il connaît bien Crane et ne l'apprécie pas, il dit qu'il est colérique. »

« Ce serait bien d'étoffer cela, il y a peut-être d'autres personnes qui peuvent attester de son caractère colérique. »

« Nous travaillons à rassembler davantage de preuves. »

« Y a-t-il d'autres suspects ? »

« Non. Nous avons écarté toute autre personne, y compris son petit ami actuel, que Crane nous a indiqué comme piste. »

« Très bien, continuez à travailler à l'obtention d'éléments supplémentaires. »

« On s'en charge. Je suis confiant quant à en obtenir davantage. »

« D'accord, nous allons aller de l'avant avec le mandat d'arrêt. »

PARTIE II

————————

UN AN APRÈS LE MEURTRE D'ANA CRANE

Procès - nom : examen formel des éléments de preuve par un juge, généralement devant un jury, afin de déterminer la culpabilité dans une affaire pénale ou civile.

LE DÉTECTIVE DONOVAN S'EST APPROCHÉ DU PALAIS DE justice. C'était le deuxième jour du procès pour meurtre d'Atlas Crane. Les deux parties avaient présenté leurs déclarations liminaires la veille au matin, et le ministère public avait commencé à exposer son dossier plus tard dans l'après-midi.

Donovan s'était senti confiant à propos de sa déposition et de celles des autres qui sont passés à la barre hier.

Aujourd'hui, le voisin qui promenait son chien, et qui avait vu Atlas Crane entrer et sortir par le garage, devait témoigner. Plusieurs autres devaient aussi déposer, dont le petit ami de la victime, au sujet des disputes du couple.

La douzaine de journalistes qui stationnait devant l'entrée a repéré Donovan et a commencé à se masser autour de lui en criant des questions.

« Allez, les gars, vous savez bien que je ne ferai aucun commentaire. »

Donovan a franchi la porte et s'est mis dans la file qui se

formait pour le portique de sécurité. Il a sorti son téléphone qui sonnait. C'était le bureau.

Le détective a dit : « Allô, qu'est-ce qui se passe ? »

« Mauvaises nouvelles, patron. »

Donovan s'est raidi. « Qu'est-ce qui s'est passé ? »

« Owen Reale a été tué dans un accident de voiture ce matin. »

Un témoin clé était mort. Donovan a quitté la file. « Vous vous foutez de moi ? »

« Non. C'est arrivé vers 8 h, sur Livingston Road. Tout le monde roule beaucoup trop vite sur cette... »

Donovan a couvert le micro de la main. « On est foutus. »

« C'est ce que je me suis dit. »

« Il faut que je parle à O'Leary. »

Donovan a sorti son badge et est passé devant tout le monde. « Excusez-moi. Je suis en service. »

Le procureur O'Leary était assis à la table de l'accusation, à droite. Donovan est entré dans le prétoire et a tapoté l'épaule d'O'Leary.

« On a un gros problème. »

« Qu'est-ce qui s'est passé ? »

Donovan a baissé la voix. « Owen Reale est mort dans un accident de voiture ce matin. »

O'Leary a tourné la tête en balayant la salle du regard. « Nom de Dieu ! Ça ouvre un trou béant dans notre dossier. »

« Y a-t-il un moyen de faire verser sa déposition sous serment au dossier comme preuve ? »

« Non. »

« Vous en êtes sûr ? Ce type est mort ce matin même. »

« Les prévenus ont le droit de confronter leurs accusateurs. Aucun juge n'autorisera ça. »

« Qu'est-ce qu'on peut faire ? »

« Rien. On va continuer et espérer que ce qu'on a suffira. »

« Vous pensez que ce sera suffisant pour obtenir une condamnation ? »

« Ça dépend toujours du jury. On ne sait jamais vraiment ce qu'ils ont en tête. »

« Que vous dit votre instinct ? »

« Sans le témoin oculaire plaçant Crane à la maison au moment du décès, je dirais que c'est du cinquante-cinquante, au mieux. »

Deux jours plus tard, Atlas Crane a franchi en trombe les portes du palais de justice pour déboucher en plein soleil. Micros à la main, une douzaine de journalistes se sont rués vers lui, réclamant une réaction au verdict.

Il s'est penché vers un micro portant le logo de WINK News. « Aujourd'hui, le jury a donné raison à ce que je répétais depuis le début. Je n'ai rien à voir avec ce qui est arrivé à Ana, et le verdict prouve que la police m'a pris pour cible à tort. Le meurtrier d'Ana court toujours. J'espère que le shérif va enfin comprendre le message et se, euh, bouger les fesses pour trouver qui a fait ça. »

« Et maintenant, que comptez-vous faire ? »

Atlas a passé son bras autour des épaules de son fils, Tyler. « Je vais être le meilleur père possible. Cette parodie de procès a mis une énorme pression sur mon fils et moi. Il est temps maintenant de reprendre le cours de nos vies. »

« Vous avez déclaré, au moins à deux reprises, que vous aviez l'intention d'assigner le comté en justice. Est-ce une démarche que vous allez mener jusqu'au bout ? »

« Nous voulons juste que le meurtrier d'Ana soit traduit en justice. S'ils font ça, alors nous passerons à autre chose. »

« Tyler ! Qu'est-ce que vous ressentez à propos du verdict ? »

« Je savais que Papa n'avait rien fait de mal, et je suis tellement content que ce soit fini. »

« Allez, fiston, on s'en va d'ici. »

Alors qu'Atlas et Tyler se dirigeaient vers le parking, le procureur O'Leary est sorti du palais de justice. La bande de journalistes s'est précipitée sur lui.

« Êtes-vous surpris par le verdict ? »

« Nous sommes déçus. Nous estimions avoir présenté un dossier suffisamment solide, mais le jury n'a pas été du même avis. »

« Y a-t-il quelque chose que vous feriez différemment ? »

« Eh bien, nous avons été handicapés par la mort prématurée d'un témoin capital, un témoin oculaire qui aurait pu placer M. Crane sur les lieux. S'il avait pu témoigner, nous pensons que le jury serait arrivé à une conclusion différente. »

PARTIE III

DE NOS JOURS

Vengeance — nom : acte ou cas de représailles destiné à rendre la pareille.

J'AI FILÉ SUR LA ROUTE 41, EN RALENTISSANT POUR PRENDRE la bretelle vers Pelican Marsh. Ray Larson voulait me voir, et j'essayais de caser ça avant une journée à la plage avec Laura.

Le garde m'a fait signe de passer, et j'ai rejoint une enclave de maisons individuelles appelée The Arbors. J'ai abaissé le pare-soleil pour couper les reflets du lac et j'ai tourné à gauche dans la rue de Larson.

Larson n'était pas seulement un ami et un avocat ; il était aussi à l'origine de la plupart des missions que j'avais acceptées. Son réseau discret lui apportait des dossiers où la justice avait lamentablement failli. Et il avait des relais fiables sur lesquels je pouvais compter quand j'avais besoin d'aide.

Sa maison était discrète, comme lui. Larson avait touché des honoraires à huit chiffres sur un dossier de faute médicale gagné pour un client, mais il vivait très en dessous de ses moyens et goûtait les choses simples. Difficile de comprendre comment il s'était ajusté à la vie après la mort de sa femme, emportée par un cancer. Sa façon d'échapper à l'amertume du deuil était une leçon à méditer.

Larson a ouvert la porte avec un sourire. « Salut, Beck, entre. »

« Ça va, Ray ? »

« Parfait, encore une magnifique journée au paradis. »

Je l'ai suivi dans la cuisine. « Comment ça se fait que tu n'es pas à la plage ? »

« J'ai un départ à midi à La Playa. Je joue avec John Morgan. »

L'avocat spécialisé en dommages corporels passait en boucle à la télé. « Beurk. Je ne supporte pas ses pubs. »

« Moi non plus, mais il m'est utile. Il t'a envoyé les deux derniers dossiers que tu as traités. »

« Vraiment ? »

« Oui. Tu veux boire quelque chose ? »

« Non, merci. Pourquoi tu voulais me voir ? »

Larson a attrapé un épais dossier posé sur le plan de travail blanc de l'îlot. « Une amie d'une amie m'a demandé de parler avec un certain Tyler Crane. »

Larson était d'un flegme de velours, mais quelque chose clochait. « Quelle amie d'une amie ? »

« Une amie. »

« Tu as eu un rencard ? »

« Oui, mais c'était amical, pas romantique. »

J'ai pouffé. « Ça va, Ray. Je te charrie. »

« Je suis sérieux, depuis que Kay est morte, ça ne m'intéresse vraiment pas. »

« Tu ne peux pas vivre en moine. »

« Je ne vis pas en moine. Je sors tout le temps. C'est juste que, côté femmes, personne ne peut remplacer Kay. »

« Tu n'as pas besoin de la remplacer, c'est, tu sais, avoir de la compagnie. »

Larson a reniflé. « Tiens, voilà que Monsieur donne des conseils sentimentaux. Tu ne laisses entrer personne. »

« Laura et moi, ça se passe bien. On va à Clam Pass aujourd'hui. »

« Super. Je l'aime bien, tu devrais trouver un moyen pour que ça marche. Vous allez bien ensemble. »

J'ai désigné le dossier. « C'est quoi, ce dossier ? »

« Comme je te l'ai dit, Tyler Crane m'a été adressé par une amie, et c'est une histoire triste. Sa mère a été assassinée il y a quatorze ans, et la police a fait porter le chapeau à son père, Atlas Crane. »

Mes épaules se sont contractées. Ma mère aussi avait été tuée, mais par un malfrat endurci, pas par mon père. « Et ? »

Il m'a tendu le dossier. « Il faudra que tu lises la transcription des débats, mais le père n'a pas été condamné. »

« Et quatorze ans plus tard, le fils veut se venger ? »

Il a hoché la tête. « Lis le dossier et rencontre Tyler. C'est un gentil garçon et il a des fonds grâce à un héritage. Je pense que tu trouveras ça intéressant. »

———

J'AI LOUÉ un équipement de plage et je me suis installé sur une chaise longue. Une brise légère soufflait et, à l'ombre d'un parasol, difficile de faire mieux.

Laura a tendu la main et a pris la mienne. « Tu vois comme c'est agréable ? »

« Heureusement qu'on a pris un parasol. »

« Tu veux piquer une tête ? »

« Peut-être plus tard. »

« Tu veux aller marcher ? »

« Pas maintenant. »

« Tu veux manger où, tout à l'heure ? »

C'était une mitraillette à questions. « Où tu veux. »

« On ira peut-être chez True Food. Qu'est-ce que t'en penses ? »

« Si tu veux, mais si tu veux quelque chose de bon, je te ferai griller un truc à la maison. »

« Ça me va. On s'arrête chez Whole Foods en rentrant ? »

Ce que je voulais, c'était qu'elle arrête de poser des questions.

« D'accord. »

J'ai ouvert le dossier que Larson m'avait donné.

« Qu'est-ce que tu fais ? »

« Je dois lire un truc pour le boulot. »

Elle s'est redressée d'un bond. « Je vais marcher. »

J'avais envie de lui dire de grandir un peu, mais la dernière fois que j'avais fait ça, il avait fallu des mois pour refermer la plaie. Laura était géniale. Est-ce que c'était moi ? Je m'étais débrouillé tout seul depuis qu'on m'avait fourré en famille d'accueil. Le seul avec qui j'étais proche, c'était mon frère d'accueil, Mario, et 80 % du temps, c'était moi qui devais veiller sur lui.

À une longueur de voiture, un jeune couple creusait le sable avec son bambin. J'ai chassé l'idée que ça pourrait être moi un jour et j'ai commencé à lire.

———

J'AI PRIS Pine Ridge Road vers l'ouest, là où elle devient Seagate Drive. Après quelques virages sur Seagate, je me suis garé juste avant l'endroit où l'accès public était interdit.

En marchant sur quelques mètres le long de Venetian Bay, j'ai aperçu Tyler Crane assis sur un banc tourné vers l'eau.

Il a sursauté quand je suis arrivé derrière lui et que j'ai dit : « Tyler ? »

« Vous m'avez fait peur. » Il s'est levé. « Monsieur Beck ? »

« Ouais. Appelle-moi Beck. Assieds-toi. »

« Je ne savais pas que cet endroit existait. C'est calme, ici. »

« Mais en saison, ça devient animé. »

« Qu'est-ce qui ne l'est pas ? »

« Tu as raison. Dis-moi ce que tu as en tête. »

« Eh bien, j'ai tout raconté à M. Larson. »

« J'aimerais l'entendre directement de ta bouche. »

« Tout ? »

« Oui. »

Tyler m'a expliqué comment il avait trouvé sa mère morte. Lui et moi partagions une expérience que je ne souhaiterais à personne. Je ne me précipitais jamais sur une affaire, mais je savais que ce serait difficile de ne pas lui venir en aide.

« Je suis désolé pour ta mère. »

« Merci. Je ne vais pas te mentir, ça a été dur, et puis les flics ont arrêté mon père. »

« J'ai lu le compte rendu du procès. Mais toi, qu'en as-tu pensé ? »

« À l'époque, il m'était impossible de croire que mon père avait tué maman. Je n'avais que dix ans et, tu sais, toute ma vie était sens dessus dessous. »

Je connaissais ce sentiment. « Tu vivais avec ta mère quand c'est arrivé ? Tu es allé vivre chez ton père après ? »

« Ouais, je veux dire, notre maison était une scène de crime, et de toute façon, qui voudrait rester là ? Et mon père vivait vraiment tout près. Ma tante Pamela — c'est la sœur de ma mère — voulait que je reste chez elle, mais mon père a dit non. »

« Qui pensais-tu être le meurtrier de ta mère ? »

« À l'époque, je ne savais pas. Ça faisait peur, je me suis dit que c'était un truc au hasard ou quelque chose comme ça. »

« Et maintenant ? »

Il a froncé les sourcils. « C'est mon père qui l'a fait. »

« Qu'est-ce qui t'a fait changer d'avis ? »

« Je ne voulais pas le croire, et puis j'étais juste un gamin. Je veux dire, tu fais confiance à ton père, non ? »

« Bien sûr. Mais quand et pourquoi ce revirement ? »

« Eh bien, en grandissant, j'ai commencé à voir qui était vraiment mon père. Il était méchant et colérique. Il pétait un câble pour des broutilles. »

« Ça n'en fait pas pour autant un meurtrier. »

« Avant d'entrer dans les détails, maintenant je vois que j'ai ignoré beaucoup de signes. Je veux dire, c'est normal, non ? J'étais trop jeune pour faire le lien. »

« Bien sûr. Quel genre de choses ? »

« Eh bien, ils se disputaient beaucoup, et il en venait aux mains, tu vois ? Et environ deux ans après la mort de ma mère, mon père a commencé à sortir avec une femme, Katy. Elle était sympa et tout, mais eux aussi se crêpaient souvent le chignon, et une fois, j'étais dans le garage en train de bricoler mon vélo, ils étaient en train de s'écharper, et il lui a

---

7

TYLER M'A REGARDÉ DROIT DANS LES YEUX. « JE NE SAVAIS PAS qu'il y avait un témoin oculaire qui est mort avant de pouvoir déposer. Il a eu un accident et il a été tué, je crois, le jour où il devait passer à la barre. J'étais, genre, sous le choc, et j'ai appelé le procureur qui s'était occupé du dossier. »

« Tu as parlé à O'Leary ? »

« Oui. Et il a dit que le témoin était un voisin. Je m'en souvenais. Il habitait en face de la maison de ma mère. Son chien était malade ce soir-là, et il sortait le promener sans arrêt. Il a vu mon père ouvrir la porte du garage en pleine nuit, puis il l'a vu partir juste après que ma mère a été assassinée. En plus, il a dit que mon père tenait un couteau. »

« Ça aurait été un témoignage très fort. »

« Je n'arrive pas à croire que le juge n'ait pas autorisé le jury à savoir ce que notre voisin avait vu. Le procureur a dit qu'il faut pouvoir confronter la personne qui t'accuse. Je comprends, mais là c'était dingue, c'est tellement injuste. »

« Ça aurait placé ton père sur les lieux à l'heure du décès, mais la défense aurait essayé de le discréditer. Il avait quel âge, cet homme ? »

« Je crois qu'il aurait dans les quatre-vingts ans aujourd'hui. »

« Donc, il devait avoir la soixantaine passée. Il portait des lunettes ? »

« Oui. »

« Et c'était la nuit, et je suis sûr qu'il l'a vu de loin. La défense se serait jetée là-dessus. »

« Mais il y a cette vidéo de la sonnette connectée, ce soir-là. Elle n'est pas top, mais elle confirme l'heure à laquelle le voisin a dit avoir vu mon père là. »

Tyler a tendu son téléphone et a lancé une vidéo granuleuse. Je l'ai pris et j'ai zoomé. « On ne distingue pas qui c'est. »

« Je sais, mais moi, je reconnais que c'est mon père. Et regarde l'heure. Ça ne peut être que lui. »

Une idée m'est venue. « Je vais m'envoyer une copie par e-mail. »

« Vas-y. À quoi tu penses ? »

« Pour l'instant, à rien. Il faut que je fasse d'abord quelques recherches. Dis-moi un truc sur ton père. »

« Comme quoi ? »

« Ses centres d'intérêt, ses loisirs. Qu'est-ce qu'il aime faire ? »

« Oh ça, facile : être sur l'eau. Il adore pêcher et juste se balader. »

« Il a un bateau ? »

« Ouais, pas un gros. Je crois qu'il fait environ 5,5 m. Il l'a acheté d'occasion. Je ne suis sorti que deux fois avec celui-là. »

« Il est vraiment à fond ? »

« Ouais, il m'a même forcé à sortir avec lui sur le bateau qu'on avait à l'époque, genre deux jours après que Maman a été tuée. Je ne voulais pas y aller, mais il disait qu'il devait s'aérer la tête. Je pense qu'il est sorti pour se débarrasser du couteau avec lequel il l'a tuée. »

« Qu'est-ce qui te fait dire ça ? »

« Ce jour-là, il se comportait bizarrement, et je l'ai vu glisser la main dans l'eau. On aurait dit qu'il y lâchait quelque chose. »

« C'était où ? »

« C'est ça, le truc. Tu sais, toute ma vie, mon père a toujours dit qu'il faut respecter la mer et qu'aucun bateau n'est plus fort que l'océan. J'ai toujours voulu aller dans le golfe, mais à moins que la mer soit d'huile, on n'y allait jamais. Mais ce jour-là, juste après la mort de ma mère, la mer était loin d'être calme, et pourtant il est allé jusqu'à Gordon's Pass, et c'est là que je l'ai vu laisser tomber quelque chose à l'eau. Ça ne pouvait être que le couteau. »

« Tu as vu le couteau ? »

« Non. Mais je suis vraiment persuadé que c'était ça. J'y ai beaucoup repensé au fil des ans, et j'en suis sûr à 99 %. »

Les courants contraires de la passe qui mène au golfe emporteraient et enterreraient n'importe quoi qu'on y jette. Chercher une arme du crime serait vain.

« Tu dirais que ton père est futé ? »

« Il n'est pas allé à la fac, mais il a clairement de la jugeote, il est débrouillard. »

―――――

MON FRÈRE DE CŒUR, Mario, était assis à l'une des tables en terrasse du Taberna Burntwood.

Je me suis approché en tirant une chaise. « Ça va ? »

« On ne va pas se plaindre. On se prend un verre. »

Il avait les yeux vitreux. J'ai dit : « Tu as commencé sans moi ? »

« Non. Je n'ai rien pris. »

« Lâche un peu la beuh, frérot. »

« Ne t'inquiète pas pour moi. »

« Tu sais ce qu'ils ont dit en désintox. »

« D'accord, Papa. »

« Allez, Mario. Je fais juste attention à toi. On doit veiller l'un sur l'autre. »

« Je n'ai plus de problème. J'ai réglé ça, alors lâche-moi, d'accord ? »

J'ai acquiescé, en espérant qu'il ne se racontait pas d'histoires.

Mario a levé la main pour héler un serveur et a dit : « Qu'est-ce que ça a donné avec le gamin que tu as rencontré ? »

Un serveur est arrivé aussitôt. Mario a commandé une bière et, même si j'aurais bien pris une vodka Tito's sur glace, j'ai demandé une eau gazeuse.

« L'histoire du gamin a quelques similitudes avec ce qui nous est arrivé. »

« En quoi ? »

« Sa mère a été assassinée, et tout pointe vers le père. Vu que ma mère a été tuée par un multirécidiviste en liberté sous caution, j'ai de la peine pour ce gosse. »

« Et ma mère était une accro au crack. »

C'était peut-être là que Mario avait pris l'habitude d'en faire trop. « Je crois que j'essayais de dire qu'il a perdu sa mère très jeune, comme nous. Bref, son père a été jugé pour le meurtre et a été acquitté, mais, crois-le ou non, un témoin oculaire est mort le matin où il devait témoigner. »

On nous a apporté nos boissons. Mario a pris une longue gorgée de sa bière avant de demander : « C'était suspect ? »

« C'est ce que j'ai pensé d'abord, mais c'était un accident de voiture. Et l'autre conductrice était une dame âgée qui venait de perdre son mari et qui était visiblement distraite. »

« Dingue. Si le témoin avait témoigné, le père aurait-il été condamné ? »

« C'est la question à un million. Le témoin l'a vu entrer dans la maison par le garage et en ressortir de la même façon à l'heure du décès. Le témoin a aussi affirmé que le père du gamin tenait un couteau quand il l'a vu partir. »

« Ce témoin était fiable ? »

« Il en avait l'air. »

« Tu veux faire quoi ? »

« Le gamin m'a filé une vidéo de la caméra de sa sonnette, mais ce n'est pas concluant. »

« Et si on voyait ce que le fils de Larson peut en faire ? C'est un crack en informatique. »

« Je la lui ai déjà envoyée. Et si tu allais discuter avec les gars des homicides au bureau du shérif ? »

« Donovan me doit un petit quelque chose. Je lui ai refilé des infos sur ce coup de couteau au motel. »

« Parfait. Tommy a dit qu'il se mettait sur la vidéo de la sonnette tout de suite. Tu penses pouvoir tirer quelque chose de Donovan aujourd'hui ? »

« Bien sûr. Je lui parle et je passe chez toi ce soir. »

« Euh, Laura passe. »

« Et alors ? »

« Elle me prend la tête parce que je bosse trop, pas assez de temps à deux, bla-bla-bla. »

« Pourquoi elle n'emménage pas carrément avec toi ? »

J'ai haussé les épaules. « Je ne sais pas si je suis prêt pour ça. »

« Vas-y, mec. Qu'est-ce qui pourrait arriver de pire ? Si ça ne colle pas, tu te tires. »

« Je ne suis pas comme toi. Je n'ai pas envie de me farcir tout ça si ça ne doit pas durer. »

« Personne n'a de boule de cristal, mec. Tente le coup. Si ça ne marche pas, tu passes à autre chose. »

« Je ne peux juste pas vivre avec quelqu'un et— »

« De quoi tu parles ? C'est ce qu'on a fait en famille d'accueil. Combien de fois on a déménagé ? »

Il avait raison, et c'était peut-être pour ça que j'étais réticent. « Beaucoup trop. » Je me suis levé. « Il faut que je file, on se parle plus tard. »

8

Alors qu'elle mettait une assiette dans l'évier, Laura a dit : « Cette côte de porc était vraiment bonne. »

« Je suis content que ça t'ait plu. »

« C'est sympa que tu aies envie de cuisiner pour moi au lieu de sortir tout le temps. »

« J'aime sortir dîner, mais c'est agréable de rester à la maison aussi. »

« Laisse-moi m'occuper de la vaisselle. »

J'ai fait non de la tête. « Je m'en charge. Regarde s'il y a quelque chose à voir sur Netflix. »

« J'en doute. La plupart des nouveautés sont étrangères, et le jeu et le doublage sont affreux. »

« Certains films français et italiens sont plutôt bons. Ils ont des industries du cinéma très développées. »

Elle a allumé la télé. « Je sais, mais je n'aime pas lire les sous-titres. »

« Moi non plus, mais si l'histoire est bonne, on s'y habitue. »

« Oh, regarde, il y a un *House Hunters* à Naples. »

« Quelle fourchette de prix ? »

« C'est pour des appartements en copropriété, aux environs de cinq cent mille. »

« Tu devrais regarder, te faire une idée du marché. Le renouvellement de ton bail arrive, et ça aurait du sens d'acheter quelque chose. »

Son visage s'est assombri.

« Qu'est-ce qu'il y a ? »

« Rien. »

Pourquoi les gens disaient-ils ça quand quelque chose les tracassait ? « Dis-moi ce qui ne va pas. Tout ce que j'essayais de faire, c'était… »

« Laisse tomber. Je pensais, tu sais, que ça allait bien entre nous. »

J'ai fermé le robinet. « Ça va bien. Et alors ? »

« Je me disais qu'on pourrait peut-être, tu sais, emménager ensemble. »

« Oh. Mais ton bail se termine dans à peu près deux mois. »

« Oui. »

« C'est très bientôt. »

« Laisse tomber, d'accord ? »

« Allez. Ce n'est pas juste. Tu amènes ça comme ça, sorti de nulle part, et c'est moi le méchant ? »

« Sorti de nulle part ? Donc, tu n'y as même jamais pensé ? »

« Un peu. J'ai juste besoin de plus de temps. »

« Si ça ne mène nulle part, dis-le-moi maintenant pour que j'aie une chance d'avoir une famille. »

« Je ne comprends pas comment on en est arrivés là. On passait un super moment, et maintenant tu me lances un ultimatum ? »

« Écoute, l'horloge biologique joue contre nous deux. Je ne veux pas avoir de difficultés à concevoir, et je ne veux pas me retrouver au milieu de la quarantaine avec un nourrisson. »

Elle venait de passer d'emménager ensemble à faire un bébé. « On peut y aller pas à pas ? »

« On est ensemble depuis presque deux ans. Je ne suis pas une gamine. »

« Je comprends, mais ça va mieux maintenant, non ? »

Elle a haussé les épaules.

J'ai dit : « Allez, tu sais que c'est le cas. Je sais que c'est de ma faute, mais, tu sais, après ce que j'ai traversé, il me faut du temps pour me sentir à l'aise. »

« Ça fait deux ans. On n'est plus des ados. J'ai besoin de savoir où ça va. »

« Donne-moi juste quelques mois. »

« Mon bail arrive à échéance, je ne peux pas… »

« Renouvelle-le et on le résiliera ensuite. Je paierai la pénalité, aucun problème, si ça ne marche pas. »

Son portable a sonné. « C'est ma mère. Ma tante est à l'hôpital. »

« J'espère qu'elle va bien. » L'ironie d'être sauvé par une belle-mère potentielle ne m'a pas échappé.

Laura s'est affalée sur le canapé en parlant à sa mère, et je me suis replié sur la véranda. J'ai posé mon téléphone sur la table et j'ai regardé une famille de canards glisser sur le lac.

Pourquoi les relations étaient-elles si compliquées ? Ça se passait bien avec Laura, mais est-ce que je pouvais franchir la prochaine étape ?

Mon portable a vibré et j'ai décroché. « Salut, Mario. Comment ça s'est passé avec le détective Donovan ? »

« Il n'était pas réceptif au début, donc j'ai dû faire mon numéro. »

« Qu'est-ce qu'il a dit ? »

« Donovan a dit qu'il pense qu'Atlas Crane a poignardé son ex-femme à mort. »

« Ils avaient quoi comme éléments ? »

« Les deux s'étaient disputés, et Crane a menti sur son alibi. Atlas a dit qu'il était à Charlotte Park avec un ami, mais il est parti plus tôt que ce qu'il a dit, avec assez de temps pour être sur place à l'heure du décès. Donovan a dit qu'il l'a confronté à ça, et Atlas lui a sorti du baratin comme quoi il s'était arrêté sur une aire de repos et s'était endormi. »

« Et le témoin qui est mort dans l'accident de voiture ? »

« Donovan a dit que l'histoire du type tenait la route, et il pense que si ce gars avait pu témoigner, Atlas aurait été condamné. »

« Vraiment ? »

« Ouais, c'est ce qu'il a dit. Ah oui, il a aussi dit qu'ils avaient trouvé une goutte de sang dans l'allée. C'était juste à côté du garage, et ça correspondait au sang de la victime. »

« Ça a probablement coulé du couteau que, d'après le voisin, Crane portait. »

« Sans aucun doute. »

J'ai dit : « Ce type s'en est vraiment tiré. »

« Alors, on prend ce boulot, hein ? »

Je me suis frotté le menton. « Je n'en suis pas encore sûr. »

« On n'a rien eu depuis une éternité. Allez, on y va. »

« Je ne suis pas prêt à m'engager pour l'instant. »

« Allez, celui-là est bon. »

« Il faut qu'on en soit sûrs. »

« On l'est. Même les flics ont dit qu'il l'avait fait. »

« Là, ce à quoi je pense, pour faire payer ce type, ce serait le truc le plus badass qu'on ait jamais fait. Je veux être sûr qu'il n'y aura aucun doute que c'était le père. »

« Comment tu vas avoir de meilleures infos que Donovan et la transcription du procès ? »

« J'ai une idée. Laisse-moi passer un coup de fil et je te recontacte. »

9

JE ME SUIS AFFALÉ SUR LE CANAPÉ APRÈS QUE LAURA EST partie rendre visite à sa tante à l'hôpital. Au moment où je tendais la main vers la télécommande, mon téléphone a sonné. C'était le fils de Larson qui me rappelait.

« Hé, Tommy, comment ça se passe dans le monde des effets spéciaux ? »

« Je suis débordé comme pas possible. Je te jure, je pourrais doubler la taille de la boîte si je voulais. »

« Tu devrais le faire. »

« Nan, j'aime trop le côté créa. Si l'atelier grossit encore, je ne serai plus qu'un manager, à faire de la paperasse au lieu de concevoir des trucs. »

« Je comprends. Tu bosses sur quoi en ce moment ? »

« MGM — enfin, c'est Amazon maintenant — fait un film où un énorme séisme fracture le permafrost. Des scientifiques découvrent toute une flopée d'animaux préhistoriques dans la glace, genre des tigres à dents de sabre, et arrivent à les faire revivre. »

Ça ressemblait à une variation sur *Jurassic Park* , du

genre que je ne regarderais jamais. « Ça a l'air à la fois inté-ressant et bien flippant. »

« Ça a déjà été fait, mais c'est Hollywood : dès qu'ils tiennent une formule gagnante, ils l'exploitent jusqu'à la corde. »

« C'est tellement vrai. Mais au moins, ça te fait du boulot. »

« Ce n'est pas particulièrement casse-tête, mais on doit fabriquer une cinquantaine de créatures et les véhicules spéciaux que les scientifiques utilisent pour les dégager et les transporter. »

« Puisque tu parles de véhicules, il faut que je te dise, on parle encore du coup de la voiture que tu as faite pour nous. C'était bluffant. »

« Merci. Je suis content que ça ait marché pour toi et pour mon père. »

« Tu nous as sauvé la mise. Tu as pensé quoi de la vidéo que je t'ai envoyée ? Tu peux en tirer quelque chose ? »

« Carrément. Je l'ai passée dans un nouvel outil dopé à l'IA qu'on vient d'acheter. »

« Ça coûte cher ? »

« Ouais, mais la techno de pointe, ça a toujours un prix. Franchement, ça les vaut. L'IA a fait un super boulot de nettoyage et d'amélioration. J'ai aussi éclairci l'image avec un autre logiciel qu'on a. »

Toby a commencé à tourner dans la cuisine. Il avait besoin de sortir pour faire ses besoins. « Merci, mec. »

« Je vais encore bidouiller un peu avant de te la renvoyer. »

« Ça rend comment ? »

« Plutôt bien, mais je peux faire mieux. »

« Tu peux me rendre un service et me l'envoyer maintenant ? »

« Bien sûr. Laisse-moi une vingtaine de minutes. Il faut que je finisse un truc avant que ça sèche. »

Une fois l'appel terminé, j'ai attrapé la laisse de Toby.

« Allez, mon grand. »

Toby m'a entraîné le long de l'allée et a levé la patte sur le lampadaire au bord du trottoir. Quand il a eu fini, il a pris la direction de la réserve. J'ai ouvert le portail et je lui ai enlevé sa laisse. Il a trottiné sur la longueur d'une voiture et s'est accroupi. En sortant un sachet à crottes pendant qu'il se soulageait, j'ai remarqué que ses oreilles se dressaient.

En ramassant ce qu'il avait laissé, j'ai vu Toby s'élancer dans les bois.

« Toby ! »

Je me suis précipité à sa suite. « Viens ici, mon grand ! »

Il s'est mis à aboyer. Les aboiements venaient de la gauche. Je l'ai suivi jusqu'à une petite clairière. Toby jappait devant un carton de la taille d'un réfrigérateur. Le dessus était recouvert d'une bâche bleue.

« Doucement, mon grand. »

Il a cessé d'aboyer et j'ai entendu un bébé pleurer.

J'ai rattaché la laisse au collier de Toby et je me suis approché du carton. « Hé ? Il y a quelqu'un là-dedans ? »

Une voix de femme a dit : « S'il te plaît, laisse-nous tranquilles. »

J'ai soulevé le rabat en carton. Une jeune fille d'environ seize ans et un bébé étaient blottis à l'intérieur. Un sac marin, un sac à dos et un bidon d'eau d'environ 3,8 litres longeaient un côté du carton.

« Va-t'en, s'il te plaît ! »

J'ai eu un choc. Elle ressemblait à Bev, ma sœur de

famille d'accueil. « Je ne suis pas là pour te faire de mal. Je m'appelle Beck, et lui, c'est Toby. Il est inoffensif. »

Elle a serré le bébé contre sa poitrine sans rien dire.

« Ça va ? Je peux t'aider en quoi que ce soit ? »

« Laisse-nous tranquilles. »

« Tu n'as pas à avoir peur. J'essaie juste de t'aider. »

« Je sais. »

« Tu t'appelles comment ? »

« Dawn. »

« Et c'est ton bébé ? »

« Oui. Elle s'appelle Abby. »

« Elle est magnifique. »

Dawn a dit d'une voix faible : « Ça, c'est sûr. »

« Tu dors ici ? »

Elle a hoché la tête.

« Qu'est-ce qui s'est passé ? »

« On m'a virée de ma famille d'accueil quand j'ai eu Abby. »

« Ça fait combien de temps que tu es ici ? »

« C'est notre deuxième nuit. »

« Tu as faim ? »

Elle a haussé les épaules.

En désignant la direction de ma maison, j'ai dit : « J'habite juste là-bas. J'ai plein de nourriture. »

« On va bien. »

« Tu ne peux pas rester ici. C'est dangereux. Il y a des ours, des serpents et même des lynx roux qui traînent par ici. Toi et Abby, vous n'êtes pas en sécurité. »

« Ça ira. »

« Il va tomber des trombes d'eau plus tard et pleuvoir les deux prochains jours. Ce carton ne tiendra pas. Ton bébé va tomber malade. »

Elle a bordé la couverture sous le cou de son bébé et a passé la main sous la natte sur laquelle elle était assise. « J'ai encore du plastique. »

« Où vas-tu trouver à manger ? Elle n'a pas besoin de lait maternisé spécial et de couches ? »

Sa lèvre s'est mise à trembler.

Je me suis agenouillé. « Écoute, viens avec moi. J'ai un frigo plein à craquer. Tu pourras te laver et manger. »

Elle a essuyé une larme sur sa joue. « Pourquoi es-tu si gentil avec nous ? »

« Parce que je sais ce que c'est que d'être sans abri. J'ai passé des années en famille d'accueil et, je sais, ça a l'air dingue, mais Mario et moi, on s'est enfuis quand on avait seize ans. C'est comme ça que je me suis retrouvé en Floride. »

Ses yeux se sont écarquillés. « Tu étais en famille d'accueil ? »

« Oui. Dans le New Jersey. Ma mère a été assassinée et mon père s'est tué à force de boire. J'ai été dans quatre familles d'accueil différentes. » J'ai tourné la tête, en triturant la cicatrice derrière mon oreille. « Crois-moi, je sais à quel point ça peut être terrible dans certains de ces endroits. »

« Qu'est-ce qui s'est passé ? »

« Viens, je te raconterai tout ça, et je te parlerai de Mario. C'est le seul bon côté qu'ait eu la famille d'accueil pour moi. »

Elle a hésité avant de se lever. « C'est qui, Mario ? »

« Mon frère de cœur. »

Elle a froncé les sourcils. « J'ai rencontré une amie dans un foyer, mais on nous a séparées et je ne l'ai jamais revue. »

J'ai attrapé son sac de sport et son sac à dos. « Tu peux utiliser ma machine à laver. »

« Merci. »

« Pas de souci. Tu sais, tu ressembles à une sœur de famille d'accueil que j'avais dans le New Jersey. »

« Vraiment ? »

« Ouais, la ressemblance est dingue. »

10

E<small>N APPROCHANT DE CHEZ MOI, J</small>'<small>AI DIT</small> : « J<small>E SAIS QUE ÇA</small> doit te faire bizarre, alors, si tu préfères t'installer sur la lanai, je vais chercher de quoi manger et te l'apporter dehors. »

Dawn a scruté mon visage avant de chuchoter : « Si je peux, j'aimerais vraiment donner un bain à Abby et peut-être laver quelques vêtements, si ça ne te dérange pas. »

« Ça marche. Tu peux utiliser la salle de bains à côté de la cuisine. » J'ai soulevé ses sacs. « Je lance une machine et je prépare à manger. »

Elle a baissé la tête. « Merci, tu es tellement gentil, merci. »

J'ai ouvert la porte et je suis entré. « Vas-y, entre. » J'ai montré du doigt. « La salle de bains est sur la droite. »

« Elle est chouette, cette maison. »

« Merci. Euh, Abby a un biberon ou un gobelet à laver ? »

Elle a sorti d'une poche un biberon très usé.

En le prenant, j'ai dit : « Je n'y connais rien aux vaccins et à tout ce dont les bébés ont besoin, mais c'était quand, la dernière fois qu'elle a vu un médecin ? »

« Je l'ai emmenée à une clinique il y a deux semaines environ. »

« Un de mes très bons amis est médecin. Je peux lui demander de passer aujourd'hui ou demain, juste pour être sûr qu'elle aille bien. »

« Non. Je peux l'emmener à la clinique. »

« Ça ne coûtera rien. Il me doit deux ou trois services. »

Elle a haussé les épaules.

« Va te laver et réfléchis-y. »

« Merci infiniment. »

« Pas de souci. Tu sais, je te le redis, tu ressembles vraiment à quelqu'un que j'ai connu. »

« Vraiment ? »

Mon portable a sonné. « Oui, c'est dingue. Il faut que je réponde, c'est ma copine. »

J'ai ouvert la baie vitrée coulissante et je suis sorti sur la lanai. « Salut, Laura. Tu ne vas pas le croire : je promenais Toby, il est entré dans la réserve au bout de la rue et il a trouvé une fille et son bébé qui vivaient dans un carton de frigo. »

« Quoi ? Près de chez toi ? »

« Oui, dans la réserve. J'étais... scotché. Toby s'est mis à aboyer sur le carton, je me suis approché et ils étaient là. C'est dingue, le bébé est tout petit. »

« Qu'est-ce qu'ils faisaient là ? »

« Serrés l'un contre l'autre. La fille a dit qu'on les avait virés de la famille d'accueil où ils étaient. Elle a dit qu'après son accouchement, le père d'accueil l'avait maltraitée et mise dehors. »

« C'est horrible. »

« Et ça arrive bien trop souvent. Je leur prépare à manger, et je vais voir si je peux demander au Dr Elias d'examiner le bébé. »

« Oh, c'est bien. »

« Tu crois que tu pourrais prendre des couches ? Je te les rembourse. »

« Bien sûr. Quelle taille, les couches ? »

« Les couches, ça a des tailles ? »

« Bien sûr. Elle vient de naître ? »

« Je crois. Peut-être deux mois. »

« D'accord. Et des vêtements ? Elles en ont besoin ? »

« Bien vu. Ce serait parfait. La mère fait à peu près ta taille. »

« Je vais prendre deux ou trois trucs chez Walmart. »

« Super. Merci. »

« Je te les apporte tout de suite. »

« Cool. »

J'ai mis de la viande hachée au micro-ondes et j'ai allumé le barbecue. Une fois décongelée, je l'ai assaisonnée et j'ai façonné des hamburgers. Je les ai mis sur le barbecue et je suis rentré. Pendant que je faisais revenir des haricots verts et des oignons, Dawn est sortie de la salle de bains. Elle portait Abby. Le bébé était emmailloté dans une serviette et dormait à poings fermés.

Dawn a dit : « Ça sent bon. »

« J'ai deux burgers sur le gril pour toi. Qu'est-ce que tu donnes à manger à Abby ? »

« Des petits pots. »

« Tu en as ? »

Elle a baissé les yeux et a fait non de la tête.

« Ne t'inquiète pas. Laura, ma copine, est en train de

t'acheter des couches. Je vais lui dire de prendre des petits pots. Quelque chose en particulier ? »

Elle a regardé son bébé. « Abby adore la compote de pommes, si elle peut en trouver. »

« Pas de problème. » J'ai appelé Laura et je lui ai demandé de prendre des petits pots.

« Laura est chez Walmart, elle sera là dans quelques minutes. »

Elle a chassé une larme en clignant des yeux. « Je ne sais pas quoi dire. »

« Il n'y a rien à dire, détends-toi. Tu veux t'installer sur la lanai ? »

Elle a regardé le canapé, et j'ai dit : « Ou tu peux regarder la télé si tu veux. »

Elle a fait un pas vers le salon, et j'ai pris la télécommande pour allumer la télé. « Voilà, mets ce que tu veux. »

J'ai ouvert la baie vitrée au moment où un coup de tonnerre a éclaté. « On dirait que tu as fait le bon choix. » J'ai désigné un éclair. « Il va pleuvoir. »

Dawn a froncé les sourcils.

« Ne t'en fais pas. Tu peux rester ici. J'ai quatre chambres. Tu peux en prendre une et rester aussi longtemps que tu en auras besoin. »

« Je ne peux pas. »

« Pourquoi pas ? Reste, et demain on verra pour t'obtenir une aide du comté. Je peux t'aider pour ça. »

Elle a reniflé.

« Ça va. Je sais ce que c'est. Prends les choses calmement et tu verras. Toi et la petite Abby serez en sécurité. Je te le promets. »

Dawn a embrassé la tête d'Abby et le bébé a gazouillé.

« Tu vois ? Elle est contente que tu aies atterri ici.

Attends que Laura apporte les petits pots, elle ira encore mieux. »

« Tu es trop gentil. »

« Ne t'en fais pas, je sais ce que c'est d'être livré à soi-même. Tu resteras ici jusqu'à ce qu'on t'obtienne de l'aide. »

« Mais… »

« Pas de mais. Viens, laisse-moi te montrer ta chambre et ensuite, tu pourras manger. »

J'ai ouvert la porte d'une chambre d'amis d'un geste ample. « Tu peux prendre celle-ci. Elle a sa propre salle de bains. »

Elle a dit doucement : « C'est la plus belle chambre que j'aie jamais eue. »

« J'espère que toi et Abby, vous serez bien. Oh, il faut qu'on lui trouve un lit à barreaux pour qu'elle dorme. »

« Ça va. Il y a plein de place dans le lit. »

« Ce serait plus sûr, tu sais, tu pourrais te retourner sur elle en dormant. »

« Ce n'est pas grave. »

« Et si on prenait un de ces trucs… un couffin ? »

Elle a haussé les épaules.

« Allez, on va regarder sur Internet ce qui se fait. » J'ai ri. « Je ne m'y connais pas trop en bébés. »

Elle m'a tendu Abby. « Tiens, prends-la. »

« Euh, je ne sais pas. »

« Il faut que j'aille aux toilettes. »

« D'accord. » Je me suis raidi. « Donne-la-moi. »

« Si elle sent que tu as peur, elle va pleurer. »

J'ai relâché les épaules et je lui ai pris Abby. « Elle est toute légère. »

« Il faut que j'y aille. »

Elle s'est dirigée vers les toilettes et, en berçant Abby, j'ai chuchoté : « Tout va bien se passer, petite. »

La sonnette a retenti. J'ai calé Abby sur le côté gauche de ma poitrine et j'ai ouvert la porte.

Les bras chargés de sacs, Laura a écarquillé les yeux. « Oh mon Dieu ! Le bébé est là ? Où est la mère ? »

« Elle est aux toilettes. »

« Tu les as fait entrer dans la maison ? »

« Je ne pouvais pas les laisser dehors, il va tomber des cordes tout à l'heure. »

« Elles se sont installées ? »

« Juste le temps qu'elle se remette sur pied. »

« Tu plaisantes ? »

« Non. C'est quoi le problème ? Elles sont inoffensives. »

« Comment tu peux dire ça ? Tu ne les connais pas. »

« C'est une fille avec un bébé. » J'ai rigolé. « Je crois que je peux faire face à tout ce qu'elles pourraient me réserver. »

Laura a ricané en me frôlant pour poser un paquet de couches sur le plan de travail.

« Je te dois combien ? »

« Cent trente. »

J'ai installé le bébé sur le canapé et j'ai sorti une liasse de billets de ma poche. J'ai détaché un billet de cent et un de cinquante. « Merci, j'apprécie vraiment que tu aies pris tout ça. »

« Je n'y serais pas allée si j'avais su qu'elle viendrait s'installer chez toi. »

« Quoi ? Je ne comprends pas. »

Laura a sifflé : « Tu paniques quand je parle d'emménager ensemble et là, tu les accueilles ? »

C'était de la jalousie ou une vraie inquiétude pour leur

sécurité ? « Je... j'essayais juste de les aider. On ne peut pas laisser un bébé vivre dans les bois. »

Au bruit de la chasse d'eau, Laura s'est penchée vers moi et a dit : « Donc, tu trouves une fille dans la réserve et tu l'invites chez toi ? Tu vas faire quoi ? Ramasser tous les sans-abri et les faire vivre avec toi ? Tu laisses les gens abuser de toi. »

J'avais envie de lui réciter cette maxime stoïcienne selon laquelle la gentillesse est une force, pas une faiblesse.

« Allez, Laura ! Tu ne... »

Dawn est entrée dans la cuisine en disant : « Je suis désolée. On va partir. Vous avez déjà été assez gentils. Je ne veux pas faire d'histoires. »

Les bras tendus vers Abby, je lui ai rendu son bébé. « Ça va. Laura, voici Dawn. Dawn, voici Laura. »

Dawn a soufflé un bonjour.

Laura a souri. « Enchantée. Votre bébé est précieux. »

J'ai regardé Laura, stupéfait. Mr Hyde s'était mué en Dr Jekyll. J'ai dit : « Elle l'est vraiment et elle ne pleure pas, elle est si calme. »

Laura a dit : « J'ai pris des petits pots et des couches. »

Abby s'est mise à pleurer.

Dawn a dit : « Merci beaucoup. Abby a faim. Si ça ne vous dérange pas, je vais lui donner à manger et ensuite, on part. »

J'ai dit : « Reste. Il pleut, et toi aussi, tu dois manger. »

« Je ne veux pas causer de... »

« Tu restes jusqu'à ce que le comté t'accorde une aide. »

Elle a regardé Laura, qui a dit : « C'est très bien. »

« Vous êtes sûre ? Je ne veux pas m'imposer. »

« Oui, vraiment, aucun problème. De toute façon, je dois y aller. »

11

UN COUP DE BLUES M'A PRIS PENDANT QUE DAWN engloutissait trois burgers. Je savais ce que c'était que de manger plus que d'habitude. Quand on ne savait pas quand aurait lieu le prochain repas, une mentalité de stockage prenait le dessus.

En débarrassant la table, j'ai dit : « J'ai deux ou trois coups de fil à passer. Pourquoi tu ne regarderais pas un peu la télé ? »

« Je suis crevée. Je n'ai pas beaucoup dormi. »

Ce n'était pas surprenant « Pas de problème. Va t'allonger. »

Elle a emmené Abby dans la chambre d'amis, et je me suis replié dans le bureau. Il a fallu quatre sonneries pour que Laura décroche. Mais elle n'a rien dit.

J'ai dit : « Hé, comment tu vas ? »

« Bien. »

« Pourquoi ne t'es-tu pas attardée ? »

« Je n'en avais pas envie. »

« Ne me dis pas que tu m'en veux parce que j'aide Dawn et son bébé. »

« Je suis sortie leur acheter des petits pots et des couches. »

« Je sais, merci. Qu'est-ce qui ne va pas, alors ? »

Elle a hésité. « Tu ne m'as jamais dit qu'elle emménageait chez toi. »

« Elle n'emménage pas. Qu'est-ce que j'étais censé faire ? Les laisser vivre dans un carton ? Sous la pluie ? »

« Tu aurais dû me dire qu'elle était chez toi. Tu as fait comme si elle était dans les bois. »

« S'ils étaient dans le carton, ça t'irait mieux ? »

Elle s'est tue.

« Allez, Laura. J'essaie juste de les aider. Tu ne sais pas ce que c'est que d'être totalement livré à soi-même. Moi, si. »

« Tu me ressors toujours ça à la figure. »

« Qu'est-ce que tu racontes ? Je ne dis jamais ça. »

« Tu t'es défilé quand j'ai parlé d'emménager ensemble, et là tu te retournes et tu les invites à s'installer. »

« C'est complètement différent. »

« Non, ça ne l'est pas. »

« Tu te plantes complètement, mais je ne vais pas discuter. »

« Il faut que j'y aille. »

« Attends — »

La ligne a coupé. J'étais sur le point d'appuyer sur la touche de rappel quand un courriel de Tommy, le fils de Larson, est arrivé. Je l'ai ouvert et j'ai cliqué sur la pièce jointe MP4.

Après avoir mis la vidéo en plein écran, j'ai lancé la lecture. Je l'ai regardée trois fois, en ralentissant et en figeant des images à plusieurs reprises.

J'ai regardé l'heure et envoyé un texto à Mario avant de passer un appel.

Larson a décroché dès la première sonnerie. « Bonsoir, Beck. Il est tard, tout va bien ? »

« Oui. J'ai juste deux ou trois choses à vous dire. C'est un bon moment ou il est trop tard ? »

« Ça va, je viens de terminer un livre. »

« Qu'est-ce que vous avez lu ? »

« *The Frontiersmen.* C'est un récit véridique des hommes qui se sont installés au centre des États-Unis, une région belle mais mortelle à l'époque. Ils ont combattu des Amérindiens et bâti des villes. C'est un des meilleurs livres que j'aie lus depuis longtemps. »

« Il faudra que je regarde ça. »

« Je vous le prêterai. »

Ça voulait dire qu'il fallait que je le lise. « Merci. »

« Alors, qu'est-ce qui vous amène ? »

« Pour commencer — j'ai baissé la voix —, j'ai besoin d'un contact au comté qui puisse accélérer les dossiers des services sociaux. »

« Quoi en particulier ? »

« J'ai recueilli une fille et son bébé. Ils vivaient dans un carton derrière notre lotissement. »

« Oh non, c'est dur à entendre. »

« Je ne vous le fais pas dire. Elle n'a que seize ans, et sa grossesse est très mal passée auprès de son père d'accueil. »

« Je vois. Laissez-moi passer un coup de fil demain, je vous tiens au courant. Quoi d'autre ? »

En berçant Abby, Dawn est entrée dans la cuisine. « Désolée. Mais où est-ce que tu ranges le papier toilette ? »

J'ai levé un doigt. « Hé, Ray, je dois vous laisser, mais je voulais vous dire que votre fils, Tommy, m'a encore aidé. »

« Bonne nouvelle. C'est un bon garçon. »

« Ça, c'est sûr. Je vous reparle plus tard. »

En raccrochant, Dawn a supplié : « Désolée de te déranger, mais il faut vraiment que j'y aille. »

« Pas de souci. Attends une seconde. »

J'ai trottiné jusqu'au garage, attrapé deux rouleaux de papier toilette et je suis revenu dans la maison.

En les lui tendant, j'ai dit : « Laisse-moi la prendre, comme ça tu peux, tu sais… »

Elle m'a passé Abby et a filé dans le couloir. Dès que la porte de la salle de bains s'est refermée, Abby s'est mise à chouiner.

La berçant dans mes bras, j'ai dit : « Chut, ma puce, maman revient tout de suite. »

J'ai fait le tour de la maison quatre fois, et elle s'est enfin calmée. Je fixais la baie vitrée du fond quand la sonnette a retenti.

J'ai passé Abby sur mon bras gauche et j'ai ouvert la porte.

Mario tenait un parapluie au-dessus de sa tête. Il a regardé Abby et a dit : « Putain… Qu'est-ce qui se passe ? »

« Entre. »

Je me suis écarté, et Mario a fermé le parapluie puis la porte derrière lui.

« Qu'est-ce qui se passe, frérot ? Ne me dis pas que tu es papa en douce ou un truc du genre. »

Dawn est entrée dans la pièce, et Mario a chuchoté : « Oh mon Dieu. Elle ressemble à Bev. »

J'ai dit : « Je sais. Pas vrai ? »

J'ai rendu Abby à Dawn, en disant : « Dawn, voici le frère d'accueil dont je t'ai parlé, Mario. Mario, je te présente Dawn et son bébé, Abby. »

« Enchanté. Alors, comment vous connaissez-vous ? »

J'ai dit : « Je te raconterai ça plus tard. »

Dawn a reniflé Abby deux fois et a dit : « Il faut la changer. »

« Oh, je n'avais pas remarqué. Je n'ai pas l'habitude. »

Mario a ri. « Tu sais au moins changer une couche ? »

Dawn a dit : « Ravie de te rencontrer, Mario. On va se coucher. »

Mario m'a regardé.

« Dormez bien. Si vous avez besoin de quoi que ce soit, dites-le-moi. »

Dès que la porte de la chambre d'amis s'est refermée, Mario a dit : « Elle est canon, frérot. Le bébé n'est pas à toi, hein ? »

En le fusillant du regard, j'ai dit : « Non, et Dawn est juste une gamine. »

« Qu'est-ce qu'elle fait ici ? »

Je lui ai raconté comment Toby les avait trouvées, et il a dit : « Mec, on sait ce que c'est. »

« Carrément. Je vais voir quelle aide je peux lui trouver. »

« Elle reste ici combien de temps ? »

« Je ne sais pas, mais Laura n'est pas contente. »

« Je peux pas lui en vouloir, elle est canon. »

« Elle n'a même pas dix-sept ans, Mario. »

« Je déconne, mec. Qu'est-ce que tu voulais me montrer ? »

J'ai sorti mon téléphone et je suis entré dans la cuisine. « Le gamin de Larson a utilisé un nouvel outil d'IA pour améliorer la vidéo de l'affaire Crane. Regarde. »

Mario a pris le téléphone et a regardé la vidéo. « Je me

rappelle plus à quoi ressemble le père, mais là, c'est le jour et la nuit. »

« C'est bien le père, Atlas Crane. »

Il m'a rendu le téléphone. « Alors, on a une affaire ? »

« Probablement. »

« Probablement ? »

« Il y a encore un truc que je veux creuser avant de donner le feu vert. »

« Ça paie combien, celle-là ? »

« Ce n'est pas une question d'argent. »

« Tout est une question d'argent. »

« Non. Il s'agit d'équilibrer les comptes, d'obtenir justice… »

« La justice, ça ne paie pas les factures, frérot. »

« Tu te plains ? Tu vis juste en face de la plage et t'as tout ce qu'il te faut, non ? »

« Tu vois ce que je veux dire. »

« N'oublie jamais qu'on vient de rien. »

« Ça va, papa. »

« Tu sais, les gens pensent qu'une fois qu'ils seront heureux, ils seront reconnaissants, mais ils prennent le problème à l'envers : c'est la gratitude qui mène au bonheur. »

« Toi et tes trucs de stoïcien. »

« Des types comme Sénèque et Marc Aurèle savaient de quoi ils parlaient. Au lieu de les balayer d'un revers de la main, tu ferais mieux de lire ce qu'ils ont écrit. Ils ont trouvé beaucoup de réponses il y a des siècles. »

« Ouais, ouais, ouais. Tu disais que t'avais un truc que tu voulais que je voie. »

« T'as un pote, je crois qu'il s'appelle Harvey ou un truc du genre. »

« Tu veux dire Howie ? Le type avec la maison sur la baie ? »

« C'est lui. Il a un beau bateau, non ? »

« Ouais, dans les dix mètres et quelques, c'est le même modèle que celui de Vladimir. »

« Vladimir ? »

« Igor, le bras droit du Russe. »

« Ah, oui. »

« Tu te souviens, on a vu son bateau quand on est allés à la marina récupérer les papiers qu'ils avaient préparés pour le coup Cruz ? »

« Oui. C'est du côté de Bayshore Drive. »

« Bien, je commençais à m'inquiéter pour toi, tu sais, Alzheimer précoce. »

« Alors, à propos de ton pote Howie ? On va avoir besoin d'emprunter son bateau. Tu peux arranger ça ? »

« Pour quoi faire ? »

« Ne t'occupe pas du pourquoi pour l'instant. Va juste le voir. Dis-lui qu'on paiera 2 000 par jour. »

« Combien de temps et quand ? »

« Je ne sais pas, mais pas plus d'une journée par-ci, par-là, rien deux jours de suite. »

12

J'AI POSÉ UN SAC DE BAGELS CHAUDS SUR LE PLAN DE TRAVAIL de la cuisine et j'ai allumé la cafetière. Sur la pointe des pieds dans le couloir, je me suis arrêté devant la chambre d'amis. Aucun bruit ne venait de la chambre qui leur tenait lieu de foyer.

Quand elle s'était levée dans la nuit, j'avais craint qu'elle ne fiche le camp, mais Abby avait faim et Dawn cherchait juste de la nourriture pour bébé.

Il était 8 h 10. Après m'être fait une tasse de café, j'ai frappé doucement à sa porte. « Dawn ? Tu es réveillée ? »

« Euh, oui. On arrive dans une minute. »

Dix minutes plus tard, elles sont entrées dans la cuisine.

« Tu as bien dormi ? »

Elle a acquiescé. « C'était la meilleure nuit depuis un moment. »

« Tu vois, il te faut un vrai lit. »

« Merci de nous avoir laissé dormir ici. »

« Pas de souci. Sers-toi un café, et j'ai des bagels. »

« Tu as du Coca ? Ou du Pepsi ? »

« Non. Ce n'est pas ce qu'il y a de mieux à boire. »

Elle a haussé les épaules.

En désignant le frigo, j'ai dit : « J'ai des eaux pétillantes, certaines sont aromatisées si ça t'intéresse. »

« Je vais faire chauffer du lait pour Abby. »

J'ai ouvert mon ordinateur portable. « Hier soir, j'ai consulté certains sites du comté qui gèrent l'aide. J'ai un ami qui regarde comment accélérer les choses, mais quoi qu'il en soit, il faut qu'on remplisse des formulaires pour lancer la procédure. »

« D'accord. »

Après avoir mis le biberon d'Abby au micro-ondes, elle s'est fourré un morceau de bagel dans la bouche. « Ils sont bons. »

« Pendant que tu manges, je vais commencer à remplir les formulaires. »

« D'accord. »

« Dawn, c'est ton prénom ? »

« Oui. »

« Nom de famille ? »

« Rothschild. »

Je me suis raidi. « Rothschild ? »

« Oui, c'est ça. »

« Comment ça s'écrit ? »

« R-O-T-H-S-C-H-I-L-D. »

Curieux de savoir à quel point ce nom de famille était courant, j'ai demandé : « Tu connais ton numéro de Sécurité sociale ? »

Elle me l'a débité d'une traite.

« Et tes parents biologiques ? »

« Je n'ai jamais rencontré mon père, mais ma mère s'appelle Beverly. »

Mon cœur s'est emballé. « On l'appelait Bev ? »

« Ouais, c'est comme ça qu'ils l'appelaient. »

Je me suis levé. « Tu es originaire d'où ? »

« Du New Jersey. »

J'ai senti mes genoux flancher. « Où, dans le New Jersey ? »

« Je ne me souviens pas. »

« Le comté de Monmouth ? »

« Peut-être, ça me dit quelque chose. Pourquoi ? »

« Tu te souviens, je t'ai dit que tu ressemblais à une fille que je connaissais ? »

« Ouais, et alors ? »

« C'est dingue, mais il y a peut-être une chance que tu sois sa fille. »

« Quoi ? »

« Attends une seconde. »

J'ai filé dans ma chambre et je suis revenu avec une photo écornée que j'avais dénichée dans le tiroir de ma table de nuit.

« Regarde ça. Elle n'avait qu'une dizaine d'années à l'époque, mais tu vois à quel point tu lui ressembles ? »

Elle a rapproché la photo de son visage. « Oui. C'est vrai. Ce serait incroyable si c'était ma mère. »

« C'était quand, la dernière fois que tu l'as vue ? »

« Je ne sais pas, quand j'avais sept ou huit ans, à peu près. Elle avait de gros problèmes de drogue et on m'a retirée de chez elle. Elle a essayé d'arrêter, mais elle n'y arrivait pas. »

« Ça s'est passé dans le New Jersey ? »

Son visage s'est assombri. « Oui. »

« Je suis désolé. Je sais que c'est dur. »

« Je la voyais à peine, et puis j'ai appris qu'elle était partie parce qu'elle était malade. »

« Quelle sorte de maladie ? »

« Un truc en rapport avec le froid, et j'imagine que comme elle était SDF, ça l'a vraiment affectée. »

« C'était peut-être la maladie de Raynaud. Ça affecte la circulation sanguine dans les extrémités. »

« Personne n'a jamais dit ce que c'était, mais j'étais juste une gamine. »

« Est-ce qu'on t'a dit où elle est allée ? »

« Juste qu'elle était partie dans le Sud. Je crois qu'elle a essayé de me récupérer, mais la famille d'accueil a tout fait pour la tenir loin de moi. »

« Tu n'as plus jamais eu de ses nouvelles ? »

« Elle m'a envoyé une lettre disant que ce serait mieux de couper les ponts, qu'elle était désolée de ne pas avoir été une meilleure mère, mais qu'elle était malade. »

« C'est horrible. »

« Je suis passée à autre chose. »

« On n'en guérit jamais, ou en tout cas moi, je ne m'en suis jamais remis quand ma mère a été tuée. »

« J'essaie juste de survivre, et je n'ai pas le temps d'y penser. »

En tripotant la photo de Bev, j'ai dit : « Je comprends. Tu sais, si tu veux, il serait peut-être possible de la retrouver. »

« Je ne sais pas. Mais comment tu ferais ? »

« J'ai de bons contacts. Je ne dis pas que ce sera facile ni qu'on la retrouvera, mais si tu veux, on peut essayer. »

Elle a froncé les sourcils. « Je me demande où elle est et si elle va bien. »

« Réfléchis-y. Maintenant, revenons aux papiers. »

Avec mon aide, il a fallu vingt minutes pour remplir les formulaires requis. Comment quelqu'un dans le besoin, sans accès à Internet, ferait-il ?

Dawn est retournée dans la chambre pour coucher Abby pour la sieste, et je suis allé sur la véranda. J'ai appelé Mario.

« Hé, tu ne vas jamais le croire. »

« Quoi ? Tu largues Laura pour Dawn ? »

J'ai soupiré. « Tu sais, parfois tu peux être un con. »

« Je te charrie, mec. Qu'est-ce qui se passe ? »

« Sa mère pourrait être Bev. »

« Notre Bev ? »

« Ouais. »

« C'est pas possible. »

« Son nom de famille, c'est Rothshield, et elle vient du New Jersey. »

« C'est probablement une coïncidence. »

« Je lui ai montré cette photo de Bev. »

« Quelle photo ? »

« Celle où elle est assise sur le canapé vert qu'il y avait dans la maison de Maple Street. »

« J'arrive pas à croire que tu aies encore ça. »

« Dawn lui ressemble comme deux gouttes d'eau. »

« Vraiment ? »

« Et elle a dit qu'on appelait sa mère Bev. »

« Ça paraît dingue. »

« Tu sais, j'ai toujours voulu retrouver Bev. »

« Tu t'es toujours senti mal de l'avoir laissée derrière quand on s'est enfuis. »

« On n'a pas pu l'emmener ; elle n'avait que dix ans. On n'avait aucune idée d'où on allait ni de ce qui arriverait et... »

« Hé, mec, t'as pas besoin de te justifier. On n'avait pas le choix. »

« Mais maintenant, si. »

« Qu'est-ce que tu veux dire ? »

« Soit on cherche Bev, soit on laisse tomber. »

« Tu veux essayer ? »

« À cent pour cent. Dawn a dit qu'elle se droguait et qu'elle était à la rue. On pourrait peut-être l'aider. »

« Mais on ne sait rien sur l'endroit où elle se trouve, ni même si elle est encore en vie. »

« On le saura. »

« Ça paraît impossible. »

« Ce n'est pas impossible, c'est juste difficile. »

« D'une difficulté folle. »

« Comme disait Sénèque : « À quoi bon alourdir ses peines en s'en plaignant ? » »

J'ai imaginé Mario lever les yeux au ciel et j'ai dit : « Écoute, on peut le faire, et on devrait. C'est la bonne chose à faire. On doit ça à Bev. »

13

En sortant de ma voiture, je me suis demandé si la femme assassinée avait un faible pour les hommes qui aimaient être sur l'eau.

J'ai descendu un quai où était amarré un remorqueur imposant. L'eau clapotait contre la coque tachée de rouille du navire baptisé *Coastal Fort Myers*. J'étais là pour voir Fred Foster.

Deux hommes en salopettes caoutchouteuses fumaient sur le pont du bateau. L'un d'eux avait été le petit ami d'Ana Crane quand elle a été assassinée.

« Fred ! »

Il a levé les yeux. « Jeffrey ? »

J'avais donné un faux nom à l'ancien propriétaire d'une boutique de compléments alimentaires, en lui disant que j'étais journaliste. « Ouais. »

« Attends. » Il a dit quelque chose à son équipier et a dévalé la passerelle.

Il m'a tendu une grosse main. « Ça va ? »

« Ça va. Merci d'avoir accepté de me voir. »

« Bien sûr. Tu as dit que c'était à propos d'Ana. Même si ça fait des années, j'en suis encore malade. »

« Je sais que tu as témoigné au procès, mais je voulais te parler d'Atlas Crane. »

Il a froncé les sourcils. « Ce salaud a commis un meurtre et il s'en est tiré. »

« Qu'est-ce que tu peux me dire sur lui ? »

« C'est un lâche et un menteur. Tu sais, il a un passé violent. C'est un type immonde. J'ai essayé de la protéger après qu'elle m'a dit qu'il l'avait frappée. Je ne le laissais pas entrer dans la maison quand il venait chercher Tyler. »

« Il a levé la main sur elle ? »

« Ouais, elle a dit qu'il l'avait poussée contre l'îlot de cuisine et qu'elle avait un énorme hématome à la hanche. »

« Elle a porté plainte ? »

« Non. Mais je lui ai dit de demander une ordonnance d'éloignement contre lui. Il n'aimait pas me voir avec elle. Ce gars-là, c'était comme une casserole d'eau prête à bouillir. J'ai bossé avec pas mal de types comme lui. Ils pètent les plombs, comme ça. » Il a claqué des doigts.

« Elle n'a jamais demandé l'ordonnance d'éloignement ? »

Il a fait non de la tête. « Crois-le ou non, elle disait que, si elle le faisait, ça le mettrait en colère, et elle avait peur de le faire partir en vrille. Je lui ai dit que c'était précisément pour ça qu'il lui en fallait une. Ana était une fille géniale. Elle voulait que Tyler ait une relation avec son père. »

« Tu t'entendais bien avec Tyler ? »

« Oh ouais. C'est un bon gosse. Enfin, on est restés en contact, mais quand Ana a été, euh, tuée, Tyler a pris le parti de son père. Je comprends, il avait quoi, dix ans, mais ça a un peu tendu les choses. Je suis sûr que ce salaud lui murmurait des saletés à mon sujet. »

« Tu sais si Tyler et son père s'entendent aujourd'hui ? »

« Pas vraiment. »

« Tu peux me dire autre chose sur Atlas Crane ? »

« Juste qu'il devrait passer le reste de sa vie derrière les barreaux. »

« Merci pour ton temps. »

« Pourquoi est-ce que tu me demandes tout ça maintenant ? »

« J'écris un article sur les meurtres non résolus dans le sud-ouest de la Floride. »

« Ah oui ? »

« Ouais, tu serais surpris du nombre qu'il y en a. Vas-y, fais une estimation. »

« Cinquante ? »

« Non, plus de quatre cents. »

« Ouah. »

« J'essaie de faire la lumière là-dessus. »

« Ce serait bien. »

« J'espère. Au fait, tu fais ça depuis combien de temps ? »

« Juste après qu'Ana a été tuée, j'ai vendu la boutique de compléments alimentaires que j'avais. Elle tournait pas mal, mais je devais changer d'air, tu vois. »

« Je comprends. Je ne savais pas qu'il y avait des remorqueurs à Fort Myers. Qu'est-ce que vous en faites, du remorqueur, par ici ? »

« On fait pas mal de choses. Tu sais, ici on a un tas de canaux étroits, et on aide certains bateaux à les franchir, et on fait beaucoup de pose et de récupération de barges. »

« Ça se tient. »

« Oui, et bien sûr, si un bateau est en panne, on peut le

remorquer. Et puis, on a fait beaucoup d'opérations de renflouement et de récupération après le passage de l'ouragan Ian. »

« J'imagine. »

« Ouais, j'ai bossé vingt-neuf jours d'affilée. »

« Ouah. Merci d'avoir accepté de me voir. »***

En rentrant par la route 75, je passais en revue des idées, en épinglant mentalement une idée audacieuse.

———

J'AI PRIS la ruelle qui longe M Waterfront et j'ai regardé sur la droite. Tyler Crane était assis sur un banc surplombant Venetian Bay.

Un plaisancier solitaire se dirigeait vers le golfe du Mexique. Je me suis raclé la gorge pour éviter de faire sursauter Tyler et je me suis glissé à côté de lui.

Il a souri et a dit : « Je ne suis pas venu ici depuis des années. Ma mère m'emmenait ici. On jetait du pain dans l'eau et les poissons devenaient fous. »

« Cette baie est bourrée de poissons. Les poissons-chats raffolent du pain. »

« Ouais, je me souviens de la première fois où j'ai vu qu'ils avaient des moustaches. Ils se ruaient à la surface et s'agitaient pour attraper le pain. C'était marrant. »

« Je n'en doute pas. »

« Alors, tu as regardé pour mon pèr... »

J'ai posé un doigt sur mes lèvres, et il a dit : « Pardon, pardon. »

Baissant la voix, j'ai dit : « Tu as déjà pensé à l'attaquer au civil ? La règle qui interdit d'être jugé deux fois pour le même crime ne s'applique pas aux procédures civiles. »

Il a chuchoté : « Il est fauché. Il n'a jamais su économiser, et il a claqué tout ce qu'il avait dans les avocats qui l'ont fait acquitter. Et puis ce n'est pas ce que je cherche : je veux justice pour ma mère. »

« Et ça veut dire quoi pour toi ? »

« Il doit aller en prison. »

« Viens, on va marcher. »

Nous nous sommes dirigés vers le parking. Des enfants couraient à travers des jets d'eau qui jaillissaient en alternance dans les airs. Je me suis penché vers Tyler.

« Comment ça se passe avec lui, ces temps-ci ? »

« Comme d'habitude. »

« Il ne se doute pas que tu crois qu'il a tué ta mère ? »

« Non, il ne voit rien et fait comme si de rien n'était. »

« J'ai deux ou trois idées. Mais je dois te prévenir, elles sont rudes. »

« Tu veux dire violentes ? »

« Non. Mais ça va devenir aussi sale que possible. Je dois savoir si tu es prêt pour ça ou pas. »

« Je comprends. »

« Il me faut plus que ta compréhension. J'ai besoin que tu sois à fond et que tu m'aides si j'en ai besoin. »

Il a écarquillé les yeux, mais n'a rien dit.

« Tu es dedans à 100 %, ou pas ? »

Il a hoché la tête. « Il doit payer pour ce qu'il a fait. J'en suis. »

Je l'ai regardé droit dans les yeux. « Il n'y aura pas de retour en arrière, tu le sais ? »

« Je comprends. On le fait. Le plus tôt sera le mieux. »

« D'accord. J'espère que tu sais bluffer. »

« Qu'est-ce que tu veux dire par là ? »

« Il faut que tu restes en bons termes avec ton père. Que tout paraisse normal. Il ne doit se douter de rien. »

« Pas de problème. Je n'ai jamais dit ce que je ressentais vraiment. Je l'ai soutenu du mieux que je pouvais, même quand les doutes ont commencé à s'insinuer. Enfin... à déferler. »

« Il faut que tu restes en bons termes avec lui. »

« T'inquiète. »

« Il y aura des frais et des honoraires à payer. »

Il a hoché la tête. « M. Larson m'en a parlé. Ne t'en fais pas, j'ai l'argent de la vente de la maison que Maman m'a laissée. »

« D'accord. Je réduirai un peu notre part, mais les frais sont ce qu'ils sont. »

« Ça me va. »

« Et souviens-toi : sauf vraie urgence, ne me contacte pas. Quand j'aurai besoin de toi, je te ferai signe. »

Comme il disait « Pas de problème », je me suis tourné et dirigé vers le tunnel qui menait de l'autre côté de Venetian Village.

14

En entrant dans Pelican Marsh, j'ai pris la direction du quartier The Arbors. Larson était dans l'allée, en train d'inspecter une large bordure de fleurs violettes et blanches qui longeait les massifs.

J'ai dit : « Ça rend bien. »

« J'aimais les bégonias, mais ils commençaient à avoir mauvaise mine. »

« Tu t'occupes vraiment bien de cet endroit. Ça a fière allure. »

« Merci. »

Je l'ai suivi sur le côté de la maison jusqu'à la lanai. Un golfeur s'apprêtait à frapper ; nous sommes restés immobiles jusqu'à ce qu'il touche la balle. J'ai essayé d'en suivre la trajectoire, mais je n'y arrive jamais.

Larson a dit : « Beau coup. »

« À l'oreille, oui. »

Il s'est laissé tomber dans un fauteuil club. « J'ai eu des nouvelles de Vincent à propos de la fille qui reste chez toi. »

« Il va aider ? »

Larson a hoché la tête. « Ils ont approuvé la demande et elle devrait pouvoir emménager dans une maison aujourd'hui. »

« Super. Quel genre de maison ? »

« Ce sera une maison partagée. »

« Un foyer ? »

« Oui. Il a dit que St. Matthew's House a une place à Campbell Lodge qu'elle peut prendre. »

« Dawn a une fille encore nourrisson. »

« Je suis au courant, et eux aussi. C'est un logement de transition. »

« Je ne sais pas quoi en penser. »

« Je suis surpris de t'entendre dire ça. » Larson a gloussé. « Qu'est-ce que tu attendais, un appart sur la plage ? »

« Je m'inquiète pour elle, c'est tout. Je sais ce que valent ces endroits, et c'est une gentille gamine. Je ne veux pas qu'elle déraille. »

Larson a sorti son téléphone. « Je te transfère le mail au sujet du logement de St. Matthew's House. »

« Merci. »

Il a rangé son portable dans sa poche et a dit : « Donc, Laura n'est pas ravie que tu héberges Dawn et son enfant. »

« Qu'est-ce qui te fait dire ça ? »

Larson a souri. « Je le sens. »

« Tout va bien avec elle. »

« Allons, Beck. Je sais qu'il se passe quelque chose. Tu sais que tu peux te confier à moi, je pourrais peut-être aider. »

Je l'ai mis au courant de la réaction de Laura, y compris notre dispute à propos d'emménager ensemble.

Larson a dit : « Laura se comporte normalement. On

dirait que vous êtes à un carrefour dans la relation, et elle prend les devants pour passer à l'étape suivante. »

« Eh bien, je ne trouve pas ça juste de me mettre la pression. »

« De l'extérieur, elle a l'air de te faire du bien. »

« On s'entend super bien, c'est juste que j'ai besoin d'espace, tu vois ? »

« Je comprends, mais tu passes peut-être à côté de quelque chose de bien meilleur. Mon mariage a été la meilleure chose qui me soit arrivée. »

« Maintenant, tu me maries ? »

« Eh bien, si tu passes à l'étape suivante et que ça marche, pourquoi pas ? »

J'ai haussé les épaules. « On verra. Écoute, je ne suis pas venu ici pour des conseils de couple. »

Larson a dit : « Je cherche juste à aider. Alors, qu'est-ce qui te tracasse ? »

« Je suis partagé à propos d'une idée pour l'affaire Atlas Crane. »

« Comment ça ? »

J'ai présenté à Larson les grandes lignes de mon plan.

Il a dit : « Je pense que ce sera efficace. »

« Moi aussi, mais je ne suis pas sûr que ce soit juste. »

Larson a hoché légèrement la tête. « Tu t'inquiètes de la morale ? »

Je n'avais pas vraiment mis un nom sur ce que je ressentais, mais ça sonnait juste. « Je ne sais pas comment tu appellerais ça, mais tu ne crois pas que ça pousse le bouchon un peu trop loin ? »

« Tu dois tenir compte des circonstances et de l'objectif. »

« Je ne suis pas sûr de comprendre. »

« Tu serais d'accord pour dire qu'il n'y a pas de crime pire que d'ôter la vie ? »

« Oui, même si la traite des êtres humains n'est pas loin. »

« D'accord, mais avec la traite, les victimes ont une chance de s'échapper. Même marquées à vie, elles sont en vie et peuvent tenter de surmonter les dégâts et essayer de mener une vie heureuse. »

« Parfois, elles seraient peut-être mieux mortes. »

« C'est vrai, mais ne nous égarons pas. En résumé, cet homme a tué sa femme et s'en est tiré. D'accord ? »

« Oui. »

« Donc, tout ce que tu feras pour obtenir un semblant de justice pour son fils est envisageable. »

« J'imagine. »

« Non. » Larson s'est avancé sur le bord de son siège et m'a regardé droit dans les yeux. « Il faut que tu croies que c'est justifié, sinon ton plan ne marchera pas. »

J'ai hoché la tête sans rien dire.

Larson a dit : « Et pire que l'échec du plan, c'est que tu pourrais te faire mal au passage. »

« Ça va aller. »

« Si tu n'es pas derrière ton plan à mille pour cent, alors jette-le et recommence. »

« Il est bon, je pense que c'est la seule façon de faire le boulot. »

« Alors, monte à bord et chasse les doutes de ta tête. »

Je suis reparti de chez Larson en bondissant et j'ai envoyé un texto à Mario : « *Le boulot est lancé.* »

15

L'INTÉRIEUR VIOLET M'A DÉCONCERTÉ. JE N'ÉTAIS JAMAIS ALLÉ au Lavender Café & Bistro, mais l'agitation montrait que je passais à côté de quelque chose.

Le détective Moreno était assis à une table le long du mur. J'ai tiré une chaise colorée et je me suis assis. Moreno a désigné une petite tasse devant lui. « Tu as déjà goûté le café turc ? »

« Non. On dirait que c'est épais, comme de la boue. »

« C'est un peu sableux, mais bon. Prends-en une tasse. »

« D'accord. Pourquoi pas ? »

« Si tu as faim, ils ont une spécialité de la maison. Ce sont trois œufs cuits lentement dans une sauce. C'est excellent. »

J'ai hélé un serveur : « Je vais juste prendre un café. Un turc. »

Moreno a dit : « Tu as un autre boulot ? »

« Oui, mais je voulais ton aide pour autre chose. »

« Vas-y. »

Je l'ai mis au courant du contexte concernant ma sœur d'accueil, Bev.

« Waouh. Je pensais qu'il n'y avait que toi et Mario qui étiez très proches. »

J'ai soupiré. « Ça a été horrible de la laisser quand on s'est enfuis. Mais elle était beaucoup trop jeune. »

« Et tu n'as jamais essayé de la retrouver ? »

« Ne m'en parle pas. J'ai culpabilisé plus souvent que je ne suis parti en vacances. »

« Désolé, mec. »

Le serveur a apporté mon café. J'en ai pris une gorgée. « Il est fort. Et granuleux. »

« Exactement. »

J'en ai repris une gorgée. « J'aime bien, cela dit. Il faudra que je revienne. »

« Si tu reviens, essaie les brochettes marocaines. C'est au poulet, et c'est mon plat préféré. »

« Je verrai ça. Laisse-moi finir ce que je te disais. »

Je l'ai mis au courant de ma découverte de Dawn et de son enfant dans les bois.

Il a dit : « T'es un chic type, Beck. Ce que tu as fait n'est pas facile. Tout le monde aime dire qu'il aiderait quelqu'un, mais quand il faut agir, les gens détournent le regard. Crois-moi, ce que je vois dehors n'est pas joli. Tu as été à la hauteur, et ça mérite d'être salué. »

Je me suis surpris à souhaiter que Laura puisse entendre ce que Moreno venait de dire. « J'ai été à sa place, et je devais l'aider. Tu sais, ce dont je voulais te parler est lié. »

« Raconte. »

« Dans la dernière famille d'accueil où Mario et moi étions, le père d'accueil était violent. » J'ai effleuré la cicatrice derrière mon oreille. « C'est comme ça que je me la suis faite. »

« Je me souviens que tu as dit que c'est ce qui vous a poussés à ficher le camp, toi et Mario. »

« Ouais, mais quand on a fui, on a laissé Bev. Elle voulait venir, mais elle était bien trop jeune et… »

« Et maintenant tu veux la retrouver ? »

« Comment tu sais ? »

Il a souri. « Je suis détective, mon pote. »

En lui rendant son sourire, j'ai dit : « Tu crois que tu pourrais me trouver quelques infos ? Tu sais, me mettre sur la bonne piste ? »

« Dans quel État était-elle la dernière fois ? »

« Je ne sais pas. Mais elle est sûrement passée par le New Jersey. Dans le comté de Monmouth. »

Il a sorti un carnet. « Son nom et son âge approximatif ? »

Je les ai énoncés sans hésiter.

« Laisse-moi vérifier ce que le système peut avoir sur elle. Je verrai si le DMV là-bas a quelque chose. Elle a peut-être un dossier ou une mention quelconque qui pourrait permettre de la retrouver. »

« Je ne pense pas qu'elle allait très bien. Je crois qu'elle se droguait, et que ça l'a conduite à abandonner sa fille. »

Moreno a soupiré. « T'es sûr de vouloir creuser ça ? Ça peut devenir moche. »

« Il le faut. »

« Je comprends. »

« Merci, je t'en dois une. »

« Les bons comptes font les bons amis, mais entre nous, on ne compte pas. »

————

MON PORTABLE A VIBRÉ. C'était Mario.

« Salut, quoi de neuf ? »

Il a demandé : « T'es où ? »

« Sur Vanderbilt Beach Road, je rentre. »

« Je surveille Atlas Crane pour cerner sa routine, comme tu me l'as dit. »

« D'accord. »

« Je viens de suivre Crane jusqu'au Naples City Dock. Je suis sûr qu'il s'apprête à aller pêcher. »

« Il est seul ? »

« Ouais. »

« On peut avoir le bateau de ton pote ? »

« Je le lui ai demandé avant de t'appeler. Ça lui va. »

« Parfait. »

« Il habite à Royal Harbor. Je suis à cinq minutes. Je te partage sa position. »

« On se retrouve là-bas. »

Après m'être garé, j'ai retiré mes baskets et j'ai pris une paire de tongs dans le coffre. En coupant entre les maisons, j'ai vu Mario assis à la barre du Boston Whaler de son ami.

Je l'ai interpelé et j'ai sauté à bord du bateau de 8,5 m. Je me suis glissé sous l'ombre que procurait le hard-top.

En désignant la paire de cannes à pêche dressées à l'arrière du bateau, j'ai dit : « Joli détail. »

« Je me suis dit que ça rendrait bien. »

« On y va. »

Mario a démarré les moteurs, et j'ai jeté les amarres sur le quai. En remontant un des pare-battage, j'ai dit : « Tu sais où il aime pêcher d'habitude ? »

« Ouais, il a deux coins, et ils doivent être bons parce

qu'il y a toujours deux ou trois autres bateaux dans ces zones. »

Mario a mis le cap vers la baie, en réduisant au minimum le sillage du bateau. Après avoir quitté la zone sans sillage, Mario a poussé la manette des gaz. L'étrave s'est soulevée.

La baie s'est élargie et il a mis le cap vers l'extrémité nord.

Je me suis avancé vers l'avant. En rabattant davantage ma casquette, j'ai demandé : « Tu as pris de la crème solaire ? »

« Nan. Je déteste me tartiner de ce truc. »

Je suis retourné à l'ombre. « Faut faire attention. Le soleil de Floride est intense. »

En ralentissant, il a désigné d'un coup de menton. « C'est Crane, à droite. »

Il y avait un petit groupe de bateaux. « Lequel ? »

« Le bleu. »

Plissant les yeux, j'ai repéré un bateau avec une large bande bleue autour de la coque. « Approche, mais pas trop. »

Mario a ralenti. J'ai fait signe à quelques bateaux en approchant de la zone où Atlas Crane pêchait.

Quand on est arrivés à portée de voix du bateau de Crane, Mario a coupé le moteur.

J'ai attrapé une canne à pêche.

En haussant la voix, j'ai dit : « Ils sont où, les appâts ? »

Mario a dit : « C'était à toi d'aller en chercher. »

« Non, pas du tout. Je t'ai dit d'en prendre ! »

« Pas question, mec ! T'as dit que tu t'en chargeais. »

Crane regardait dans notre direction quand j'ai crié : « Pas du tout ! »

Alors que notre bateau dérivait plus près de celui de Crane, j'ai dit : « Tu perds les pédales, mec ! »

« C'est pas de ma faute. »

« Si ! Je t'ai dit que j'avais pas le temps aujourd'hui. Et maintenant ? Faut qu'on fasse demi-tour ? »

Mario a dit : « Tu veux que je fasse quoi ? »

« Amène ces foutus appâts ! Je te demande une seule chose et tu te loupes. J'en reviens pas. »

« Désolé, mec. »

« On se tire d'ici. »

« Attends une seconde. » Mario est allé sur le côté du bateau et a agité le bras : « Hé ! Oh ! Y aurait moyen de nous prêter des appâts ? »

J'ai dit : « On n'emprunte pas des appâts, andouille. S'il peut nous dépanner, on paiera. »

Atlas Crane s'est levé et a mis sa canne dans un porte-canne. Il a formé un porte-voix avec ses mains : « Vous avez besoin d'appâts ? »

« Ouais, on a oublié d'en prendre. »

J'ai désigné Mario du doigt : « C'est pas moi qui ai oublié, c'est lui. »

Crane a hésité avant de dire : « Bien sûr, je peux vous en filer un peu. »

« Merci, mec, tu nous sauves la mise. »

« Approchez un peu. »

Mario a remis le moteur en marche. J'ai passé les pare-battage par-dessus bord, et on s'est approchés doucement du bateau de Crane. Quand on n'était plus qu'à un mètre, Crane a lancé une aussière, et je l'ai saisie. On s'est ramenés bord à bord.

J'ai tendu un billet de cinquante. « On apprécie. Voilà pour toi. »

Crane l'a happé comme si c'était le diamant Hope. Il l'a rangé en disant : « Cinquante, c'est beaucoup trop. »

« Nan, ça va. Je n'ai pas beaucoup de temps. Sinon, on serait sortis pour rien. Mario, prends le seau. »

Crane a pris le seau et y a versé une belle ration d'appâts.

J'ai dit : « Alors, ça mord ? »

« Plutôt bien : j'ai pris deux snooks, et je viens juste de commencer. »

« Sympa. Je suis nouveau dans le coin, et c'est ma première sortie. »

« Tu pêches souvent ? »

« Je viens de m'installer ici et je me suis mis à la pêche il y a environ un an. »

« Il est chouette, ce bateau. »

« C'est celui de Mario. Moi, j'ai mon propre bateau, un 15 m avec radar et tout le tralala. »

« Waouh. C'est classe. »

« J'adore être sur l'eau. »

« Ouais, c'est paisible, ici. »

« Je vois ce que tu veux dire. Parfois je sors sans même mettre une ligne à l'eau. À une centaine de mètres du rivage, t'as l'impression d'être sur une autre planète. »

Crane a dit : « Tellement vrai. Tu amarres ton bateau où ? »

« Je viens de l'acheter et je le garde chez un pote. Il a un quai avec un énorme élévateur pour bateau. »

« J'imagine que c'est imbattable. »

« Tu penses que je devrais l'amarrer où ? »

« Moi, je suis au Naples City Dock. Ils sont corrects niveau prix. Ils prennent des bateaux jusqu'à 18 m. »

« Bon à savoir. Comme je disais, le mien fait 15 m. C'est un Cabo Flybridge, parfait pour la pêche. »

« C'est une vraie perle, ce bateau. Je ne suis jamais monté sur un, mais un type en avait un à deux quais du mien. »

« Eh bien, il faudra que tu viennes faire un tour sur le mien un de ces jours. »

« Ce serait top. Au fait, moi c'est Atlas. Atlas Crane. »

« Enchanté. Moi, c'est Beck, et voici Mario. »

« Dis, puisque t'es nouveau, tu devrais passer au Naples Fishing Club. C'est un bon endroit pour rencontrer du monde. On a une réunion une fois par mois, le troisième mardi de chaque mois à 18 h 30. Tu peux venir gratuitement pour voir si ça te plaît. »

« Excellente idée. J'irai voir. Allez, on te laisse. Merci encore pour les appâts. »

Mario a remis le moteur en marche, et on s'est écartés du bateau de Crane. Quand on a été à une centaine de mètres, Mario a dit : « Il a mordu à l'hameçon, le fil et le plomb avec. »

J'ai souri.

« Elle était pas mal, ta ligne, non ? »

« C'était bien trouvé. Mais ne crie pas victoire, le plus dur arrive. »

16

Laura ne répondait pas à mes textos. Je l'ai appelée. « Salut, ça va ? »

« Bien. »

« Bien » et « bon » veulent dire à peu près la même chose, sauf quand c'est une femme qui parle. « Tu fais quoi ? »

« Pourquoi ? »

« Je voulais savoir si tu avais envie de faire un tour. »

« Où ? »

Je pariais que la série de réponses d'un seul mot allait prendre fin. « Larson a trouvé un endroit où Dawn et Abby peuvent vivre. »

« Il a fait ça ? »

Deux, c'était mieux qu'un. « Ouais. Personne n'a son réseau. Alors, tu veux venir ? »

« Tu l'emmènes là-bas ? »

« Pas encore. Je voulais d'abord voir la responsable et l'endroit, mais c'est réglé. »

« Tu veux que je vienne jusqu'à chez toi ? »

« Non. Je passe te prendre, c'est sur ma route. »

Laura m'attendait dehors quand je me suis arrêté. Elle a sauté sur le siège passager et s'est penchée pour me déposer un baiser sur la joue. La nouvelle que Dawn et son bébé partaient avait fait fondre la glace.

En bouclant sa ceinture, elle a dit : « On doit aller loin ? »

« Pas loin, à deux pas de Collier Boulevard et Vanderbilt. »

« Super. Je parlais justement avec Susan. Elle m'a dit qu'elle et Mario vont voir un groupe hommage à Pink Floyd. Tu veux y aller avec eux ? Ça va être sympa. »

« Si tu veux, oui. »

« Parfait. Je lui dis de nous prendre des billets. Tu veux manger un truc avant le concert ? »

« D'accord. »

« Tout va bien ? »

« Ouais, pourquoi ? »

« Tu me fais des réponses d'un seul mot. »

Je voulais lui dire que je digérais encore sa jalousie, mais j'ai dit : « Je ne m'en rendais pas compte. Je suis un peu distrait, je pense à la nouvelle affaire qu'on a. »

« C'est quel genre d'affaire ? »

« Je ne peux pas vraiment en parler. »

« C'est ridicule. On sort ensemble depuis des années et tu m'as parlé de… »

« Ça concerne un type qui a peut-être assassiné sa femme. »

Elle a plaqué la main sur sa bouche. « Oh mon Dieu ! C'est immonde. »

J'ai acquiescé.

« Pourquoi il ne va pas en prison ? »

« Il a été acquitté. »

« Mais tu penses qu'il l'a fait ? »

Elle ne manquait pas de flair. « Ça en a tout l'air. »

« Qu'est-ce que tu vas faire ? »

« Je ne sais pas encore. C'est pour ça que j'y pensais. »

« S'il l'a fait, pourquoi la police ne peut rien faire ? »

Je lui ai expliqué le principe du non bis in idem, qui empêche de juger quelqu'un deux fois pour les mêmes faits.

« C'est dingue. Tu es en train de dire que, même si on découvre de nouvelles preuves, on ne peut pas refaire un procès ? »

« C'est la loi. »

« Comment est-ce possible ? »

J'ai tourné dans l'allée qui menait à un bâtiment rectangulaire de deux étages. « On est arrivés. »

Elle a dit : « C'est ici que Dawn va habiter ? »

« Oui. »

« On dirait un motel délabré. »

Plusieurs personnes traînaient sur la coursive extérieure qui longeait l'étage supérieur. « C'est juste temporaire. »

Elle a montré une longue portion de rambarde couverte de vêtements. « Avec cette humidité, ce linge ne séchera jamais. »

Nous nous sommes garés et nous sommes sortis de la voiture. Trois sources de musique différentes se disputaient l'attention. Un garçon torse nu faisait rebondir un ballon de foot sur son genou près d'une porte abîmée portant l'inscription « Bureau ».

Plus on s'approchait du bâtiment, plus on voyait la peinture s'écailler. Deux femmes étaient assises à droite de la porte du bureau et parlaient espagnol.

J'ai frappé à la porte et une femme mince a ouvert. « Oui ? »

« Bonjour, je suis Beck. Ray Larson a dit que vous aviez une place pour Dawn et son bébé. »

Ses yeux ont détaillé Laura de la tête aux pieds. « D'accord, mais si elle cherche un Hilton, ce n'est pas ici. »

« On comprend. M. Larson a dit que vous nous feriez visiter. »

« Vous êtes quoi, son tuteur ou un truc du genre ? »

Laura a dit : « Non. On veut juste ce qu'il y a de mieux pour elle. »

Elle a hoché la tête. « Très bien. Allons-y, je n'ai pas beaucoup de temps. »

Nous avons pénétré dans un petit espace. Un ventilateur soufflait des papiers d'un bureau métallique. Nous avons descendu un couloir sombre jusqu'à une cuisine. Deux tables de pique-nique étaient occupées par des femmes et leurs enfants. Tous les regards étaient braqués sur nous. J'avais du mal à entendre mes propres pensées.

Je leur ai fait un signe de tête en passant devant des plans de travail chargés de paquets de céréales en gros, de conserves et de produits en papier.

On l'a suivie dans une autre pièce où une télé hurlait à plein volume. « C'est la salle commune. »

Une demi-douzaine d'enfants étaient scotchés devant un dessin animé, et un tout-petit tapait sans arrêt avec un jouet. Mon regard s'est arrêté sur plusieurs taches sur le tapis.

Laura a plissé le nez, en chuchotant : « C'est quoi, cette odeur ? »

L'air était lourd et renfermé. « C'est sans doute du moisi. »

« Pourvu que ce ne soit pas de la moisissure. »

« Vous voulez voir la buanderie ? »

« Non, merci. On peut jeter un œil à sa chambre ? »

« Par ici. »

Une mère qui criait après son gamin nous a croisés dans le couloir. Notre guide a désigné une porte. « Elle partagera sa chambre avec Luiza. »

Elle a ouvert la porte d'un coup. À droite, un lit défait et un berceau étaient entourés de cartons. En face, un matelas nu et une table de chevet abîmée.

« Dawn a une fille en bas âge. »

« Oui, on sait. »

Laura a dit : « C'est le mieux que vous ayez pour elle ? »

« Madame, ce n'est pas un hôtel. »

Laura m'a regardé et a dit : « D'accord. Merci pour la visite. »

Dès qu'on a mis les pieds sur le parking, Laura a dit : « On ne peut pas les laisser vivre ici. »

Je me suis arrêté net. « Ce n'est pas l'idéal, mais qu'est-ce qu'on peut faire d'autre ? »

« Tu ne peux pas l'héberger chez toi jusqu'à ce que quelque chose de mieux soit disponible ? »

C'était bien Laura qui parlait ? « Je suppose que oui, mais je pense que la plupart de ces endroits seront des foyers collectifs. »

« J'imagine mal une mère et son bébé vivre dans un endroit pareil. »

Heureusement, Laura n'avait pas vu ce que j'avais vu. « C'est comme ça. On fait ce qu'on a à faire. »

« Peut-être qu'on peut lui trouver une location de courte durée jusqu'à ce qu'elle se remette sur pied. Je peux mettre au pot quelques centaines par mois. »

Je lui ai pris la main et je l'ai embrassée. « C'est gentil, mais ce n'est pas nécessaire. Je peux me le permettre pendant un moment. »

« Tu es quelqu'un de bien. »

Je n'en étais pas sûr. « Si c'est le cas, c'est parce que je traîne avec toi. »

Elle a affiché son sourire mille watts. « Tu vois ? On fait une bonne équipe. »

J'ai souri et je lui ai ouvert la portière. En démarrant la voiture, j'ai dit : « Tu veux jeter un œil au marché locatif ? On pourra probablement se contenter d'un deux-pièces. »

Elle avait son téléphone à la main. « Je suis sur Zillow. »

« Si tu trouves quelque chose, on peut voir s'ils sont ouverts à une location de courte durée. Si on doit payer plus, ça me va. »

« Comment va-t-elle se remettre sur pied et payer ses propres frais avec un bébé ? Tu sais combien ça coûte, la garde d'enfants ? »

Je ne savais pas. « Il faut qu'on trouve quelque chose. Au pire, je peux payer la garde d'enfants quand elle aura son propre logement. Ça doit revenir moins cher que le loyer. »

« Il lui faudrait un boulot. »

« Je sais. Écoute, je sais que c'est un pari à l'aveugle, mais j'essaie de retrouver sa mère. »

« Et tu penses qu'elle va faire quoi ? Elle l'a abandonnée. Tu t'attends à ce qu'elle vienne à la rescousse ? »

Je n'y avais pas vraiment réfléchi. « Je ne sais pas ce qu'elle fera. Mais d'abord, il faut qu'on la trouve. Et ça ne va pas être facile. »

« Je sais que tu essaies de faire ce qu'il faut, mais ça peut facilement se retourner contre toi. »

17

J'AI EMBRASSÉ LA JOUE DE LAURA ET J'AI DIT : « TU AS FAIT UN super boulot pour trouver un appartement à Dawn. »

« Merci, mais si tu n'étais pas prêt à payer pour ça… » Sa voix s'est éteinte.

Payer plus de 2 000 $ par mois, ce n'était pas donné, mais Dawn et son bébé seraient en sécurité, et j'avais enlevé un point de tension de ma relation avec Laura.

« Ce n'est pas pour toujours. Essaie, s'il te plaît, de garder un œil sur elle avec ce cours de saisie au clavier en ligne. »

« Elle se débrouille bien. Je pense que si elle s'y tient une semaine, elle tapera à un rythme assez rapide. »

« Larson a dit qu'il y a deux ou trois boîtes de compta avec des boulots de saisie de données en ville. Elle peut le faire depuis l'appart et gagner un peu d'argent. »

« Ils paient combien ? »

« 16 $ de l'heure. »

« Ça n'ira pas bien loin. Il faut bien qu'ils mangent, et elle doit acheter une voiture et… »

« Une chose à la fois. »

Laura a baissé la voix. « Elle ne sait pas cuisiner. »

« Elle n'avait personne pour lui apprendre. C'est juste une gamine. »

« C'est dommage. Tu vas lui apprendre à cuisiner ? »

« Moi ? »

Elle m'a donné un coup de coude dans les côtes. « Tu te vantes toujours d'être un super cuisinier. »

Je l'ai attirée contre moi. « Il faut qu'elle commence par la base. Mon niveau d'art culinaire est trop sophistiqué. »

« D'accord, Monsieur Étoile Michelin, ne prends pas la grosse tête. »

En enfouissant mon visage dans son cou, j'ai dit : « Il y a autre chose qui grossit. »

Elle s'est dégagée. « Pas maintenant. J'ai promis d'emmener Dawn et Abby au parc. »

« Oh, allez, ce n'est pas juste. »

« Je croyais que toi et Mario alliez au club de bateaux. »

« C'est un club de pêche, mais c'est ce soir. »

« Pendant que tu y seras, j'apprendrai à Dawn quelques bases de cuisine. »

J'ai fait la moue. « Et moi, alors ? »

Elle a souri. « Je reviendrai plus tard, ne t'en fais pas. »

———

Le parking du VFW était à moitié vide. Mario s'est garé sur une place, et on est descendus.

Un auvent noir couvrait l'entrée de ce bâtiment banal de plain-pied.

La salle principale était sombre. Quatre hommes buvaient à un bar qui longeait un mur. Nous avons dépassé les toilettes pour entrer dans un couloir qui menait à une grande salle carrée remplie de tables de banquet.

Une pile de bulletins était posée sur une table. J'ai pris un exemplaire de *The Hook*, la publication du club, et je l'ai feuilleté.

Mario a chuchoté : « Il est là, en train de parler à un vieux près de la fenêtre. »

J'ai fait signe à Atlas Crane et nous nous sommes approchés sans nous presser.

Crane a dit : « Hé, vous êtes là. »

« Bien sûr. Merci de nous avoir invités. »

Il a interrompu un groupe et nous a présentés à deux membres, qui n'étaient pas très aimables.

Crane a dit : « La réunion va commencer dans une minute. » Il a souri. « Il n'y a rien de très important. Sauf un concours qui arrive avec de jolis prix en espèces. »

« Cool. »

Un homme aux cheveux blancs a tapé sur une table. « Allons-y, on commence. »

Crane a dit : « Venez avec moi. »

Nous l'avons suivi jusqu'à quelqu'un qui s'est avéré être le président du club, et il nous a présentés.

Après nous avoir remerciés d'être venus, il a lancé : « La séance est ouverte. »

Les hommes qui étaient au bar sont entrés dans la salle et tout le monde a pris place.

Le président du club a parlé d'un concours de pêche au snook, d'infos sur des sorties en charter et d'une nouvelle initiative appelée Buddies Without Boats. La réunion a été rapidement levée.

Crane a dit : « Ce n'était pas trop pénible, hein ? »

« Pas du tout. C'est sympa et décontracté. »

« Comme la pêche. »

« Ouais. »

« Allons boire un verre. »

Crane a salué l'homme derrière le bar, mais le barman n'a pas répondu et a lancé : « Qu'est-ce que vous voulez ? »

Nous avons commandé des pressions. Le barman les a posées sur le comptoir, et Crane en a attrapé une. Il m'a tourné le dos, me laissant payer les verres.

Crane a levé son verre. « Une mauvaise journée de pêche vaut mieux qu'une bonne journée de travail. »

J'ai surpris Mario en train de lever les yeux au ciel, puis il a fait tinter son verre contre celui de Crane. « Amen. »

« Alors, tu penses t'inscrire ? »

« Bien sûr, pourquoi pas ? Je veux dire, ce n'est que cent dollars. »

« Ouais, et t'as toujours quelqu'un avec qui aller pêcher si t'en as besoin. »

« Ça me va. »

« Tu as trouvé où amarrer ton bateau ? »

« Pas encore. Il est toujours chez un pote. Mec, ce ne serait pas le pied d'avoir un quai juste devant chez toi ? »

« Là, tu parles de sommes folles. Il fait quoi, ton ami ? »

« Il en a hérité d'un oncle qui n'a jamais eu d'enfants. »

« Sacré veinard. »

« Tu devrais voir cette maison. Je veux dire, elle est vieille et a été bâtie avant que tout devienne dingue ici, mais la vue est incroyable. »

« C'est où ? »

« À Devil's Blight, à Park Shore. »

« Je ne connais pas, mais j'adore le nom. »

« Dis, ce concours de pêche a l'air sympa. »

« Celui-là est bien. Ils ont Yamaha comme sponsor, et le premier prix, c'est carrément 2 500 $. »

« Pas mal. Ils ont dit que c'était familial. Je pourrais amener une amie. Ce n'est pas ma copine, on est juste amis. Tu as de la famille ? »

« Juste un fils. »

« Pourquoi tu ne lui demandes pas de venir, et on sortira sur mon bateau ? J'ai le radar et tout, et ce n'est peut-être pas très fair-play, mais je parie qu'on raflera la mise. »

« Ce serait bien, j'ai besoin de fric. »

« Alors, faisons-le. Si on gagne, l'argent du prix est pour toi. Vois avec ton fils. Ce sera sympa, et de toute façon j'ai bien besoin de quelques leçons de pêche. »

Crane n'a pas sorti son couplet habituel : « *Oh, je ne pourrais pas faire ça, ce ne serait pas juste.* Ou même : *voyons déjà si on gagne.* » À la place, il a dit : « Je vérifie avec Tyler, mon fils, et je te dis, mais même s'il ne veut pas y aller, compte sur moi. »

« Cool. C'est quoi ton numéro ? Je t'envoie un code PIN par texto. »

Il me l'a débité et a sorti un iPhone. « Donne-moi le tien, au cas où il y aurait un couac ou un truc du genre. »

« C'est le nouveau modèle d'Apple ? »

« Ouais. Quelle galère de récupérer les applis et les mots de passe. Je veux dire, pourquoi ça ne transfère pas tout ? »

« Tu as raison. Mais ça se synchronise avec ton iPad ? »

« Ouais, tout est dans le cloud, sauf quand tu en as besoin. »

On a tous les deux ri et j'ai dit : « Je dois y aller. On se voit la semaine prochaine. »

Après avoir démarré la voiture et mis la clim, j'ai sorti un téléphone jetable de la boîte à gants. En composant un numéro, je me suis engagé doucement hors du parking.

Tyler a répondu à la deuxième sonnerie. « Salut, c'est Beck. »

« Oh, salut. Qu'est-ce qui se passe ? »

« Votre père va vous demander de l'accompagner à un concours de pêche. Dites-lui que vous irez. »

« D'accord. C'est quand ? »

« La semaine prochaine. »

« Pourquoi voulez-vous que j'y aille ? »

« Ça fait partie du plan. »

« Qu'est-ce que je dois faire ? »

Je lui ai expliqué ce qu'il devait faire.

« Mais pourquoi avez-vous besoin que je le fasse ? »

« C'est tout ce que je peux vous dire pour l'instant. Il va falloir me faire confiance. D'accord ? »

« Très bien. »

« Je dois vous laisser, j'ai un autre appel. »

J'ai pris l'appel du détective Moreno. « Salut, Mo. Qu'est-ce qu'il y a ? »

« J'ai des infos pour vous sur la fille placée en famille d'accueil. »

J'ai resserré ma prise sur le volant. « Qu'est-ce que vous avez ? »

« Où êtes-vous ? »

« Du côté de Pine Ridge et de Collier Boulevard. »

« Retrouvez-moi chez Cracklin' Jack's. »

———

UN ALLIGATOR façon dessin animé ornait l'enseigne de l'établissement qui se présentait comme un avant-goût des

Everglades. Le parking du bâtiment rouge était presque plein.

Je suis entré. C'était bruyant et ça rappelait une Floride d'un autre temps. Moreno était assis à leur bar en bois.

Il m'a tapoté le dos. « Il faut que vous goûtiez le poisson-chat ici, c'est le meilleur. Ils le font frire à la bonne vieille mode du Sud. »

« Si je vous vois plus souvent, il va falloir que je me mette au régime. Comment diable faites-vous pour avaler tout ça ? »

« La modération, mon ami. Ma grand-mère m'a appris à toujours laisser quelque chose dans mon assiette. »

« C'est autrement plus sûr que de prendre de l'Ozempic. »

Le barman s'est approché.

Moreno a dit : « Je vais prendre le poulet frit. » Il s'est tourné vers moi. « Et vous, vous prenez quoi ? »

« J'ai déjà mangé. »

« Prenez quelque chose. Essayez les accompagnements ou les hush puppies. »

« Je vais prendre les hush puppies. »

Le barman est reparti et j'ai dit : « Alors, qu'est-ce que vous avez sur Bev ? »

« Elle a quitté le New Jersey. Quand, je ne peux pas dire, mais on sait qu'elle a été en Géorgie puis en Floride. »

Une poussée d'adrénaline m'a traversé. « Elle est en Floride ? »

« C'est possible, mais son permis de conduire n'a jamais été renouvelé, et ça remonte à six ans. »

« Où, en Floride ? »

« Sa dernière adresse connue était un foyer de réinsertion à Orlando. »

« Un foyer de réinsertion ? Pour la drogue ? »

« Elle a été arrêtée pour ça, mais là, c'était pour prostitution. »

Le cœur m'est tombé dans les talons. J'ai levé le bras et j'ai appelé le barman : « Je peux avoir une vodka Tito's sur glace ? Faites-en un double. »

Moreno a dit : « Je suis désolé que ce soit aussi moche. »

« Je n'aurais jamais dû la laisser. »

« Allons, voyons. Vous avez dit qu'elle avait quel âge, dix ans ? »

J'ai hoché la tête. « C'est vraiment le bordel. »

Le barman a posé mon verre et j'en ai avalé une gorgée.

Moreno m'a tapoté l'avant-bras. « Écoutez, vous devriez peut-être laisser tomber. »

« Je ne peux pas. Je ne peux pas, point. »

« Réfléchissez-y. »

« Il faut que j'essaie de la retrouver, de lui donner une seconde chance. »

« Ne le prenez pas mal, mais on en est plutôt à une septième chance pour elle. Elle a été arrêtée deux autres fois pour racolage, trois pour possession et... »

« J'ai peur de poser la question, mais est-ce qu'on sait si elle est toujours en vie ? »

« Son numéro de Sécurité sociale est toujours valide. Il n'est pas actif, mais il n'a pas été annulé, ce qui ne veut plus dire grand-chose aujourd'hui. »

« Quelle était sa dernière adresse connue ? »

Il a pris sa veste de sport sur le dossier du tabouret et a fouillé dans sa poche de poitrine. « Voilà une copie de son dossier du DMV. Comme je vous l'ai dit, il a expiré il y a six ans, donc la photo a environ quatorze ans. Mais il y a sa dernière adresse connue. »

J'ai détaillé la photo de Bev : des cheveux négligés et un visage marqué. Elle avait plusieurs années de moins que moi, mais paraissait plus âgée. La résignation a commencé à s'insinuer. J'ai chassé une larme d'un battement de paupières et je me suis concentré sur le léger sourire qu'elle arborait. C'était une gamine si adorable.

« Vous ne pouvez pas faire de miracles, Beck. »

« Je dois faire ce que je dois faire. »

18

Laura s'est arrêtée devant avant que j'aie eu le temps d'appuyer sur le bouton pour fermer la porte du garage. J'ai attendu qu'elle remonte l'allée.

Avant de me claquer une bise sur la joue, elle a dit : « Ça va ? »

J'ai ouvert la porte intérieure. « Ouais, pourquoi ? »

« Au téléphone, tu avais l'air déprimé. »

« J'ai eu des nouvelles de Bev. »

« Qu'est-ce qui se passe avec elle ? »

« Qui peut savoir ? Moreno m'a donné ça. »

Elle a pris le dossier du DMV. « Je vois la ressemblance avec Dawn, mais tu disais qu'elle était plus jeune que toi. On ne dirait pas. »

« Elle n'a pas été épargnée. »

« Qu'est-ce que le détective Moreno a dit à son sujet ? »

« Il y a six ans, elle vivait dans un foyer collectif à Orlando. Mais après, il n'a rien pu trouver. »

« Ça nous facilite la tâche si elle est en Floride. »

« J'imagine. »

« Qu'est-ce que tu veux dire ? C'est mieux que d'apprendre qu'elle est au Texas ou je ne sais où. On la retrouvera plus vite. »

« Si elle est encore en vie. »

Ses yeux se sont écarquillés. « Tu... tu penses qu'elle pourrait être morte ? »

« Je ne sais pas, mais elle a été arrêtée plusieurs fois pour stupéfiants et prostitution. »

« Oh, mon Dieu. C'est tellement triste. » Elle m'a pris la main. « Je suis désolée, Beck. »

« Désolée de quoi ? Ce n'est pas ta faute. »

« Ce n'est pas la tienne non plus. »

« Je n'en suis pas si sûr. »

« Moi, si. »

« Si je ne l'avais pas laissée derrière... »

« Ça suffit. Elle n'était qu'une gamine, et toi, tu avais à peine seize ans. » Elle m'a caressé la main. « Chéri, tu dois arrêter de t'en vouloir. Ça ne sert à rien. »

J'ai haussé les épaules.

« Ce que tu fais pour Dawn, et le fait d'essayer de retrouver Bev, c'est admirable. »

C'était tentant de lui rappeler qu'elle ne le voyait pas comme ça quand j'ai trouvé Dawn et Abby en train de dormir dans un carton.

« Je pense monter à Orlando, voir ce que je peux apprendre. »

« Je viens avec toi. »

« Je ne suis pas sûr que ce soit une bonne idée. »

« Pourquoi pas ? »

« J'ai comme le pressentiment que ça pourrait devenir

chaud. Et puis, je vais voir un associé là-bas. Il a des contacts et… »

Elle a reculé d'un pas. « Très bien. Tu veux tout faire tout seul, vas-y. »

« Non, ce n'est pas ça. En fait, j'allais te demander de m'aider sur un boulot qu'on vient d'avoir. »

Elle s'est redressée. « Celui où le mari a tué sa femme ? »

« Oui, mais s'il te plaît, ne répète pas ça. »

« Désolée. »

« Tous nos dossiers sont ultraconfidentiels. »

« Motus et bouche cousue. Alors, qu'est-ce que tu vas faire ? »

« C'est au besoin de savoir. »

« Ça veut dire quoi, ça ? »

« Pour l'instant, garde ton samedi libre. Je t'en dirai plus vendredi, quand je serai rentré d'Orlando. »

———

JE SUIS PARTI avant les premières lueurs du jour et je me suis garé sur le parking d'Unique FX à dix heures dix. J'ai envoyé un texto, et deux minutes plus tard, la porte du bâtiment façon entrepôt s'est ouverte.

Tommy Larson m'a souri quand je me suis approché. « Tu as fait vite. »

« Dieu merci, on est hors saison. Ce n'est plus aussi calme qu'avant, mais c'est agréable de pouvoir circuler facilement. »

« C'est drôle, quand on a emménagé ici, on redoutait l'été, mais maintenant, c'est notre saison préférée. »

En le suivant dans l'espace caverneux, j'ai demandé : « Ici, ça pulse. Tu bosses sur quoi ? »

« Au fond de l'atelier, on termine un gros boulot sur un film sur le paranormal. Avec tous les changements, ça nous a pris six mois pour arriver au bout. » Il a montré une série d'échafaudages. « Et on vient de commencer une nouvelle série de SF produite par Universal Studios. »

« Personne ne se rend compte de ce qu'il faut, aujourd'hui, pour sortir quelque chose de réaliste. »

« Les images de synthèse sont un outil clé, mais il ne faut pas en abuser. »

Nous sommes entrés dans son bureau. Il a ouvert la porte en verre d'un frigo derrière son bureau. « Tu veux boire quelque chose ? »

« Non, merci. »

Tommy a dévissé le bouchon d'une bouteille d'eau Fiji et a dit : « Tu as dit que tu avais besoin d'aide pour quelque chose. Si tu veux qu'on te construise un truc, il va falloir qu'on s'y mette avant d'attaquer un projet Disney. »

« Pas cette fois. »

« Ça concerne la vidéo que j'ai améliorée pour toi ? »

« Non. J'aurai peut-être besoin de quelque chose à ce sujet, mais pas maintenant. »

« Ce suspense hitchcockien me tue. »

Je lui ai parlé de Bev.

« Waouh. Je savais que toi et Mario aviez été placés, mais je ne savais pas que tu avais une sœur. »

J'ai soupiré. « La vérité, c'est que j'aurais dû la chercher il y a vingt ans. »

« Hé, mec, tout ce que tu as, c'est l'ici et maintenant. Je te dis, tu dois lire *Le Pouvoir du moment présent*, ça t'aidera à rester dans l'instant. »

Le passé avait loué une suite dans ma tête. « J'avais oublié ce livre. Je vais me le procurer. »

« Bien. Alors, comment puis-je t'aider à la retrouver ? »

« Je me souviens, il y a deux ou trois ans, tu m'as présenté un de tes amis. Un documentariste. »

« Chris Rotto, celui avec une barbe à la ZZ Top. »

« Ouais, c'est lui. »

« Et alors ? »

« À l'époque, il tournait un documentaire sur les repaires de dealers dans la région d'Orlando. »

« C'était un film déprimant. »

« D'après ce que j'ai réussi à recouper, Bev était à Orlando, avait un problème de drogue et a pu se retrouver à la rue. »

« Tu penses qu'elle pourrait vivre dans un de ces repaires ? »

« Ça remonte à plusieurs années, mais quelqu'un pourrait se souvenir d'elle. Tu peux lui demander de m'emmener en visiter quelques-uns ? »

———

JE SUIS MONTÉ dans le pick-up de Chris Rotto, et on a roulé jusqu'à un quartier délabré en périphérie d'Orlando.

Rotto a dit : « Le premier est le plus proche, géographiquement, de l'adresse sur le permis de ton amie. J'imagine que tu te doutes que ces endroits sont éphémères, et que les chances de tomber sur quelqu'un qui sache… »

« Je comprends, mais il faut bien commencer quelque part. »

Rotto a tourné à gauche dans une rue où les fenêtres de la plupart des maisons étaient barricadées. Il a montré du doigt. « C'est celle où le palmier est à terre. »

Le toit s'affaissait, et le jardin en friche était jonché de canettes de bière et d'emballages de fast-food.

Rotto a frappé à la porte d'entrée avec ses jointures et a saisi la poignée. La porte a gémi tandis que la lumière inondait un vestibule sombre.

« C'est moi, Rotto ! »

On est entrés. Le lino était immonde et se décollait des plinthes, de ce qu'il en restait. J'ai écarté d'un coup de pied une seringue et j'ai suivi Rotto vers les voix qui venaient du fond.

Deux filles en jeans déchirés étaient allongées l'une en face de l'autre sur un canapé en velours rouge taché. Elles se partageaient un joint. Vautré sur un futon, un homme bardé de tatouages parlait au téléphone. Il nous a dévisagés et a raccroché. Il a fouillé sur sa gauche et a sorti un couteau de chasse.

« Qu'est-ce que vous voulez ? »

« Du calme. On cherche juste quelqu'un. »

« Et ce serait qui ? »

Rotto lui a montré une photo, et l'homme a dit : « Elle n'est pas là. »

« D'accord. Merci. »

« Vous êtes des flics des stups ? »

« Non. Cette fille est une amie, c'est tout. Ça vous dérange si je demande aux filles ? »

« Vas-y. »

Aucune des deux n'a laissé entendre qu'elle reconnaissait Bev. On venait à peine de commencer les recherches, mais un sentiment d'inutilité commençait déjà à s'installer. J'ai suivi Rotto dans un couloir.

En passant devant une salle de bains sans porte, l'odeur d'urine m'a brûlé les narines. On a contourné une paire de caddies remplis d'affaires pour déboucher sur une pièce dominée par un matelas crasseux. Deux toxicomanes maigres étaient allongés, marmonnant l'un à l'autre.

« Hé, vous vous souvenez de moi ? »

Seul l'un des deux a relevé la tête, nous fixant d'un regard vide.

Rotto a tenu la photo devant les yeux vitreux du drogué. « Est-ce que l'un de vous connaît cette fille ? Elle s'appelle Bev, elle vivait par ici. »

L'homme a fait non de la tête pendant que son ami piquait du nez, s'affaissant contre lui.

« Vous allez vous en sortir ? »

« Ouais. »

« Pensez à manger un truc. »

Mon estomac s'est noué tandis que je suivais Rotto vers le bruit de quelqu'un qui grognait. Il a ouvert du bout de sa chaussure la porte d'une autre chambre. Un drap cloué au plafond séparait deux matelas posés à même le sol.

J'ai détourné les yeux d'un couple qui peinait à faire l'amour sur le lit de gauche. Assis au bord du matelas de droite, un homme d'une trentaine d'années, torse nu, grattait une croûte sur sa jambe et ne s'était pas rendu compte de notre présence.

Rotto a dit : « Salut, ça va ? »

Sa tête a ballotté vers nous. « Ouais. »

« Tu peux regarder cette fille, voir si tu la reconnais ? »

L'homme s'est frotté les yeux et a pris la photo que lui tendait Rotto. L'espoir m'a gagné quand il l'a approchée de son visage.

« Elle ressemble à... je connais pas son nom ni rien, mais, tu vois, c'est peut-être celle-là. » Il a désigné le drap.

Ce que j'en avais vu ne ressemblait en rien à Bev. J'ai dit : « Allez, on s'en va. »

« Hé, vous pouvez me dépanner de quelques dollars ? Faut qu'on mange. »

On s'est retournés pour partir, mais un type en sweat à capuche s'est planté devant nous. Il tenait un flingue près de sa ceinture.

« Filez votre fric ! Et vos bijoux. »

Rotto a dit : « Du calme. On cherche juste quelqu'un. »

« Le fric. Maintenant ! »

J'ai dit : « D'accord, mec. On ne veut pas d'ennuis. »

« Dépêchez-vous. » L'homme a regardé la montre de Rotto. « Donnez-moi cette montre. »

Rotto a commencé à l'enlever. J'ai avancé centimètre par centimètre.

Quand Rotto a tendu la montre, j'ai bondi sur le type. Il est tombé en arrière. J'ai sauté sur sa poitrine et lui ai bloqué les bras. « T'as braqué le mauvais gars, mec. »

Rotto a dit : « Ça va ? »

« Ouais. Récupère ta montre. »

« Où est le flingue ? »

« C'était un faux. »

« T'en es sûr ? »

« À cent pour cent. »

J'ai remis le minable sur ses pieds. « La plupart des types à qui tu fais ce coup-là t'auraient démoli. Maintenant, dégage. »

De retour dans la voiture, Rotto a dit : « Comment t'as su que le flingue était faux, bordel ? »

« J'en étais pas complètement sûr, mais il avait un truc qui clochait, et le gars était défoncé. Je me suis dit qu'il l'aurait mise au clou si c'était un vrai. Et puis, si ça avait été un vrai, je savais que les réflexes et la force d'un toxico seraient faciles à neutraliser. »

« Et si tu t'étais trompé ? »

« Tu m'emmènerais à l'hôpital au lieu de la maison suivante. On y va. »

Rotto a roulé sur trois pâtés de maisons et a tourné dans une rue bordée de petites maisons en parpaings. Il s'est garé devant une maison jaune. Le rouge du panneau « À vendre » avait viré au rose.

Dans l'allée de gravier, une Ford Taurus sans roues reposait sur des chandelles.

Mon guide a fait signe à un voisin de l'autre côté de la rue qui tondait sa pelouse. L'homme a secoué la tête et n'a pas rendu son salut.

Rotto a dit : « Tu t'imagines vivre ici ? »

« Non. Ça doit être impossible de vendre ta maison avec un de ces taudis dans ta rue. »

« Ils sont piégés. »

« Pourquoi les flics ne font-ils rien ? »

« J'imagine que tu n'as pas vu mon documentaire. La police les chasse, parfois elle sécurise la maison, mais les toxicos s'installent dans une autre baraque vide. »

« Ils devraient peut-être en raser quelques-unes. »

« On devrait faire davantage pour prévenir l'addiction. »

« Oui, et la première chose, c'est d'agir sur l'offre. Tu fais ça, les prix de cette saloperie montent et ça la met hors de portée des plus jeunes. »

« Je ne sais pas, il faut éduquer les gamins, et… » Rotto a tourné la tête vers une camionnette qui approchait. « Voilà Robbie. C'est un vrai ange. »

« C'est quoi, son histoire ? »

« C'est un ancien toxico. Il est abstinent depuis au moins

dix ans, et il a dédié sa vie à aider ces gens. Il apporte à manger, prend de leurs nouvelles, voit si quelqu'un a besoin de soins. »

La camionnette s'est arrêtée, et j'ai suivi Rotto jusqu'à elle.

Un quadragénaire est descendu. Il a passé la main dans ses cheveux blonds, qui s'éclaircissaient, et a souri. « Salut, Rotto. Content de te voir, mec. »

Rotto a pris Robbie dans ses bras. « Content de te voir, mon frère. »

« Pareil, mec. Qu'est-ce qui t'amène par ici ? »

Rotto m'a présenté et lui a expliqué pourquoi on était là.

Robbie a dit : « Je ne lâcherais pas l'affaire, mais il y a peu de chances. Tu as une photo d'elle ? »

Je lui ai montré la photo de son permis.

Robbie a secoué la tête. « Waouh. En fait, je me souviens d'elle. Ça fait longtemps, mais elle était du côté de Market Street avant de se retrouver mêlée aux Albanais. »

« Quels Albanais ? »

« C'est un gang dirigé par un salaud brutal qui s'appelle Dren. Il trempe dans toutes sortes de saloperies : vols organisés, prostitution, traite d'êtres humains, tout ce que tu peux imaginer de dégueulasse, Dren et ses types sont derrière. »

« Comment Bev s'est-elle retrouvée impliquée avec eux ? »

« Dren sait que cette population est vulnérable et il l'exploite pour en tirer du profit. Elle faisait le trottoir pour eux. »

J'ai senti la colère me brûler le visage. « Salauds. »

« À la longue, elles y passent toutes. C'est la seule façon de gagner l'argent dont elles ont besoin pour leur came. »

« Où est-ce que je peux trouver ce Dren ? »

Robbie a dit : « Les Albanais sont sans pitié, mais Dren, c'est un cran au-dessus dans la crasse. Je n'irais pas les provoquer. »

« Je ne cherche d'histoires à personne. Je veux juste leur parler, voir ce qu'ils savent sur Bev. »

Robbie s'est tourné vers Rotto. « Tu te souviens de ce qu'ils ont fait aux deux filles qui ont essayé de leur échapper ? Tu n'as même pas voulu le mettre dans le film. »

« Tu parles de la bande-annonce ? »

« Oui. C'était Dren, alors je dirais à ton pote de rester loin d'eux. »

J'ai dit : « Ne t'inquiète pas pour moi. Je sais me débrouiller, dis-moi juste où je peux trouver ce Dren. »

« Pour autant que je sache, il opère depuis Pine Hills. Mais je te préviens, c'est un quartier chaud, tout le monde l'appelle Crime Hills. »

« Où exactement ? »

« Il possède une salle de billard et il s'en sert pour faire ses affaires. Ça s'appelle Nine Ball. »

Je me suis tourné vers Rotto. « Je vais y aller. Tu n'es pas obligé de venir, ramène-moi juste à ma voiture. »

Rotto a dit : « Merci, Robbie. »

On est remontés dans la voiture et Rotto a dit : « Écoute, ces types n'ont aucune considération pour la vie. Je ne m'y frotterais pas. »

« Comme je l'ai dit, tu n'as pas besoin d'être impliqué. Je gère à partir de maintenant. »

Rotto s'est éloigné du trottoir. « Beck, je ne pense pas que ce soit une bonne idée d'y aller seul. Je suis réalisateur, c'est bien en dehors de ma zone de confort. »

« Ça va. J'apprécie tout ce que tu as fait. Je peux m'occuper de moi-même. »

« Tu es sûr ? Tu as entendu Robbie, ces mecs sont dangereux. »

« Je gère, amène-moi juste à ma voiture. »

« Envoie-moi un message tout à l'heure. Je veux être sûr que tu vas bien. »

19

Après avoir jeté un nouveau coup d'œil à la photo de Dren que le détective Moreno m'avait envoyée, j'ai regardé dans le rétroviseur. La fausse barbe, les lunettes et le chapeau faisaient illusion.

Je suis sorti de ma voiture. Il y avait une demi-douzaine de voitures récentes sur le parking du Nine Ball.

En tirant la porte, l'odeur de cigarettes et de bière renversée m'a sauté au nez. J'ai plissé les yeux le temps qu'ils s'habituent.

L'intérieur sombre de la salle de billard était découpé par un damier de suspensions au-dessus de deux rangées de tables.

À trois tables au tapis vert, des types couverts de tatouages jouaient.

Cinq hommes, un verre à la main devant le bar, se sont tournés vers moi. J'ai fait un bref signe de tête, en me focalisant sur celui qui ressemblait à Dren.

Un joueur, penché sur une table pour aligner un coup,

s'est redressé à mon passage. Avec un fort accent, il a dit :
« Tu veux quoi ? »

« Juste un mot avec Dren. Rien d'inquiétant. »

Tous, sauf Dren, ont posé leur verre sur le bar quand je
me suis approché. J'ai levé les deux mains. « Je veux juste
parler à Dren. »

Un colosse taillé comme un frigo, le nez de travers, s'est
planté devant son patron. « Qu'est-ce que tu fous ici ? »

« Je cherche une fille. »

« Elle est pas là. »

« Je vois bien, mon pote, mais je veux te montrer une
photo. »

J'ai brandi la photo du DMV de Bev. « Elle s'appelle
Bev. »

« Comme j'ai dit, elle est pas là, alors dégage, putain. »

« Je cherche pas les embrouilles. Tout ce que je veux,
c'est que Dren regarde la photo. »

« Tu ferais mieux de partir ou tu vas le regretter. »

J'ai regardé par-dessus l'épaule du gorille. « Dren, je sais
que tu la connais. Elle bossait pour toi. On m'a payé pour
savoir où elle est. »

« On ne sait rien. Maintenant, dégage ! »

Je me suis décalé et, en fixant Dren, j'ai dit : « Je ne
m'adresse pas à toi. Je veux que Dren me le dise. »

Avec un accent slave, Dren a dit : « Laissez-le passer. »

« Merci. » Je lui ai tendu la photo. « C'est elle. Elle a
bossé pour toi. »

Ses yeux l'ont trahi et il m'a vite rendu la photo. « Je
connais pas celle-là. »

« Regarde encore. »

« Il est temps que tu t'en ailles. »

« Allez, dis-moi où elle est. »

Dren s'est de nouveau tourné vers le bar en disant : « Montrez-lui la sortie. »

J'ai passé mon bras gauche autour de son cou et, de la main droite, j'ai sorti mon Glock de la ceinture de mon pantalon. « Reculez ou votre patron est mort ! »

Les hommes de Dren ont sorti leurs armes et les joueurs de billard ont filé vers la sortie.

Dren est resté calme. « Tu fais une grosse erreur. Lâche-moi et on oublie tout. »

« Pas avant que tu me dises où est Bev. »

« Je t'ai dit, je sais pas. »

« Je n'y crois pas. »

Les sbires de Dren ont avancé d'un pas. J'ai appuyé le canon du pistolet contre sa joue. « Dis à tes gars de reculer. Maintenant ! »

« Reculez ! »

« Maintenant, dis-moi où est la fille. »

« Je t'ai déjà dit, je sais pas où est ta salope. »

J'ai frappé avec l'arme contre la tempe de son crâne rasé. « Elle est où ? »

« On l'a vendue à Igor, le Russe. »

J'avais bossé plusieurs fois avec un Russe nommé Igor. Il avait une affaire de faux papiers. « C'est qui, Igor, bordel ? »

« C'est un homme d'affaires, comme moi. »

« Qu'est-ce qu'il fait avec Bev ? »

« Je sais pas, demande-lui. »

« Il est où ? »

« Je ne suis pas son père. »

J'ai enfoncé mon avant-bras dans sa trachée. « Il est où ? »

« Il a un bar sur Mercy Drive. »

« Comment ça s'appelle ? »

C'était l'Igor que je connaissais. « The Gator's Tail. »

« T'as intérêt à me dire la vérité ou je reviens. Je te jure que je reviendrai. »

Dren a ri. « Reviens quand tu veux. »

J'ai agité l'arme vers ses hommes. « Posez vos armes et vos clés de voiture sur la table de billard. »

Ils n'ont pas bronché.

« Posez-les sur la table ! »

Dren a hoché la tête et ses gars ont posé leurs armes et leurs clés sur la table de billard.

« Maintenant, attendez près de la porte. »

J'ai dit à Dren : « N'essaie rien. »

Je l'ai relâché en gardant mon arme braquée sur lui. De ma main libre, j'ai fait tomber les pistolets au sol et je les ai envoyés d'un coup de pied dans un coin. J'ai ramassé les clés de voiture.

« Toi aussi, Dren, donne-moi tes clés de voiture. »

Il me les a tendues et j'ai dit : « Tourne-toi. »

J'ai poussé Dren dans le dos avec le canon de mon pistolet. « On y va. »

En marchant vers la porte, j'ai dit : « Tout le monde dehors. »

En suivant Dren et ses hommes dehors, j'ai dit : « Continuez d'avancer et ne vous retournez pas tant que je ne vous le dis pas. »

J'ai balancé toutes les clés de voiture sur le toit du bar.

En ouvrant la porte de ma BMW, j'ai crié : « Continuez d'avancer. »

Au moment où je montais dans la voiture, le claquement sans équivoque d'un coup de feu a retenti.

J'ai serré le haut de ma cuisse. Le sang me coulait entre les doigts.

Je me suis tassé sur le siège et j'ai démarré. Dren et ses hommes couraient vers moi. J'ai écrasé l'accélérateur et braqué vers eux.

20

Je me suis garé devant Lowdermilk Park et j'ai boité jusqu'au condo de Mario.

Quand il a ouvert la porte, ses yeux se sont écarquillés. « Qu'est-ce qui s'est passé, putain ? »

« Je me suis fait tirer dessus à Orlando. Ce n'est pas grave, Tommy Larson a fait regarder ça par un médecin. Heureusement, ça a juste éraflé l'extérieur de ma cuisse. »

« Putain de merde ! Qui t'a fait ça ? »

Je lui ai expliqué ce qui s'était passé.

« Tu n'aurais jamais dû y aller tout seul. C'est de la folie. »

« Je ne pensais pas que ça partirait en vrille. Et je me suis dit que, tant que j'étais là-haut… »

« Tu es incroyable. Tu me bassines toujours avec la prudence, et tu vas faire un truc pareil. »

« C'était une erreur. »

« Les Albanais ne vont pas laisser passer ça, ils vont te tomber dessus. »

« J'étais déguisé. Tout ce qu'ils savent, c'est que je cherchais Bev, rien de plus. »

« Et ta bagnole ? »

« J'ai utilisé une plaque du Texas périmée et je m'en suis débarrassé sur le chemin du retour. »

« Tu as eu du bol, mec. »

« Et on a des infos précieuses sur Bev. »

« Si cet Albanais ne te raconte pas des conneries. »

« Je ne pense pas. Sur le retour, j'ai vérifié, et c'est l'Igor avec qui on a déjà bossé. J'ai découvert qu'il s'était fait arrêter une fois pour traite des êtres humains. Les charges ont été abandonnées quand les filles qui l'accusaient ont refusé de témoigner. »

« Il les a menacées. »

« C'est sûr. Il faut qu'on trouve comment gérer Igor. »

« Tu sais, il y a deux semaines, j'ai entendu dire que certains de ses gars râlaient, pas contents de leurs parts. »

« Renseigne-toi un peu, mais d'abord, les priorités. On a le concours de pêche dans deux jours, alors passons en revue ce qu'on va faire avec Atlas Crane. »

———

ASSIS sur le siège du capitaine du bateau appartenant à un ami de Larson, Mario a dit : « Tu sais, je devrais peut-être reprendre un bateau. »

J'ai dit : « Pourquoi ? Regarde où on est. La preuve qu'avoir un ami avec un bateau, c'est mieux que d'en posséder un. »

« Ça me manque un peu. »

« Tu ne t'en servais pas assez. Si tu y penses, tu pourrais

rejoindre un de ces clubs où tu utilises leurs bateaux, histoire d'être sûr. »

« Il faut réserver un bateau à l'avance, mais ce n'est pas une mauvaise idée. »

« Voilà Atlas et Tyler. »

J'ai contourné la cabine et j'ai chuchoté à Laura, qui prenait le soleil : « Ils sont là. »

« Comment va ta jambe ? »

« Ça va. »

« Bien. Tu veux que je les rencontre ? »

« Pas tout de suite. Reste là à bronzer jusqu'à ce que je te fasse signe. »

Atlas a regardé le yacht depuis le quai et a dit : « Putain, quel bateau ! »

« Montez à bord. » Ils ont passé leurs cannes à pêche et leur matériel et sont montés sur le bateau.

J'ai serré la main d'Atlas. « Qu'est-ce que tu t'es fait à la jambe ? »

« Je me la suis entaillée. »

« Comment tu t'es fait ça ? »

« Crois-le ou non, j'étais sur une échelle pour changer un spot encastré. En redescendant, j'ai raté une marche et je me suis cogné contre l'angle d'une table. »

« Mec, fais gaffe avec les échelles. »

« Je sais, maintenant. »

Il a souri et a dit : « Voici mon fils, Tyler. »

En lui tendant la main, j'ai dit : « Ravi de te rencontrer. Je suis Beck, et » — j'ai montré mon frère — « voilà Mario. »

Atlas a dit : « C'est qui, là, à l'avant ? »

« Laura, l'amie dont je t'ai parlé. »

« C'est ta copine ? »

« Non, on est juste amis. »

« Tu as des amies sacrément canons, Beck. » Il a ri.

« Je te la présenterai tout à l'heure. »

« Elle a un corps de malade. J'aimerais bien me la taper. »

J'avais envie de le balancer par-dessus bord, mais j'ai dit : « Allez, on file au large et on met les lignes à l'eau. »

Atlas a dit : « Ouais, je suis prêt à gagner ce truc-là ! »

« Moi aussi. Mario, on met en route. »

Tyler a dit : « Passe-moi ton téléphone et je te prends en photo avant de partir. »

Atlas lui a tendu son portable.

« C'est quoi le code PIN ? »

« Ma date de naissance. Je sais que je ne devrais pas, mais j'utilise le même partout. »

Tyler a pris la photo et le bateau a démarré d'un coup.

J'ai dit à Atlas et à son fils : « Vous pouvez mettre vos affaires personnelles en bas ; vous n'avez pas envie que votre téléphone finisse à l'eau. »

Tyler s'est tourné vers Atlas. « Super idée. Papa, passe-moi ton téléphone et ton portefeuille, je vais les mettre dans la cambuse. »

Atlas les lui a donnés et m'a dit : « Tu as pris les appâts que je t'ai dit de prendre ? »

En pointant deux seaux à l'ombre, j'ai dit : « Oui, ils sont juste là. Je ne suis pas très doué pour ça, alors j'espère que tu gères pour mettre l'appât sur les hameçons. »

« Pas de souci. Je peux le faire les yeux fermés. »

« Parfait. Regarde les appâts et vérifie qu'ils sont bons, et moi, je vais chercher Laura. »

J'ai regardé Tyler et j'ai hoché la tête. Il est descendu pendant que je criais : « Viens là, Laura, je veux te présenter quelqu'un. »

« Quoi ? Je ne t'entends pas. Le moteur fait trop de bruit. »

J'ai donné un coup de coude à Atlas. « Viens. »

On s'est tenus à la rambarde et on a avancé vers l'endroit où Laura était allongée.

Elle a affiché un sourire charmeur et s'est levée.

« Laura, voici Atlas. »

Elle a gloussé. « Salut, Atlas. »

« Ravi de te rencontrer. »

« T'es fort comme le vrai Atlas ? »

« Crois-moi, je suis du solide. »

Elle a ri. « Je parlais d'Atlas dans la mythologie grecque. »

« Ah. C'est le type qui porte le monde sur ses épaules. »

« En quelque sorte. Il a pris parti pour les Titans dans leur guerre contre les Olympiens, et quand ils ont perdu, Zeus l'a puni en le condamnant à porter la voûte céleste pour l'éternité. »

« Je ne connaissais pas cette histoire. Tu t'y connais en mythologie. »

« Il y a plein de bonnes histoires là-dedans. J'adorerais t'en raconter d'autres. »

« Bien sûr, Prof, je te prends au mot. »

J'ai dit : « Ça devra attendre, on a un concours à gagner. »

« Il a raison. Ça devra attendre. »

Nous l'avons laissée, et Atlas a chuchoté : « Elle a quel âge ? »

« Je ne sais pas, peut-être trente-huit ans, à peu près. »

Il a hoché la tête. « Putain, quel cul. J'aimerais bien me la faire. »

« Elle avait l'air de bien t'aimer. »

« Tu crois ? »

« Carrément. »

Tyler est monté sur le pont. Son père a dit : « Tu étais là-dessous tout ce temps ? »

Mon estomac s'est noué.

Le gamin a froncé les sourcils. « Fallait que je fasse caca. »

Son père lui a tapé dans le dos. « Quand faut y aller, faut y aller. »

« Atlas, tu veux monter à la passerelle ? Tu pourras jeter un œil au sondeur et au matos de détection de poissons qu'il y a là-dessus. »

« Ça marche. »

Pendant qu'il grimpait, Tyler m'a fait un signe du pouce.

———

Nous sommes rentrés au port et nous sommes amarrés. Tyler et Atlas sont descendus. On leur a passé leur matériel, et Atlas a dit : « J'arrive toujours pas à croire qu'on n'ait pas gagné. Ces enfoirés ont truqué le concours. »

J'ai dit : « On a fini deuxièmes, c'est pas mal. »

« Ça craint, on aurait dû gagner le premier prix. »

« On les aura la prochaine fois. »

« Quand tu veux ressortir, tu me le dis. »

« Avec plaisir, dis-moi quand. »

« Et vendredi ? »

« Parfait. »

« Laura ! Tu veux aller pêcher vendredi ? Atlas vient avec moi. »

« Ouais, ça va être sympa. »

Son sourire de gagnant du loto en disait long.

Mario a avancé doucement les gaz et on s'est écartés du quai pendant que je relevais les pare-battages.

J'ai fait signe à Laura d'approcher et on s'est regroupés autour de Mario, qui a demandé : « Le gamin a fait ce qu'il devait ? »

« Oui. C'est passé comme une lettre à la poste. Son père n'a rien vu. »

Laura a dit : « Quel con. »

Mario a renchéri : « Je n'arrive toujours pas à croire qu'il ait bourré ce poisson de plombs. »

J'ai dit : « En vrai, c'est une assez bonne façon de tricher. »

Laura a dit : « C'est un gros porc. Il bavait presque sur moi. »

« Tu as joué ça à la perfection. Merci. »

« C'était sympa de vous aider. »

« Tu remets ça vendredi, et celui-là est de taille. »

« Quoi ? »

« Je te dirai ça plus tard. »

———

Assis à l'une des tables extérieures du Seventh South Waterfront, je sirotais un Tito's sur glace et j'attendais Mario. Il est arrivé avec plus de vingt minutes de retard, se garant sur une place du parking.

« Désolé, mec. Susan m'a un peu retenu. » Il a souri.

« Je ne veux pas les détails. »

« Toi et Laura, vous vous entendez comment, tu vois… au lit ? »

« Je ne parle pas de ce genre de trucs. Tu veux boire quelque chose ? »

Il a pris la carte des boissons. « Je vais me prendre une de ces IPA. »

Un serveur s'est approché et Mario a dit : « J'adore le nom : je vais essayer une Riptide Porpoise Party. »

J'ai secoué la tête pendant que le serveur s'éloignait. « Sacré nom pour une bière. »

J'ai grimacé en bougeant ma jambe. « C'est un bon coup de marketing. »

« Et la jambe, ça va ? »

« Pas trop mal. Tu as eu du nouveau sur notre ami russe ? »

Mario a attendu que le serveur pose sa boisson. Il en a pris une gorgée et s'est essuyé les lèvres du revers de la main. « C'est bon. Tu veux goûter ? »

« Non. Et Igor ? »

« Tu avais raison, il y a un lien avec la Bratva, la mafia russe basée à New York. Ils tiennent un réseau de passage de migrants vers les États-Unis. Ils embarquent des Européens de l'Est sur des cargos, les font arriver à Cuba et sur d'autres îles des Caraïbes, puis de là, les font passer jusqu'au sud de la Floride. »

« Ça colle avec les infos que Larson a obtenues. Ils facturent des sommes astronomiques pour sortir de pays comme la Moldavie et la Biélorussie, et quand les gens ne peuvent pas payer, ils doivent rembourser en devenant prostituées. »

« Et quand elles deviennent accros à la drogue, qu'ils fournissent gratuitement, elles ne peuvent jamais rembourser. »

« À quel point Igor est-il lié à eux ? »

« On dirait qu'il leur achète simplement une partie de

ses filles. Il opère surtout depuis Orlando, mais il a des locaux à Tampa et Fort Myers. »

« Combien de femmes ? »

« Les estimations tournent autour d'une centaine. »

« Putain. Et les embrouilles avec ses gars dont tu as parlé ? »

« Il y a des rumeurs d'une possible scission. »

« Je ne sais pas si c'est bon ou mauvais pour Bev. »

« Tu penses vraiment que Bev est coincée là-haut ? »

J'ai secoué la tête. « J'espère comme pas permis que non, mais on n'a rien d'autre sur quoi s'appuyer. On dirait qu'elle a disparu de la surface de la Terre. »

« Eh bien, être mêlée à la saloperie qu'Igor fait tourner serait l'endroit parfait. Elle serait isolée et… »

« Je sais. Crois-moi, je sais. C'est ce qui me fait peur, et ça colle avec le fait qu'elle n'ait pas de permis de conduire ni quoi que ce soit qui laisse des traces. »

« J'espère qu'elle va bien. »

« On ne peut pas attendre. Il faut bouger. »

« Tu penses à quoi ? On va là-haut et on confronte Igor ? »

« Il faut le faire, mais on doit d'abord s'occuper de l'affaire Atlas Crane. »

« Je peux faire quoi pour aider ? »

Je me suis penché. « Tu vas jouer un petit rôle, mais crucial. »

Il a souri. « Ça me plaît déjà. Raconte. »

21

Je me suis arrêté à Magnolia Square et j'ai attendu à l'ombre que Laura descende. Elle a souri et a mis ses lunettes de soleil avant de sauter dans ma BMW.

Elle m'a fait un bisou sur la joue. « Ta jambe, ça va ? »

« Ça va. Elle n'a pas saigné depuis un moment. »

« C'est bien. Garde-la propre et change le pansement tous les jours. »

« Je le fais. Alors, tu es prête ? »

Elle a hoché la tête. « Oh oui. C'est trop excitant. Je comprends pourquoi tu aimes ce que tu fais. »

En tournant sur Livingston Road, j'ai dit : « N'y prends pas goût. Je ne veux pas que tu te mêles de ces trucs-là. »

« Pourquoi ? »

« Parce que ça peut dégénérer très vite. »

« Oh, ça va — »

« Laura, ce n'est pas du cinéma, ce qu'on fait est dangereux. »

« On va juste foutre la honte à Atlas, le faire passer pour le connard qu'il est. Franchement, il l'a bien cherché. »

« C'est bien plus que de balader quelqu'un. »

« Qu'est-ce que tu veux dire ? »

« Tu verras, mais pour l'instant, il faut qu'on joue ça au millimètre. »

« T'inquiète. Je gère. »

« On revoit le plan. »

« Je t'ai dit que je savais quoi faire. »

« Bon, on le revoit encore une fois pour me rassurer, avant d'arriver chez Atlas. »

———

ATLAS ÉTAIT dans son garage quand on est arrivés. Il nous a fait un signe de la main et a attrapé sa canne à pêche. Je suis sorti de la voiture. « Tu n'as pas besoin d'apporter de matos. J'ai acheté les cannes que tu disais être les meilleures. Elles sont sur le bateau, prêtes à servir. »

« Sérieux ? »

« Oui. Je n'avais pas envie de me trimballer des trucs à l'aller et au retour tout le temps. »

Il a posé sa canne. « Ça doit être chouette d'avoir du fric. »

« On ne l'emporte pas dans la tombe. »

En remontant dans la voiture, j'ai gémi : « Aïe ! »

Atlas a dit : « Ta jambe ? »

« Ouais, elle me fait des siennes aujourd'hui. Monte. »

Atlas est monté sur la banquette arrière. « Salut, Laura, ça va ? »

Elle a papillonné des cils. « Mieux depuis que tu es monté. »

Il a souri. « Qu'est-ce qu'il y a, Beck te fait suer ? »

« Non, ça me fait juste plaisir de te voir. »

« Pareil. On va passer une super journée. »

« Carrément. Il fait tellement beau. »

J'ai tourné sur Livingston Road et le téléphone de Laura a sonné.

« Allô ? »

« Oh salut, comment tu vas ? »

« Je suis avec Beck et son ami canon. On va sur le bateau de Beck. Pourquoi ? »

Elle a levé la main. « Aucun souci. On est à quoi… cinq minutes de là.

Pas de problème. On la déposera chez ta mère. T'en fais pas, remets-toi bien. »

Elle a raccroché, et j'ai dit : « Qu'est-ce qui se passe ? »

« Fais demi-tour. Melissa est à la bourre et a besoin que quelqu'un récupère Diane. Elle est à la Community School près d'Orange Blossom Drive. »

« Ça marche. »

Laura a tourné la tête. « Ça ne te dérange pas, hein ? »

Atlas a dit : « Bien sûr que non. Ta copine a besoin d'un coup de main. »

« Merci. Sa mère habite à Kensington, à un ou deux kilomètres à peine. »

« T'inquiète. »

En entrant sur le parking de l'école, Laura a dit : « Oh là là, d'un coup, j'ai l'estomac en vrac. »

J'ai dit : « Qu'est-ce qui ne va pas ? »

« Je ne sais pas, je crois que je vais vomir ou un truc comme ça. »

Atlas a dit : « Ouvre ta fenêtre, prends l'air. »

Elle a baissé sa vitre et a montré du doigt : « Voilà Diane. »

J'ai dit : « J'y vais, je vais la chercher. »

Laura a dit : « Non. Tu as dit que ta jambe te faisait mal. »

« Ce n'est pas si grave. »

Laura a simulé un rot. « Atlas, tu peux aller me chercher Diane ? »

« Bien sûr. C'est laquelle ? »

« Diane, c'est la blonde avec le haut bleu, debout à gauche. Le nom de sa mère, c'est Melissa. »

« Pas de souci. » Il a ouvert la portière. « Je reviens. »

J'ai ouvert ma vitre, et la chaleur s'est engouffrée. J'ai regardé Atlas suivre deux parents vers la zone de récupération.

Il s'est approché de la fille que Laura avait désignée et a commencé à lui parler. La gamine a reculé et Atlas a fait un pas vers elle, en lui tendant la main. La gamine a hurlé, et un homme s'est interposé entre elle et Atlas.

Deux autres adultes ont accouru. Atlas a levé les mains, en pointant notre voiture. J'ai glissé mon téléphone dans ma poche et j'ai fait un signe.

Laura a dit : « Tu as filmé ? »

« Oui. »

« Qu'est-ce que tu vas en faire ? »

J'ai remonté ma vitre. « On en parlera plus tard. »

Atlas a ouvert la porte arrière. « C'était quoi, ce bordel ? C'était la bonne gamine ? »

« Je le pensais, elle lui ressemblait, mais Melissa vient d'envoyer un texto disant que sa mère l'a récupérée. Désolée, je l'ai ratée. »

Atlas a dit : « T'inquiète. Ton estomac, ça va mieux ? »

« Un peu mieux, mais je ne pense pas que ce soit une bonne idée d'aller sur un bateau maintenant. »

J'ai dit : « Ce n'est pas grave. On te dépose, et Atlas et moi on sortira un peu. »

————

Après avoir déposé Laura dans un autre complexe que celui où elle vivait, j'ai dit : « Prêt à aller pêcher ? »

« Carrément, mec. On y va. »

« Faut que je fasse un dernier arrêt. Ça te va ? »

« Bien sûr, mec. »

En roulant vers l'est, j'ai gémi : « Ma foutue jambe me fait des siennes. »

« Tu vas quand même pouvoir aller pêcher ? »

En entrant dans un lotissement de mobil-homes, j'ai dit : « J'espère bien. Il faut vraiment que je la ménage. »

Je me suis arrêté de l'autre côté de la rue, en face d'un mobil-home bleu dont la porte d'entrée était dépourvue de moustiquaire. En me penchant vers la boîte à gants, j'ai gémi : « Tu peux sortir l'enveloppe ? »

Atlas a ouvert la boîte à gants.

En me tortillant sur mon siège, j'ai dit : « Tu peux me rendre un service et la remettre pour moi ? »

« Bien sûr, pas de problème. »

« Parfait, tu n'as qu'à la donner au type qui viendra ouvrir. »

Atlas est sorti, et j'ai commencé à filmer avec mon téléphone. Il a frappé à la porte et, une minute plus tard, Plas Berry a ouvert. Atlas lui a tendu l'enveloppe et m'a désigné du doigt avant de revenir à la voiture.

« Le type voulait savoir ce que c'était. »

« C'est un truc qu'un ami avocat m'a demandé de déposer, une sorte de signification d'acte, un truc en rapport avec un procès. »

« Un procès ? »

« Je ne sais pas trop, je rends juste service à un ami. Allez, on met le bateau à l'eau. »

22

TYLER CRANE ÉTAIT ASSIS À UNE TABLE, DEVANT LE KILWINS, à Mercato. C'était peut-être à cause du cornet de glace qu'il léchait, mais malgré ses vingt-quatre ans, Tyler restait un gosse à mes yeux. Comme moi, il avait tragiquement perdu sa mère. Là s'arrêtait la ressemblance. Pour survivre, j'avais dû apprendre à me débrouiller dans la rue, alors que Tyler était vert comme une Granny Smith.

« Salut, Tyler. »

« Oh, salut, Beck. »

« On va faire un tour. »

Il a donné un dernier coup de langue à son cornet et a jeté le reste à la poubelle.

On s'est faufilés à travers un flot sans fin de touristes vers le restaurant Tap 42.

Tyler a dit : « Mon père a dit qu'il était encore sorti sur ton bateau. »

« C'est ça. Tout fait partie du plan. »

« Alors, ça va se passer quand ? »

« Tu es toujours sûr de vouloir aller jusqu'au bout ? »

« Oui, pourquoi tu demandes ? »

« À partir de maintenant, ça va se corser. »

« Tant qu'il va en prison pour avoir tué Maman, ça me va, quoi qu'il arrive. »

« Tu t'es garé où je t'ai dit ? »

« Oui. »

« On traverse. »

On est passés en silence le long de Rocco's Tacos.

Près de l'entrée du parking, j'ai demandé : « Elle est où, ta voiture ? »

Il a désigné une Honda Civic argentée. On est montés, et il a passé la main derrière le siège conducteur pour attraper un ordinateur portable posé sur la banquette arrière.

Tyler a tapé le code. « Tiens. »

Je le lui ai pris. « Tu es sûr de vouloir continuer ? »

« Ouais, mais là tu me fais peur. »

« C'est ta dernière chance de faire marche arrière. »

« Non. Il doit payer pour avoir tué Maman. »

J'ai sorti une clé USB de ma poche.

« C'est quoi, ça ? »

« Tu n'as pas besoin de le savoir. »

J'ai transféré le contenu sur l'ordinateur portable de son père.

En lui rendant l'ordi, j'ai dit : « Ne t'embête pas à essayer de l'ouvrir, c'est chiffré avec un protocole militaire. »

« Un protocole militaire ? C'est quoi, ce truc ? »

« Ramène-le tout de suite à la maison. Il ne faut pas qu'il se rende compte qu'il a disparu. »

« Je le ferai. »

« Je suis sérieux. Va directement chez lui et remets l'ordi

à sa place. Assure-toi qu'il soit exactement là où tu l'as trouvé. »

« D'accord. »

J'ai sorti un téléphone jetable et je lui ai donné le numéro. « Maintenant, j'aimerais que tu m'envoies par SMS une photo de ta mère. »

« Quel genre de photo ? »

« Peu importe, mais une photo prise à l'époque où elle a été assassinée, ce serait bien. »

Il a fait défiler les images sur son téléphone. « Celle-ci est bien. C'était une vraie photo, et je l'ai numérisée avec mon téléphone. Je me souviens de ce jour, elle était de très bonne humeur. »

« Envoie-la. »

« Qu'est-ce que tu vas en faire ? »

« Envoie-la, c'est tout. »

Le jetable a vibré. J'ai ouvert le SMS et regardé la photo de sa mère.

« D'accord. Il faut que j'y aille. Va directement chez ton père. »

Je suis allé jusqu'au parking du Whole Foods et je suis monté dans ma voiture. J'ai ouvert le téléphone jetable et joint la photo d'Ana Crane à un SMS.

Avant de l'envoyer, j'ai ajouté un message : *Atlas, on sait que vous l'avez tuée. Il est temps d'avouer.* Au moment de m'engager sur la route 41, le jetable a émis un bip. C'était une réponse d'Atlas par SMS : *C'est qui, putain ?*

J'ai balancé le téléphone sur le siège passager et j'ai souri.

————

CONSCIENT que le Sugar Shack avait redynamisé le centre de Bonita Springs, j'ai trouvé une place à deux rues de là. Un groupe de rock, tendance country, était sur scène. Je me suis installé à une table le plus loin possible et j'ai commandé un Tito's on the rocks.

Avant que mon verre n'arrive, le détective Moreno a tiré une chaise. « Dis donc, la musique est sacrément forte ici ! »

J'ai fait signe à un serveur. « Ça, c'est sûr. »

Moreno a commandé une bière et a dit : « Alors, qu'est-ce qui est si délicat que tu ne pouvais pas me le dire au téléphone ? »

« Je voulais te montrer quelque chose. »

« Qu'est-ce que tu as ? »

J'ai levé la main et attendu qu'on nous pose nos verres.

Moreno a levé son verre. J'y ai cogné le mien et j'ai pris une gorgée de ma vodka.

En rapprochant ma chaise, j'ai dissimulé mon téléphone dans ma paume. « Regarde ça. »

J'ai lancé la vidéo d'Atlas Crane à la Naples Community School que j'avais filmée.

« Qu'est-ce qui se passe ? »

« Ça a peut-être été une tentative d'enlèvement d'une enfant. »

Moreno a plissé le nez. « En plein jour, avec des témoins ? »

« Apparemment, il a dit aux autres qu'il venait la chercher pour la mère de la fillette. »

« C'est qui, ce type ? »

« Justement. Tu te souviens du meurtre d'Ana Crane à Livingston Estates, il y a des années ? »

« Celui où le mari avait été inculpé ? »

« Oui. Ce type, c'est le mari, Atlas Crane. Il s'en est tiré quand un témoin clé est mort dans un accident de voiture avant de pouvoir témoigner. »

Il a hoché la tête. « Oui, ça me revient. »

« Je pense que tu devrais alerter la brigade des crimes sexuels. »

« Si c'est tout ce que tu as, ils se paieraient ma tête. »

« Non, j'ai autre chose. Regarde ça. »

J'ai lancé la vidéo où Atlas Crane remet l'enveloppe à l'homme dans la caravane.

« D'accord. Qu'est-ce que je regarde ? »

« C'est encore Atlas Crane, et l'homme à qui il passe l'enveloppe kraft, c'est John Hack. »

« Et qu'est-ce que ça a de si important ? »

« John Hack est un délinquant sexuel condamné. Il se livrait au trafic de pornographie infantile. »

Moreno a secoué la tête. « Salauds. »

« On m'a dit qu'Atlas Crane est mêlé à la distribution de pédopornographie. C'est un truc sur lequel tu dois te pencher. »

« Tu sais qu'il nous faudrait des preuves pour bouger, et ces vidéos ne sont, au mieux, que des éléments circonstanciels. »

« On m'a aussi indiqué que Crane a un box, qu'il a loué sous un faux nom, chez CubeSmart Self Storage. Il y planque probablement un stock de ces saloperies. »

« Qui t'a dit ça ? »

« Je ne peux rien dire de plus, si ce n'est que la source est fiable. Quelqu'un qui ne s'est jamais trompé. »

« Ça va être dur d'obtenir un mandat de perquisition pour fouiller un box avec ce que tu as. »

« Regarde ça. »

Je lui ai montré une vidéo du délinquant sexuel John Hack et d'un autre homme chez CubeSmart Self Storage.

« C'est le même type que dans la caravane. Qui est l'autre ? »

« Steve Weintraub. Un autre délinquant sexuel condamné. Il a purgé six ans pour possession de pédopornographie. »

Il a fait une grimace. « Qu'est-ce que ces tarés retirent de ce genre de saloperies, bordel ? »

« Ce sont des malades. On ne change pas des gens comme eux. »

« Tu sais, je ne pourrais jamais bosser à la brigade des crimes sexuels. C'est plus éprouvant que de bosser aux homicides. »

« Ça te retourne l'estomac et la tête. »

« Tu es sûr que Crane utilise ce box pour du porno ? »

En sortant deux documents de ma poche, j'ai dit : « Regarde par toi-même. Il a utilisé un permis de conduire avec sa photo mais sous un autre nom pour louer le box. Pourquoi faire ça si tu n'as rien à cacher ? »

Moreno a examiné les documents. « C'est une contrefaçon de très bonne qualité. »

Le détective avait raison, mais cela dit, l'organisation d'Igor sortait des faux impeccables. « Tu peux convaincre la brigade des crimes sexuels de faire une descente, de voir ce qu'il y a dans ce box ? Ce serait génial de sortir ces ordures de la rue. »

« On a déjà obtenu des mandats quand un informateur confidentiel avait fait ses preuves. Donne-moi la source et je verrai jusqu'où ça peut aller. S'ils pouvaient présenter ça au juge Kennedy, il signerait un mandat. »

« Je ne peux pas révéler la source. D'ailleurs, le juge n'a pas besoin du nom de l'informateur. »

« C'est vrai, mais c'est ma peau qui est en jeu auprès des types de la brigade des crimes sexuels. »

« J'ai confiance en cet informateur. Ce ne sera pas un coup pour rien, je te le promets. »

« Je ne sais pas. »

« Allez, Mo. Je t'ai déjà mené en bateau ? »

23

DEUX SUV NOIRS ONT QUITTÉ AIRPORT PULLING ROAD ET ont déboulé sur World Trade Center Way. Le détective Moreno, passager de la voiture de tête, a dit : « C'est juste à côté de Smith and DeShields. »

Robert Ryan, qui dirigeait l'opération, a désigné un bâtiment au toit rouge : « D'accord, on y va. »

Il s'est engagé dans l'allée du CubeSmart Self Storage et s'est arrêté près du bureau de l'entreprise.

Il a dit : « Moreno, c'est le box 47A, non ? »

« Oui. On dirait que c'est sur la droite. »

Ryan est entré dans le bureau une minute. Il est ressorti quand le portail s'est ouvert.

Le chef d'équipe a dirigé la voiture entre deux bâtiments. Chaque structure en parpaings comprenait une douzaine de portes de garage rouges. Il a ralenti et s'est arrêté devant l'avant-dernier box. « C'est là. »

Deux hommes sont sortis de chacun des véhicules. Ils ont tous enfilé des gants. Un agent muni d'une pince coupeboulons a sectionné le cadenas. Une main gantée a tiré sur la poignée, et la porte de garage s'est enroulée.

Les parois intérieures en acier de l'espace, grand comme une voiturette de golf, étaient tapissées de cartons. Ryan a désigné un classeur à tiroirs. « Moreno, tu peux t'occuper de ça ? »

« Je m'en charge. »

« Vous deux, mettez-vous sur les cartons. »

Alors que les officiers entraient, Ryan s'est retourné. « On a de la compagnie. »

Une camionnette blanche bardée du logo WINK News s'est arrêtée.

Ryan a dit : « Qui a fait fuiter ça, bon sang ? »

Tandis que Moreno s'acharnait sur la serrure du classeur, Ryan s'est dirigé vers une femme qui descendait de la camionnette. « Restez dans votre véhicule ! »

« Nous sommes juste ici pour observer. Pouvez-vous nous dire ce que vous cherchez ? »

« Tout ce que je peux vous dire, c'est que nous exécutons un mandat de perquisition. »

Le caméraman qui l'accompagnait a juché sa caméra sur son épaule, la braquant sur le box en question.

La journaliste a demandé : « À qui appartient le box ? »

« Je ne ferai pas d'autres commentaires. »

« Nous obtiendrons l'information, Monsieur l'Agent. »

« Reculez ou je vous fais arrêter pour entrave. »

« Vous ne pouvez pas nous en dire un peu plus ? »

« Reculez et ne bougez pas. Ne me cherchez pas. Si vous avancez d'un centimètre de plus, je vous passe les menottes à tous les deux. »

Moreno a fait sauter la serrure et a ouvert le tiroir du haut. Il était vide. Il l'a claqué et a tiré le tiroir suivant.

« Je crois qu'on tient quelque chose. »

Moreno a pris des photos pendant que Ryan arrivait.

Le chef d'équipe a demandé : « Ce sont des disques durs ? »

« Ouais. Tu vois les étiquettes ? »

Elles portaient toutes la mention « Confidential ».

Moreno en a pris un et l'a retourné. « Qu'est-ce que ça veut dire ? »

Il y avait dessus un autocollant de pêche.

Ryan a dit : « C'est du code pédophile pour désigner les fesses d'un enfant. »

« Putain. » Moreno a sorti un second disque et l'a retourné.

« Même moi, je sais ce que veut dire jalapeño. »

« Mets les disques sous scellés. »

Moreno les a glissés dans des sachets scellés et a ouvert le dernier tiroir. Une enveloppe kraft portant la mention « Special Collection » le fixait. Il a pris une photo et l'a retournée. L'estomac lui a tourné en voyant ce qui était écrit au feutre : « Under Six Years Old ».

Il a pris l'enveloppe, a soulevé le rabat et a regardé à l'intérieur. Elle était vide. Il l'a mise dans un sachet et a refermé le tiroir.

Ryan était agenouillé près d'une boîte à outils. Il en a sorti une photo Polaroid quand un autre agent a dit : « On a un téléphone portable. »

Ryan a secoué la tête et a dit : « Je vais demander une autre unité. »

Deux heures plus tard, un agent a abaissé la porte de garage et l'a scellée avec un ruban de balisage de scène de crime. La journaliste a crié des questions tandis que l'équipe d'intervention montait dans ses véhicules.

De retour au bureau du shérif du comté de Collier, ils ont pris des cafés et se sont installés autour d'une table de conférence.

Ryan a saisi une planchette à pince. « Passons en revue ce qu'on a et décidons de notre prochaine étape. »

« On a cinq cartons de jouets neufs et de peluches. »

« Ce salopard s'en sert pour appâter des gosses. »

« Probablement, mais ça fait un putain de paquet de jouets. Il s'en prend à combien d'enfants, ce salaud ? »

« Et le téléphone ? »

« C'est un portable jetable avec un seul contact : Willie Wonka. »

« C'est un putain de malade. J'aimerais... »

« La police scientifique l'examine plus en détail, mais ils ont trouvé le brouillon d'un texto jamais envoyé. Il demandait une nouvelle livraison. »

« Ce type fournit du porno ou il cherche à en acheter ? »

« Inconnu à ce stade, mais les plans qui mettent en évidence les écoles et les aires de jeux sont sacrément inquiétants. Tout comme les photos d'enfants. »

« Celles prises à Venetian Village ont été faites avec un téléobjectif puissant. Peut-être que ce connard habite dans le coin. »

Moreno a dit : « On a de quoi l'embarquer. »

À L'AIDE DE LA TÉLÉCOMMANDE, J'AI RÉGLÉ LE VOLUME DE LA
télé et je suis allé dans la cuisine.

Laura rinçait des feuilles d'épinards dans l'évier et a dit :
« Qu'est-ce qui ne va pas chez toi ? Le son de la télé est à
fond. »

« Je veux regarder un sujet aux infos. »

J'ai jeté un œil à la télé. Assis derrière un pupitre, un
présentateur a dit : « Nous verrons la météo du week-end
juste après cette info en cours de développement. Passons la
parole à Katherine Rigby. »

Je me suis précipité dans le salon et je me suis assis
devant la télé tandis que l'écran se remplissait de l'image
d'une journaliste. « Merci, Bill. Je me trouve devant le centre
CubeSmart Self Storage sur World Trade Center Way. »

« L'unité des crimes sexuels du comté de Collier a
procédé à la fouille d'un conteneur en particulier. »

Des images d'agents portant des cartons et des sacs de
pièces à conviction ont remplacé la journaliste, qui a dit :

« Les agents ont vidé le box de stockage et ont chargé le contenu dans leurs fourgons. »

« Nous avons demandé un commentaire à celui que nous pensons être l'agent principal, mais ils ont refusé de nous parler. WINK News a pu identifier la personne qui a loué le box chez CubeSmart Self Storage : un certain M. Morris Fry. »

« WINK News essaie de contacter M. Fry, mais n'a pas réussi à le joindre. Nous vous tiendrons au courant de la nature de la saisie à mesure que nous en apprendrons plus. »

Au moment où le présentateur disait : « On dirait que nous allons avoir un week-end idyllique. On regarde la météo juste après cette pause publicitaire », Laura est entrée dans la pièce. « Cette histoire de garde-meuble, c'est un truc dans lequel tu es impliqué ? »

« Non. »

« Alors pourquoi tu regardes ça ? »

Elle était difficile à berner, mais j'ai réagi au quart de tour. « Le détective Moreno a dit qu'il allait passer à la télé. »

« Ah. Tu l'as vu ? »

J'ai coupé les infos. « Ouais, il portait quelque chose qu'ils ont saisi dans un box. »

« Tu le vois plus tard, non ? »

« Il veut qu'on se voie pour boire un verre vite fait. »

« Pourquoi ? »

Elle ferait une bonne interrogatrice, mais je suis rusé de naissance. « Je ne sais pas, peut-être qu'il veut savourer sa prestation télé. »

« Mais tu l'as vu l'autre soir. »

« Ouais, mais il a peut-être des infos sur Bev. C'est lui qui l'a pistée jusqu'à Orlando. »

« Tu crois que tu vas la retrouver ? »

En haussant les épaules, j'ai dit : « J'espère. Il faut que je passe voir Dawn. Ça fait une semaine que je n'ai pas eu le temps d'y passer. »

Elle a fait la grimace.

J'ai dit : « Quoi ? »

« Tu l'as un peu mise sous ma responsabilité. »

« Non, non, non. Ce n'est pas vrai. J'apprécie tout ce que tu fais pour elle, mais c'est moi qui ai lancé tout ça. »

« Tout ça ? »

« Tu sais, le fait que je l'aie retrouvée et que je me sois assuré qu'elle et Abby n'allaient pas se retrouver à nouveau à la rue. Je m'en fiche si je dois payer pour ça. »

« Tu te rends compte que ce n'est pas qu'une question d'argent. Dawn a besoin d'un toit sur la tête et de nourriture dans le frigo, mais surtout, elle a besoin de quelqu'un en qui elle peut avoir confiance, quelqu'un pour la guider. Sa mère l'a laissée tomber et, même si le fait qu'elle ait trouvé un moyen de survivre est incroyable, pour s'épanouir, il lui faudra les outils pour gagner correctement sa vie, être une bonne mère et interagir socialement avec le reste du monde. »

J'ai regardé Laura fixement. On aurait dit une assistante sociale. « Je sais que ce n'est pas qu'une histoire d'argent. Elle a besoin d'un réseau de soutien, et si on retrouve Bev, ça ne peut pas faire de mal. »

« Tu en es sûr ? D'après ce que j'ai appris grâce à toi, Bev a déjà son lot de problèmes à gérer. »

« Je n'en doute pas, mais je ne peux pas la laisser coincée dans la vie qu'elle mène maintenant. »

« Je comprends, mais même si ça sonne bien, réunir Bev et Dawn n'est peut-être pas ce qu'il y a de mieux pour Dawn et Abby. »

J'ai levé les mains, impuissant. « Qu'est-ce que je suis censé faire ? Oublier Bev ? Je ne peux pas refaire ça. »

« Je ne dis pas de l'oublier, j'essaie juste de m'assurer que tu comprends à quel point c'est compliqué. Tu dois… »

« Je ne peux pas parler de ça maintenant, je dois retrouver Moreno. »

─────

Des stries rouges barraient le ciel tandis qu'un fin croissant de soleil coiffait l'horizon. Perché sur une chaise à l'autre bout de Gumbo Limbo, je sirotais ma vodka en attendant le détective Moreno.

Moreno m'a fait signe en s'avançant d'un bon pas. Il portait un short et une chemise Tommy Bahama. On s'est serré la main et il a commandé une bière.

Il a dit : « Ça fait un bail que je ne suis pas venu ici. Cette vue est la plus belle de la ville. »

« C'est vrai, mais en saison, c'est bondé. Attendre une heure pour avoir une table, jamais de la vie. »

« La plupart de ceux qui attendent logent ici, alors j'imagine que ça ne les dérange pas. »

« Et le Ritz leur vend des cocktails à vingt dollars pendant qu'ils patientent. »

Il a demandé : « C'est ce qu'ils facturent ? »

« T'inquiète, c'est pour moi. »

Le serveur a apporté la bière de Moreno et s'est éclipsé.

D'une voix plus douce, j'ai dit : « Alors, raconte-moi la descente. »

Moreno a pris une gorgée et a dit : « On dirait que les infos que tu as données sont de tout premier ordre. »

J'ai souri. « Tu t'attendais à moins ? »

Il a ricané. « On a trouvé un tas de choses qui semblent compromettantes, dont deux disques durs. »

« Qu'est-ce qu'il y avait dessus ? »

« On ne sait pas. Ils sont chiffrés avec un niveau de sécurité de niveau militaire. On devra peut-être demander l'aide du FBI. »

« Waouh. C'est louche. Autre chose ? »

« On a trouvé une flopée de photos d'enfants et des cartes où des écoles et des aires de jeux étaient surlignées. »

« Bon sang, ce type est un pédophile de la pire espèce. »

Moreno a hoché la tête. « Il avait des cartons et des cartons de jouets et d'autocollants que l'unité des crimes sexuels a identifiés comme étant des codes dans le milieu de la pornographie infantile. »

J'ai soufflé. « Ces saloperies me donnent la nausée. »

« Je te comprends. »

« Autre chose d'intéressant ? »

« Un téléphone jetable, mais un seul contact. Et tiens-toi bien : le contact, c'était Willie Wonka. »

« Tu as fait une recherche pour voir si quelqu'un utilise ce pseudo ? »

« Allez, bien sûr qu'on l'a fait, mais on n'a rien trouvé. »

« Ce n'est pas ce que je voulais dire. »

Il a hoché la tête. « On est en train d'examiner le téléphone pour voir s'ils peuvent récupérer quoi que ce soit qui a été effacé. »

« Ce type s'est peut-être tiré d'affaire pour le meurtre de sa femme, mais là, tu vas le coincer. »

« Tu as parlé de la descente à quelqu'un ? »

« Moi ? À qui j'irais raconter ça ? »

« Tu as dit quelque chose à Mario ? À Larson ? »

« Non. Je l'ai gardé pour moi. Pourquoi ? »

« Quelques minutes après qu'on s'est arrêtés devant le garde-meubles, une camionnette de WINK News s'est pointée. »

Mes yeux se sont écarquillés. « Vraiment ? »

« Oui, j'ai pensé que tu avais pu dire quelque chose à Mario et qu'il l'avait dit à quelqu'un. »

« Je n'ai pas pipé mot, et lui ne ferait pas ça de toute façon. »

Moreno a hoché la tête. « J'imagine qu'il y a une fuite à l'unité des crimes sexuels, parce que je n'ai même pas dit au shérif les détails de ce sur quoi je bossais. »

« L'important, c'est que Crane n'ait pas été prévenu. »

« Carrément. Si on était revenus bredouilles, ç'aurait été une catastrophe pour moi. »

« Tu vas convoquer Atlas Crane ? »

« Oui. Ils attendent juste de voir s'ils peuvent extraire quelque chose des disques durs et du téléphone avant de bouger. »

25

Je suis remonté dans ma voiture et j'ai regardé l'heure : 20 h 45. Était-ce trop tard pour passer chez Dawn ? Elle avait sans doute couché Abby à cette heure-ci, mais si j'y allais, je risquais de réveiller le bébé.

Tant pis. J'essaierai d'y aller demain.

J'ai démarré la voiture et j'ai ouvert la boîte à gants. J'ai sorti le nouveau téléphone jetable de son emballage.

Après l'avoir activé, j'ai tapé un message pour Atlas Crane : *Avoue le meurtre de ta femme, Ana, ou tu vas le regretter. Crois-moi, ça va devenir bien pire pour toi.*

J'ai appuyé sur « envoyer » et j'ai quitté le bord du trottoir.

Avant d'arriver au feu suivant, le téléphone jetable a bipé. J'ai souri et j'ai ralenti pour m'arrêter au prochain feu rouge.

Atlas Crane avait répondu : *Va te faire foutre ! Connard !*

J'ai tapé une réponse : *Ce n'est pas un jeu. Avoue le meurtre de ton ex-femme tant qu'il est encore temps.*

De quoi tu parles ? Je suis innocent.

On sait tous les deux que tu es coupable jusqu'au cou.

Va te faire foutre !

Tu vas avouer ?

Je t'ai dit d'aller te faire foutre !

La voiture derrière moi a klaxonné au moment où j'envoyais ma dernière réponse : *Tu ne me laisses pas le choix.*

J'ai appuyé sur l'accélérateur et j'ai pris la route 41 sur quelques kilomètres avant d'entrer sur le parking d'un Walmart. Garé dans un coin éloigné, j'ai composé un numéro et j'ai tenu un modulateur de voix devant ma bouche.

Le journaliste de WINK News a décroché : « Allô ? »

« Vous me faites confiance, maintenant ? »

« Qui est à l'appareil ? »

« La personne qui vous a signalé la descente chez Cube-Smart Storage. »

« Oh. Merci. Vous avez autre chose ? »

« Le box appartient à Atlas Crane. Il l'a loué avec une fausse pièce d'identité. »

« Atlas Crane ? Vous en êtes sûr ? »

« Mille pour cent. »

« Comment le savez-vous ? »

J'ai raccroché et j'ai rangé le jetable et le modulateur de voix dans la boîte à gants. Avec mon portable habituel, j'ai composé un autre numéro.

Atlas Crane a répondu dès la première sonnerie : « Beck ? »

« Salut, Atlas. Je sais qu'il est tard, mais je viens de décider d'aller pêcher demain et je voulais voir si tu voulais venir. »

Il a hésité. « Euh, je ne sais pas. »

« Qu'est-ce qu'il y a ? On dirait que tu es tendu, ou un truc du genre. »

« Ce n'est rien. Oublie. »

C'était facile d'imaginer sa mine renfrognée.

« Tu peux me le dire, mec. Peut-être que je peux aider. »

Un long silence a précédé la voix d'Atlas : « Je reçois des appels dingues… enfin, des textos. Mais c'est tout. »

« Qu'est-ce que tu veux dire ? De qui ? »

« Je n'en sais rien. »

« Qu'est-ce qu'ils disent ? »

« Tout et n'importe quoi : que j'ai tué ma femme et que je devrais avouer, sinon ils vont faire quelque chose. »

« Avouer le meurtre de ta femme ? C'est dingue. »

« Je sais. Je leur ai dit d'aller se faire voir, mais… »

« Oublie-les, on dirait un taré qui a un compte à régler. »

« Tu as sans doute raison, mais tout ça me paraît louche, tu vois ? »

« Je comprends, ce truc te met sur les nerfs. »

« Je ne sais pas pourquoi, mais oui. »

« Viens sur le bateau demain, c'est exactement ce qu'il te faut. »

« Ça me tente bien. »

« J'ai un truc le matin. Que dirais-tu de me retrouver vers deux heures ? On pêchera deux heures et on ira dîner après. »

« J'ai hâte. Merci. »

« Pas de problème. Tu auras retrouvé ton calme avant que le premier poisson ne morde. »

Il a ri et j'ai raccroché.

J'ai attendu une heure avant d'envoyer un texto à Atlas : *Si tu n'avoues pas avoir tué ta femme, on va te coller un truc bien pire, bien pire. Le temps presse.*

Sa réponse est arrivée tout de suite : *Fous-moi la paix, putain.*

J'ai répondu : *On va te coincer, alors tu ferais mieux d'avouer, sinon ça va être pire pour toi.*

Va te faire foutre, qu'est-ce qui pourrait être pire que d'admettre un meurtre ? Surtout que je ne l'ai pas fait.

Bien sûr que si, et si tu penses que ça ne sera pas dix fois plus dur pour toi, essaie pour voir.

S'il te plaît, laisse-moi tranquille.

Atlas venait tout à coup de se montrer poli. J'ai attendu d'être sur le point de me glisser dans mon lit avant de lui renvoyer un message depuis le jetable. Le dernier de la journée était court : *Tic-tac.*

26

J'AI BONDI HORS DU LIT. TOBY M'A SUIVI JUSQU'À LA CUISINE. J'ai mis la cafetière en route, attrapé sa laisse et un téléphone jetable.

J'ai allumé le téléphone jetable et j'ai dit : « Allez, mon grand. On va se promener. »

Le soleil pointait au-dessus de la ligne des arbres quand Toby s'est accroupi. Pendant qu'il faisait ses besoins, j'ai envoyé un SMS à Atlas : *Vous n'avez plus beaucoup de temps pour empêcher ça. Vous allez avouer le meurtre ?*

Jamais. Je ne l'ai pas fait.

Vous êtes dans le déni et le temps est presque écoulé.

Vos conneries ne me berneront pas.

Ce n'est pas un jeu, Atlas. Je sais qu'il est difficile d'imaginer pire que d'être un meurtrier, mais vous allez le regretter.

Avec un sac à crottes, j'ai ramassé ce que Toby avait laissé et j'ai noué le haut du sac. Je lui ai donné une friandise et nous sommes rentrés à la maison.

Nous avons été accueillis par l'odeur du café. Je me suis

servi une tasse, en me disant que j'avais deux heures devant moi. Avec mon portable habituel, j'ai appelé Dawn.

« Bonjour, Dawn. »

« Salut, ça va, Beck ? Tout va bien ? »

« Oui. Tout va bien. Je voulais passer, tu seras là ? »

« Quand ? »

« Dans pas longtemps. »

« Euh, d'accord. J'imagine. »

J'y étais en moins de trente minutes. Dawn était encore en pyjama et ça sentait les frites.

Après une brève étreinte, j'ai passé la pièce en revue.

« Il faut que je range. J'allais le faire, mais Abby a fait des siennes… »

L'appart ressemblait à une porcherie. Des fringues traînaient partout et la table basse était encombrée d'assiettes sales et d'une boîte à pizza vide.

« Tu peux vivre comme tu l'entends, mais fais attention, Abby va prendre tes habitudes. »

Ses yeux ont lancé des éclairs. « J'ai été occupée. »

« Le boulot, ça se passe comment ? »

Elle a haussé les épaules. « Ils m'ont filé tellement de boulot que ça me stresse. »

« Je me disais que ce serait une bonne idée de reprendre des études dans le médical. »

« Dans le médical ? »

« Tu sais, comme technicienne radio ou quelqu'un qui fait des échographies. »

« Je n'aime pas trop les études, et puis je dois m'occuper d'Abby. »

« On trouvera quoi faire pour Abby. Avant que tu t'en rendes compte, elle ira à l'école et tu auras plein de temps libre. »

« Le moment venu, je verrai pour faire autre chose. »

J'ai failli lui demander si ça incluait de faire la lessive qui s'empilait près de la salle de bain. « Tu ne peux pas attendre jusque-là. Il faut te préparer à l'avance si tu veux réussir. Tu commences maintenant et tu seras prête le moment venu. »

« Ça me va comme c'est. »

« Écoute, ne le prends pas mal, mais cet appart, la bouffe et tout, tu ne pourrais pas te le permettre avec ce que tu gagnes. »

« Ne me le jette pas à la figure, d'accord ? Je ne t'ai pas demandé d'aide. »

« Je sais. Ça me fait plaisir de vous aider. J'essaie juste de faire en sorte que toi et Abby ayez une belle vie. »

« On s'en sort bien. »

Mon téléphone a vibré pour signaler un message. Le détective Moreno voulait savoir si j'étais libre pour parler.

J'ai répondu et j'ai dit à Dawn : « Je dois filer. Je crois que Laura va passer tout à l'heure. »

« D'accord. »

« Pense à ce que j'ai dit à propos d'apprendre une compétence technique pour pouvoir gagner correctement ta vie. »

Elle a levé les yeux au ciel. J'ai dit au revoir et je suis sorti en me demandant si c'était le genre de trucs dont les parents devaient s'occuper.

J'ai évité un arroseur automatique, j'ai sauté dans ma BMW et j'ai appelé Moreno.

« Salut, Mo, quoi de neuf ? »

« Puisque c'est toi qui nous as mis sur la piste de Crane au départ, je voulais te dire qu'on va le faire venir au poste. »

« Bien. Il est au courant ? »

« Pas encore. On surveille sa maison et on enverra une voiture chez lui à midi. »

« Et le mandat de perquisition ? Tu n'as pas peur qu'il détruise des preuves ? »

« Ils ont estimé qu'on n'avait pas assez pour obtenir un mandat. »

« La police scientifique n'a rien donné ? »

« Rien pour l'instant. »

« Comment ça ? Et les disques durs ? »

« Même les fédéraux n'ont pas réussi à casser le chiffrement. Ils planchent encore dessus, mais on ne compte pas là-dessus. »

« Il doit y avoir des trucs de dingue là-dedans pour aller aussi loin pour les planquer. »

« C'est ce qu'on pense et pourquoi on veut lui parler. Peut-être qu'il craquera. »

« Je ne sais pas. Si ce type a tenu le coup pendant un procès pour meurtre, tu ne vas probablement pas en tirer grand-chose. »

« On verra ça cet après-midi. »

« J'aimerais être une petite souris. »

J'ai terminé l'appel et j'en ai passé un autre. Rassuré qu'un élément crucial de mon plan allait se mettre en place, j'ai filé à la maison.

27

Toby attendait près de la porte intérieure du garage. Il a posé ses pattes sur mes cuisses et je lui ai caressé la tête.

« Allez, mon grand. Tu veux faire un tour ? »

Toby a aboyé pendant que je lui attachais sa laisse.

« Et si on allait au parc ? »

J'ai roulé jusqu'au North Collier Regional Park et, téléphone à la main, j'ai emmené Toby marcher. En revenant des terrains de foot, j'ai reçu un texto. Ils étaient à quelques minutes.

« On y va, mon grand. »

Toby a filé vers la voiture. Le moment semblait parfait. J'ai pris Livingston vers le sud et j'ai tourné dans la rue où habitait Atlas Crane.

Un fourgon de WINK News était garé devant chez lui. Quand je me suis rangé derrière, une journaliste et son caméraman étaient à la porte d'entrée, en train de parler à Atlas.

Crane est sorti en secouant la tête. J'ai ouvert la portière et je l'ai entendu dire : « Pas question. Il doit y avoir une erreur. »

« Alors pourquoi la police a-t-elle perquisitionné le box de stockage que vous avez loué ? »

« Je n'ai pas de box. »

« Allons, monsieur Crane, vous l'avez loué sous un faux nom. »

« C'est dingue. Je ne comprends pas ce qui se passe. C'est une erreur, vous devez me croire. Tenez, voilà mon ami, il sait qui je suis. »

J'ai mis une casquette et, me couvrant le visage d'une main, je me suis avancé avec Toby en disant : « Je ne veux pas passer à la caméra... Et Atlas, ce n'est pas une bonne idée de parler à la presse. Dis-leur que tu veux qu'ils quittent ta propriété. »

Atlas a hoché la tête. « Ouais, dégagez de chez moi ! Maintenant, avant que j'appelle les flics. »

La journaliste a fait signe au caméraman et ils se sont dirigés vers la rue.

J'ai dit : « Qu'est-ce qu'ils veulent ? »

« C'est un quiproquo. »

« Qu'est-ce qu'ils ont dit ? »

Il a fait signe à deux voisins rassemblés de l'autre côté de la rue. « C'est une erreur. Rentrez chez vous. »

Il s'est tourné vers moi. « Entre. On va parler à l'intérieur. »

« Je ne peux pas rester. J'étais au parc avec Toby et je me suis dit que je passerais te dire que je peux aller pêcher plus tôt que deux heures. Tu y vas toujours ? »

« Putain ! »

« Quoi ? »

« Tu te souviens que je t'ai dit que quelqu'un me menaçait ? »

« Oui, pourquoi ? »

« Je crois que c'est pour ça qu'ils sont là. »

« Je ne comprends pas. »

Il a regardé de l'autre côté de la rue, où un groupe de voisins parlait avec la journaliste.

« Entrons. »

Nous avons franchi l'entrée. J'ai dit : « Pourquoi WINK News est là, au juste ? »

« Ils pensent que je suis une sorte de pervers. »

« Quoi ? Pourquoi est-ce qu'ils penseraient ça ? »

« J'en sais rien. Ils ont parlé de trucs que la police aurait trouvés dans un box, mais je n'en ai même pas. »

« T'es sûr ? »

« Bien sûr que je suis sûr. C'est un gros micmac. »

« Tu as parlé d'un type qui t'appelait ou t'envoyait des textos. C'est quoi, cette histoire ? »

« Rien, juste une garce furieuse qui me dit d'avouer le meurtre d'Ana ou il va m'arriver pire. »

« Pire que d'avouer avoir tué quelqu'un ? »

Son portable a sonné et il l'a sorti de sa poche en disant : « Je sais, c'est dingue, non ? »

J'ai dit : « Réponds. Je parie que c'est ceux qui te harcèlent. »

« Allô ? »

« Oui, c'est moi. »

« Quoi ? Pourquoi ? »

La couleur a quitté son visage. « Quelles questions ? »

« Quand ? »

« Et si je n'ai pas envie de venir ? »

« D'accord, d'accord. Je viens. »

Il a raccroché. J'ai dit : « Tout va bien ? »

Atlas a baissé la tête.

J'ai demandé : « C'était qui ? »

« La police. Ils envoient une voiture pour me conduire au poste. »

« Pourquoi ? »

« Ils ont dit qu'ils avaient des questions à me poser. »

« À propos de quoi ? »

« Ils n'ont pas dit. Je parie que ça va être à propos d'Ana, et c'est n'importe quoi. Ça a été réglé il y a longtemps. »

« Tu crois qu'ils ont trouvé de nouvelles preuves ou un truc du genre ? »

« Je me fous de ce qu'ils ont. Ils ne peuvent rien me faire à cause de la double poursuite. »

« La double poursuite ? C'est quoi ? »

« Personne ne peut être rejugé s'il a été déclaré non coupable, comme moi. »

« Parfait. Alors, de quoi tu t'inquiètes ? »

Il a haussé les épaules. « Ouais, tu dois avoir raison. »

« Va voir ce qu'ils veulent. Si ça part en vrille, prends un avocat et attaque-les pour harcèlement. »

Il a souri. « Bonne idée. »

« Dis-moi comment ça se passe. Je vais regarder mon agenda pour qu'on aille pêcher un autre jour. Je demanderai peut-être à Laura de venir. »

« Ouais, ce serait cool. »

J'ai tiré un peu plus ma casquette, j'ai ouvert la porte et je suis sorti. En me protégeant le visage, j'ai vu une douzaine de ses voisins rassemblés autour de la journaliste. La plupart se sont tournés vers nous. Un homme a pointé le doigt vers le bout de la rue.

Une voiture de patrouille est remontée dans la rue et s'est arrêtée devant la maison d'Atlas.

Je suis monté dans ma voiture au moment où un policier en uniforme descendait de la sienne. J'ai baissé ma vitre pendant qu'il montait jusqu'à la porte. Atlas l'a ouverte et l'agent lui a dit quelque chose. Atlas a disparu dans la maison.

Une minute plus tard, Atlas est ressorti et a suivi le flic jusqu'à la voiture de patrouille. Au moment où il montait à l'arrière, un des voisins a crié : « Enfermez ce prédateur et jetez la clé ! »

Un autre a hurlé : « Châtrez ce salaud ! »

J'ai roulé un pâté de maisons plus loin et je me suis rangé. Avec le téléphone jetable, j'ai envoyé un texto à Atlas : *Avoue le meurtre de ta femme ou tu vas le regretter.*

28

MES FREDONNEMENTS SUR « PEG » DE STEELY DAN ONT ÉTÉ interrompus par la sonnette. J'ai laissé Laura dans la cuisine et j'ai jeté un coup d'œil par la fenêtre : c'était Mario. J'ai ouvert la porte.

Mon frère de famille d'accueil a dit : « Ça sent bon ici. Qu'est-ce que tu prépares ? »

« Mes fameuses côtes de porc. Tu veux rester dîner ? »

« Nan, je peux pas. Susan et moi, on va au ciné avec ses parents. »

Laura a dit : « C'est sympa. Tu vois souvent son père et sa mère ? »

« Tous les quinze jours, à peu près. Ils sont cools. Son vieux est un super joueur de bowling. »

« Dis-moi, quand vous avez emménagé ensemble, ça a été un gros changement ? »

« Je sais pas, c'est venu tout seul, tu vois ce que je veux dire ? »

Je savais que Laura allait me faire une réflexion et j'ai

dit : « Faut que je parle à Mario. L'eau bout, tu peux mettre les pâtes ? »

Une lueur de colère a traversé son visage, mais elle a dit : « D'accord. »

J'ai tapoté le bras de Mario. « On va sur la lanai. »

En refermant la baie vitrée derrière nous, j'ai demandé : « Tu t'en es sorti comment à Orlando ? »

« Regarde ça. »

Il m'a tendu une photo.

« Putain. C'est Bev. »

« Où est-ce que tu as eu ça ? »

« J'ai filé mille dollars à un des Albanais. »

« Je te rembourserai. » J'ai passé un doigt sur la photo. « J'en reviens pas. Tu vois la veste ? »

« Ouais. »

« Elle a toujours voulu être ballerine. C'est génial. Ça veut dire qu'elle est en vie. »

« Ouais. »

« Qu'est-ce qu'il y a ? »

« On a un problème. »

« Quoi ? »

« Tu sais, le faux permis de conduire au nom d'Atlas Crane avec lequel on a loué le box ? »

« Oui, qu'est-ce qu'il a ? »

« Devine qui tient ce business ? »

« C'est à Blinkie. »

Mario a fait non de la tête. « Non, il m'a dit qu'il rendait des comptes à Igor. »

« Igor, le Russe ? »

« Ouais, et il est furax. »

« Qu'il aille se faire voir. C'est lui qui a Bev ? »

« Probable. Mais il menace de dire aux flics que c'était bidon si on le pousse. »

« Ce serait de la folie. »

« Ouais, mais Igor, c'est un taré de première. Tu te souviens du coup qu'il a fait à Fort Myers ? »

« Donc, il a Bev, et si on le serre, il veut nous balancer ? »

« C'est ce que Blinkie m'a dit. »

« Pourquoi il ferait ça, bordel ? »

« Parce qu'il est cinglé. »

« Tu as su où elle est ? »

« Non, j'ai demandé mille fois, il n'a rien lâché. Il a dit qu'Igor lui couperait la langue avant de le buter. »

« Et les Albanais ? Tu as obtenu quelque chose ? »

« On dirait qu'ils l'ont bien vendue à Igor. »

J'ai secoué la tête. « Vendue ? Tu as une confirmation ? »

« Pas pour elle précisément, mais deux personnes m'ont dit que c'est leur méthode. Ils poussent des toxicos à se prostituer, ils les exploitent et les revendent avant qu'ils ne s'écroulent. »

« Faut qu'on retrouve Bev, et vite. »

« Tu veux faire quoi ? »

Laura a ouvert la baie vitrée. « Les pâtes sont cuites. J'ai faim, vous en avez encore pour longtemps ? »

« On arrive. »

Comme elle se retournait, j'ai baissé d'un ton et j'ai dit à Mario : « On ne peut pas laisser Igor faire sauter l'affaire Crane. Alors laisse-le tranquille pour l'instant. Faut que je réfléchisse. »

« Ça marche, mec. »

Laura a dit : « Tu es sûr que tu ne veux pas rester dîner ? »

« Je ne peux pas, on voit les parents de Susan. »

Il venait de le lui dire cinq minutes plus tôt. C'était sa manière de faire passer son message.

On s'est dit au revoir et Mario est parti. J'avais envie de partir avec lui, mais j'ai refermé la porte derrière lui.

Laura a pouffé.

J'ai dit : « Qu'est-ce qui te fait rire ? »

« Te voir te tortiller. »

J'ai ouvert le frigo et j'ai sorti l'assiette de côtes de porc. « Je ne me tortillais pas. »

Elle a ricané. « Bien sûr que si. »

J'ai versé un peu d'huile d'olive dans la poêle sur le feu.

« Tu sais, je me fiche de ce que font les autres. Je suis juste inquiète pour nous. »

J'ai allumé le feu. « Inquiète ? »

« Pas inquiète, mais, tu vois, je veux juste qu'on avance, comme les autres couples. »

Je n'avais pas envie de souligner qu'elle venait de se contredire sur ce que faisaient les autres. « On avance. »

« Tu n'as rencontré mes parents que deux fois. »

Donc, c'était à propos de sa famille. « Organise un truc avec eux si ça te fait plaisir. »

« Vraiment ? »

Je me suis souvenu de Larson me disant qu'il acceptait certaines choses pour avoir la paix et rendre sa femme heureuse.

« Bien sûr. »

« Tu veux faire ça quand ? Peut-être le week-end prochain ? »

J'ai fait glisser les côtes de porc dans l'huile qui grésillait. « Vois avec eux et regarde leurs disponibilités. »

« Peu importe, ils laisseront tout tomber pour nous voir. »

« Propose-leur quelques dates et on en choisira une. »

Elle a pris son téléphone. J'aurais parié tout ce que j'avais qu'elle appelait sa mère. Elle est sortie sur la lanai et j'ai terminé le dîner.

———

ON A COMMENCÉ à débarrasser la table. J'ai dit : « Les côtes de porc étaient réussies ce soir. »

« J'ai aimé la purée d'épinards. D'où tu l'as eue, cette idée ? »

J'ai pointé ma tempe. « Tout est là-dedans. »

Elle a secoué la tête, et j'ai regardé l'heure. Je suis allé dans le salon pour allumer la télé.

Le sujet devait passer à 19 h 15. J'ai passé un coup de fil, je suis tombé sur la messagerie et j'ai laissé un message : « Hé mec, t'aurais dû être là aujourd'hui. C'était dingue, j'ai sorti quatre énormes mérous. Rappelle-moi. J'ai quelques dates qui collent pour Laura et moi, j'espère que tu pourras. »

Un torchon à la main, Laura a dit : « À la pêche ? C'était qui ? »

« J'ai appelé Atlas. »

« Tu veux que j'aille encore pêcher ? »

« Ce n'est qu'une amorce que je lui lance. »

« Mais tu lui as dit de fixer des rencards. »

« Il a d'autres chats à fouetter. »

« Qu'est-ce qui se passe ? »

En pointant la télé, j'ai dit : « Regarde ça. »

« C'est quoi ? »

« Regarde, d'accord ? »

Vêtu d'un costume sombre et d'une cravate bleu vif, un

présentateur a déclaré : « Nous vous apportons une mise à jour d'un sujet que WINK vous a présenté il y a quelques jours. Katherine Rigby est en direct du bureau du shérif du comté de Collier. »

« Merci, Brian. Plus tôt aujourd'hui, Atlas Crane, un habitant du comté de Collier, a été amené pour être interrogé. M. Crane se trouve toujours à l'intérieur du bureau du shérif. »

« Si vous vous souvenez, plus tôt cette semaine, j'ai couvert une affaire au CubeSmart Self Storage sur World Trade Center Way. Le bureau du shérif a mené une perquisition dans un box de stockage là-bas, et WINK News a découvert qu'il avait été loué sous un faux nom. »

Alors qu'une rafale de vent balayait sa chevelure blonde devant son visage, elle l'a repoussée et a dit : « Il est désormais allégué que le box a été loué par Atlas Crane, l'homme que vous voyez ici escorté vers une voiture de patrouille. »

L'écran a montré Atlas qu'on installait sur la banquette arrière d'une voiture de police.

« M. Atlas Crane est interrogé depuis maintenant plusieurs heures. Les téléspectateurs se souviendront qu'il y a environ quatorze ans, Atlas Crane a été acquitté du meurtre de son ex-femme, Ana Crane. »

« Bien que le bureau du shérif n'ait fait aucune déclaration, une source a indiqué à WINK News que la perquisition avait été menée par l'unité des crimes sexuels. Le bureau du shérif n'a ni confirmé ni infirmé cette accusation. Nous vous tiendrons informés dès que nous en saurons plus. »

« Ici Katherine Rigby, en direct du bureau du shérif du comté de Collier. »

Le présentateur est réapparu. « Merci, Katherine. Nous

passons en direct sur Davis Boulevard, où un accident de la route, avec un décès et plusieurs blessés, vient de se produire. »

J'ai appuyé sur la télécommande.

Laura a dit : « Crimes sexuels ? Et tu m'as fait flirter avec lui ? »

J'ai souri. « Tu l'as entendue, ce n'est pas confirmé. »

« Non. Sérieusement, qu'est-ce qui se passe ? »

« Je t'ai dit que ce n'était pas un jeu. On est payés pour régler les comptes. »

« Qui t'a engagé ? »

Plutôt que de lui dire que je ne pouvais pas le dire, j'ai dit : « C'est Larson qui s'en est occupé. Je n'en ai aucune idée. »

« Allez, Beck. Ne me sers pas ça. »

La poche gauche de mon pantalon a vibré. C'était celle où je gardais les téléphones jetables. En y portant la main, j'ai dit : « Franchement, je n'en sais rien. »

Je me suis levé et j'ai regardé le téléphone. C'était Tyler Crane. Laura avait-elle un sixième sens ?

Pourquoi appelait-il ? Un mauvais pressentiment m'a envahi tandis que je disais : « Il faut que je réponde. »

29

Toby m'a suivi jusqu'à la porte. Je me suis engagé sur l'allée pavée et j'ai refermé la porte, le laissant derrière moi.

J'ai décroché. « Salut, Tyler. Ça va ? »

« Pourquoi tu ne me le dis pas, à *moi* ? »

« Je ne suis pas sûr de comprendre. »

« Un pote m'a appelé. Il a dit que mon père avait été emmené pour être interrogé. C'était aux infos. »

« C'est vrai. Et alors ? »

« Ils ont parlé de la brigade des mœurs. Quel rapport avec le meurtre de ma mère ? »

« Écoute, j'ai vu le reportage. Tu connais les médias : tout est bon pour faire de l'audience. »

« Ils l'interrogent à propos de ma mère ? »

« Je n'en sais rien. »

« Ils ne peuvent pas, si ? Ils ne peuvent rien faire à cause du fait qu'on ne peut pas être jugé deux fois pour la même affaire. »

« Ça veut juste dire qu'il ne peut pas être poursuivi à nouveau. Rien ne les empêche de l'interroger. »

« J'imagine. Je n'ai juste pas aimé l'allusion au truc sexuel. »

« Je t'ai dit plusieurs fois que ça allait devenir moche. »

« Ouais, mais… ce n'est pas un de ces déviants, c'est… »

« Ne commence pas à paniquer. On a tout passé en revue. Je t'ai donné plusieurs occasions d'arrêter, mais tu voulais lui faire payer, et c'est ce que je fais. »

« Mais pas comme ça. »

« Ça fait partie du plan. Tu pensais qu'il allait avouer comment ? »

« Mais je n'avais pas réalisé qu'un truc comme ça pouvait arriver. Si j'avais su, je ne l'aurais pas fait. On ne peut pas changer le plan ? »

« C'est trop tard, la machine est lancée. »

Tyler a dit : « Si j'allais voir la police et que je leur disais, ils… »

« Ils t'arrêteraient ! Ne sois pas idiot ! »

« M'arrêter ? Pourquoi est-ce qu'ils… »

« Calme-toi et écoute-moi. Tu ne vas voir personne et tu ne l'ouvres pas. N'oublie pas, c'est toi qui es venu me voir. Crois-moi, si tu vas voir les flics, tu le regretteras comme jamais. Tu m'entends ? »

Sa réponse était à peine audible : « D'accord. »

J'ai raccroché. Alors que je me demandais qui représentait la plus grande menace de tout balancer aux autorités, Igor ou Tyler, mon téléphone a vibré. C'était Atlas Crane.

Prenant une grande inspiration, j'ai rejeté l'appel.

En rentrant dans la maison, j'ai lancé : « Allez, Toby. On va se promener. » J'ai attrapé sa laisse, et mon portable a émis une notification. Atlas avait laissé un message vocal.

Après avoir dit à Laura qu'on revenait tout de suite, Toby a tiré sur la laisse et a pris la tête vers l'extérieur. J'ai attendu d'être à une maison de distance pour écouter le message de Crane.

« Beck, il faut que tu me rappelles tout de suite. Je reviens de m'être fait cuisiner par les flics. Il se passe quelque chose, et c'est grave. Rappelle-moi vite, dès que tu auras ce message. »

Il devait mariner un moment. Je l'appellerais demain matin. En sortant mon portable jetable, je lui ai envoyé un texto : *Je t'avais dit d'avouer. C'est ton dernier avertissement.*

30

MON PORTABLE A VIBRÉ SUR LA TABLE DE LA CUISINE. J'AI rejeté l'appel d'un geste du doigt et j'ai attrapé ma tasse de café.

Laura a dit : « C'est le troisième appel de la matinée. Tu ne vas pas répondre ? »

« Je rappellerai plus tard. »

« C'est qui ? »

« C'est pour le boulot. »

Elle a froncé les sourcils. « Ça concerne quoi ? »

« C'est Atlas. L'étau se resserre. »

« Quel étau ? »

« Il a tué sa femme et s'en est tiré. On nous a engagés pour lui faire rendre des comptes. »

« Nous ? Ça m'inclut ? »

La vraie réponse, c'était parfois. « Tu as bossé sur ce dossier et tu m'as beaucoup aidée à le distraire. »

Elle a souri. « Ça veut dire que je vais toucher une prime ? »

J'ai glissé la main sur sa cuisse. « Bien sûr. Tu la veux maintenant ou plus tard ? »

Elle a dégagé sa jambe. « Je parlais d'argent. »

« Il faut d'abord que je mène ça jusqu'au bout. Il y a deux, euh, complications qui viennent de surgir. »

« Laisse-moi t'aider. »

Je me suis levé et j'ai posé ma tasse dans l'évier. « Je te prendrai peut-être au mot, mais il faut d'abord que je décide quoi faire. »

« Je peux aider, alors dis-moi de quoi tu as besoin. »

« Ça n'a rien à voir, mais tu peux passer chez Dawn ? L'endroit est une vraie porcherie, et je commence à me demander si elle n'est pas, je sais pas... flemmarde ? »

« Être bordélique, ça ne veut pas dire être paresseuse. »

« Je sais, mais je lui ai proposé d'aller à l'école pour apprendre un métier, tu vois, genre technicienne en radiologie, mais elle n'a pas voulu retourner à l'école. »

« Elle devrait devenir plombière. Ça gagne bien, et elle peut apprendre sur le tas. »

« Plombière ? C'est une femme. »

Elle a posé les mains sur ses hanches et m'a fusillé du regard.

« C'est juste que... je n'ai même jamais vu de plombière. »

« Il y a une entreprise qui s'appelle Three Sisters à Naples. Toutes celles qui y travaillent sont des femmes. »

« D'accord. Si Dawn veut être plombière, qu'elle fonce. Essaie juste de lui parler d'un vrai boulot. Ça ne me dérange pas de l'aider à payer ses factures, mais elle a besoin de se construire, et gagner son propre argent, c'est le meilleur moyen. »

« J'y penserai. »

« Merci. À plus tard. »

J'ai reculé hors du garage et j'ai roulé sur trois pâtés de maisons. Je me suis garé le long du trottoir et j'ai composé un numéro.

« Allô, Atlas. Qu'est-ce qui s'est passé avec la police ? »

« Ils avaient une vidéo de l'école. Vous m'avez piégé ou quoi ? »

« Quelle vidéo ? »

« Celle où on partait à la pêche et où on a dû récupérer ce gosse parce que l'amie de Laura était malade ou je ne sais pas quoi. »

« L'école sur Livingston ? »

« Ouais. Ils faisaient comme si j'avais essayé d'enlever ce putain de gamin. »

« C'est ridicule. »

« Vous avez filmé ça ? »

« Non. Pourquoi je ferais ça ? »

« Comment les flics l'ont eue ? »

« Il y a toujours quelqu'un qui filme avec son téléphone. C'était peut-être un autre parent. »

« Pourquoi est-il allé voir les flics ? »

« Tout le monde est aux aguets. Je pense que c'est à cause de toutes ces émissions de faits divers à la télé. »

« Franchement, c'est des conneries. »

« Je suis sûr qu'ils se rendent compte que c'était un simple malentendu. Qu'est-ce qu'ils ont dit d'autre ? Quelque chose au sujet du meurtre de votre femme ? »

« Non, mais tout ce truc est complètement dingue. Ils ont essayé de dire que j'avais loué un box de stockage sous un faux nom. »

« Quoi ? »

« Ils m'ont montré la photo d'un permis de conduire avec ma photo mais un nom différent. »

« C'est bizarre. Peut-être que quelqu'un a utilisé une photo prise au hasard. Mais c'est quoi, au juste, l'histoire avec ce box ? »

« Ils ont dit qu'ils avaient trouvé des trucs qui pourraient être liés à de la pornographie infantile. »

« Ouh là. Qu'est-ce qu'ils ont trouvé, exactement ? »

« Ils ne l'ont jamais précisé, juste qu'il y avait des disques durs, un téléphone, des jouets et d'autres conneries. »

« Qu'est-ce qu'il y avait sur les disques ? »

« Ils n'ont rien voulu dire. »

« C'est louche. On dirait qu'ils partent à la pêche aux infos. »

« Il se passe quelque chose. Vous vous souvenez, je vous ai parlé des messages que je reçois sans arrêt ? »

« Oui, et alors ? Vous ne pensez pas que ce soit lié, si ? »

« Je ne sais plus quoi penser. Mais je me dis que la sœur d'Ana, Pamela, pourrait être derrière tout ça. C'est une vraie salope et elle ne m'a jamais aimé depuis le premier jour. Quand je me suis tiré d'affaire pour le meurtre, elle a juré, devant plein de monde, qu'un jour elle me ferait payer. »

« Ça explique des choses. Elle est probablement en train de colporter des rumeurs sur vous auprès de la police. »

« Je ne sais pas quoi faire. Je pense prendre un avocat, comme vous me l'avez dit. »

« C'est vous qui voyez, mais ça coûte cher. On dirait que les flics n'ont rien, sinon ils vous l'auraient déjà dit. »

« Je pense appeler cette salope de Pam et la confronter. »

« Elle va probablement nier, et elle pourrait dire que vous l'avez menacée. »

« J'aimerais bien l'étrangler, cette garce. Elle a toujours été infecte avec moi. »

« Calmez-vous. J'ai le sentiment que ça va passer. »

« Vous croyez ? »

« Carrément. Ils ne peuvent pas perdre de temps avec ce genre de truc. Ils ont probablement vérifié ce qu'a dit votre belle-sœur pour se couvrir. »

« Ça se tient. »

« Je dois filer à l'aéroport. Un de mes cousins a décidé au dernier moment de descendre. Son vol doit atterrir d'une minute à l'autre. Il va être en ville pendant deux ou trois jours. Je vous appelle quand il repartira et on ira pêcher. »

« D'accord. »

J'ai écouté quinze minutes du podcast The Daily Stoic avant d'envoyer à Atlas un SMS depuis un téléphone jetable : *Tic-tac. Le temps file. Aujourd'hui est votre dernier jour pour avouer.*

Atlas a répondu immédiatement : *Va te faire foutre !!!!*

Sachant que c'était lui qui allait se faire avoir, j'ai souri. Mais ce bon sentiment ne durait jamais, et cette fois il s'est évanoui avant que j'atteigne le premier stop, quand Mario a appelé.

31

Mario a dit : « Hé, t'es où ? »

« À un pâté de maisons de chez moi. Qu'est-ce qui se passe ? »

« Blinkie m'a dit qu'Igor sera à Fort Myers ce soir. »

« Qu'est-ce qu'il fout là-bas ? »

« Comment ça ? Igor s'y étend depuis déjà deux ans. Il a deux bars, deux ou trois bordels, et la rumeur dit qu'il va lancer une opération de contrefaçon à Lehigh Acres. »

J'ai dit : « Si on pouvait avoir des infos sur la contrefaçon, ce serait un sacré levier… »

« J'ai entendu dire que les Albanais touchent dix mille pour une prostituée. »

Mon estomac s'est noué. « C'est ce qu'Igor a payé pour Bev ? »

« Probablement un truc comme ça. »

« On est où, au foutu Moyen Âge ? Comment ces salopards de bas étage peuvent-ils vendre des gens ? »

« Tu vis où, avec la tête dans le cul ? La traite d'êtres humains, c'est énorme, Beck. »

« Eh bien, c'est complètement tordu, d'accord ? »

« Pas besoin de me le dire. J'étais… »

J'ai dit : « Je vais aller voir Igor. »

« Tu veux que je vienne ? »

« Non. Je ne veux pas en faire une montagne. Essaie de savoir dans lequel de ses endroits il sera. »

———

J'AI ROULÉ le long de Colonia Boulevard. Arrivé au coin où se trouvait le restaurant El Patio, j'ai tourné sur Cleveland Avenue. À droite, il y avait le centre commercial Edison. En face, deux ou trois carrosseries et le bar où je me rendais.

J'ai pris à gauche, longeant un marché asiatique jusqu'à un recoin sombre du parking. Quelques voitures se trouvaient devant le Royal Silk Bar and Grill.

Une montagne d'homme, qui aurait pu être un lutteur de sumo, se tenait devant la porte. Il m'a dévisagé, m'a lancé un coup de menton et a tiré la porte pour l'ouvrir. Mes yeux se sont accoutumés à la teinte rougeâtre du bar.

J'ai parcouru du regard la salle à moitié vide. Il n'y avait rien de soyeux ni de royal dans l'endroit. Quelques bribes d'espagnol semblaient sortir d'un duo de barmen blasés. L'autre langue que j'entendais sonnait russe.

Igor n'était pas dans la salle. Mon regard s'est posé sur une porte à droite du bar. Je me suis approché d'un barman.

« Qu'est-ce que vous prenez ? »

« Rien pour l'instant, mais je cherche Igor. »

« Qui le demande ? »

« Beck. »

Le barman a parlé en espagnol à l'autre homme derrière

le bar. Celui-ci a hoché la tête et s'est faufilé sous le comptoir pour aller frapper à la porte que j'avais repérée.

Il a disparu puis est réapparu quelques minutes plus tard. Il m'a dit quelque chose en espagnol. J'ai dit : « No hablo español. »

Il a dit : « Igor n'est pas ici. »

« Je sais qu'il est là. »

Il a dit quelque chose en espagnol à l'autre barman et a ri.

Je suis allé jusqu'à la porte et je l'ai ouverte. « Igor ! C'est Beck. J'ai besoin de vous parler. »

Trois gorilles se sont précipités et m'ont tiré en arrière vers la salle principale.

« Je dois parler à Igor. Lui et moi, on fait des affaires. »

« Si Igor veut vous parler… »

Igor est apparu sur le seuil. « Laissez-le entrer. »

« Merci. »

« Beck, mon ami, que puis-je faire pour vous ? »

« J'ai besoin de parler, en privé. »

« Venez. » Il est entré dans l'arrière-salle et a congédié d'un geste deux hommes au crâne rasé. Quand ses sbires sont sortis, il s'est assis derrière un bureau en bois et m'a désigné une chaise.

En m'asseyant, j'ai dit : « On peut régler le malentendu, quel qu'il soit. »

« Aucun malentendu. Vous voulez perturber mes opérations, et Igor ne peut pas l'autoriser. On ne peut pas faire passer Igor pour un imbécile. »

J'avais déjà rencontré quelques personnes qui parlaient d'elles à la troisième personne. On appelait ça l'illéisme, une façon d'asseoir son autorité ou de prendre ses distances avec ce dont on était responsable.

« On se connaît depuis longtemps. Vous savez que je n'essaierais jamais de faire ça. C'est pour ça que je suis venu, pour parler d'homme à homme. »

« Igor vous a toujours bien aimé. Mais maintenant, vous chassez mes filles ? »

« Je ne chasse personne. Bev est ma sœur de famille d'accueil. »

Il a haussé les sourcils. « Sœur ? »

« Oui. On a été séparés quand elle avait dix ans. »

« Ça remonte à longtemps. Elle appartient à Igor maintenant. »

« Elle n'appartient à personne. »

« Igor l'a payée. »

« Je vous rembourse. Combien avez-vous payé Dren ? »

« Igor a payé dix mille dollars. »

« D'accord. J'apporterai l'argent demain. »

« Igor a besoin de quarante mille dollars. »

« Quarante mille ? C'est quatre fois ce que vous avez payé. »

« Igor a des frais. »

« C'est de l'abus, mais je vais laisser passer. »

Il a hoché la tête.

« Je reviendrai demain avec le cash. Assurez-vous que Bev soit là. »

Je suis rentré jusqu'à ma voiture sur un petit nuage. Je devais voir Bev le lendemain soir.

En approchant de la bretelle de la I-75 Sud, j'ai appelé Mario, mais je suis tombé sur sa messagerie. Je lui ai dit de me rappeler et j'ai composé le numéro de Laura.

« Beck ? Tout va bien ? »

« Un million de fois mieux que bien. »

« Qu'est-ce qui s'est passé ? »

« Je vais récupérer Bev demain. »

« Oh mon Dieu. Vraiment ? »

« Oui. J'ai conclu un arrangement pour la sortir du réseau où elle est coincée. »

« Réseau ? Tu as dit qu'elle, euh, se droguait et vendait son corps. »

« Cette merde s'arrête maintenant. »

« Comment vas-tu l'empêcher de se droguer ? »

« On va lui trouver de l'aide. Je vais la faire entrer dans un programme ou quelque chose du genre. »

« Garde à l'esprit que le taux de réussite n'est que d'environ cinquante pour cent. »

« Ça me va. »

« Bien sûr, mais rien n'est garanti. »

« Alors, qu'est-ce que tu veux que je fasse, bordel ? La laisser là où elle est ? »

« Bien sûr que non. Je veux juste être sûre que tu as les yeux ouverts. »

« Ils sont grands ouverts, d'accord ? »

« Je ne suis pas l'ennemie, Beck. Je veux que tu saches que je ferai tout ce que je peux pour l'aider, mais il faut que tu sois conscient que ça va être moche. Décrocher, c'est dur et ça peut être chaotique. »

« Tu crois que je ne connais pas le dur et le bordélique ? Ma mère a été assassinée, et mon père a bu jusqu'à en crever. Moi ? On m'a trimballé d'un foyer d'accueil à l'autre, je me faisais botter le cul à gauche et à droit — »

« Du calme, Beck ! Arrête de m'attaquer. Je suis de ton côté. »

« Désolé. »

« On fera ce qu'on peut pour elle. Mais il faut que tu sois réaliste à ce sujet. »

L'euphorie d'être sur le point de sauver Bev s'est évaporée comme une flaque en Floride. « Je sais que ça va être dur, mais Mario s'en est très bien sorti après qu'on l'a placé dans ce centre de Fort Myers. »

« C'est différent. Bev se drogue probablement depuis des années ; c'est ancré dans son mode de vie. »

« Elle n'avait pas le choix. Le système l'a laissée tomber comme il l'a fait avec moi et Mario. On s'est barrés et on a survécu. J'aurais dû l'emmener avec nous, même si elle était trop jeune. »

« Il faut que tu arrêtes de t'en vouloir. Tu n'avais que seize ans. »

« Seize sur le papier, mais trente dans la vie. Tout aurait été différent si je n'avais pas été égoïste. »

« Ça suffit. Tu n'as rien fait de mal, et maintenant — »

« Je me sens minable d'avoir attendu jusqu'à maintenant pour la retrouver. »

« Qu'est-ce que tu m'as dit l'autre jour à propos de regarder en arrière ? Le pare-brise est plus grand que le rétroviseur pour une bonne raison. »

Je n'avais pas envie de l'entendre, mais elle avait raison. « Je sais, mais je ne peux pas m'empêcher de ressasser ce qui lui est arrivé. »

« Tu fais quelque chose maintenant. C'est tout ce que tu peux faire. On fera de notre mieux pour l'aider. Et n'oublie pas ce que tu fais pour Dawn et Abby. Tu leur donnes une chance de briser le cycle. Tu es un héros. »

J'ai ricané. « Héros, mon cul. »

« Eh bien, je suis fière de toi. Non seulement pour ce que tu fais pour Bev, sa fille et sa petite-fille, mais aussi parce que tu aides à rendre justice à un gamin dont la mère a été assassinée. »

« Ça paie les factures. »

« Ce n'est pas pour ça que tu le fais. »

Elle avait encore raison. « Bref, on peut changer de sujet ? »

« Bien sûr. Oh, je suis allée voir Dawn. »

« L'endroit, c'était une porcherie ou quoi ? »

« C'était un peu en désordre, mais il faut que tu sois indulgent avec elle, personne ne lui a appris à s'occuper d'un foyer et d'un bébé. »

« Qu'est-ce qu'elle a dit à propos d'apprendre un métier ou quelque chose comme ça ? »

« Elle a dit qu'elle y réfléchirait. Ne la brusque pas, sinon elle fera le contraire. »

« Depuis quand tu es psy, toi ? »

« Non. Mais tu dois comprendre qu'elle a probablement des problèmes d'estime de soi et zéro confiance. Ça doit lui faire peur de se lancer dans quelque chose comme une école professionnelle. »

« Hmm. »

« Tu ne crois pas ? »

« Non. Pour être honnête, je n'y ai jamais pensé. »

« C'est quelque chose qu'elle doit surmonter. On doit tous le faire. »

« Tu penses que tu peux travailler avec elle ? »

« Bien sûr. »

« Ce qui me fait peur, c'est les dégâts qu'on a pu faire à Bev. Rien que de penser qu'elle a été achetée et vendue, ça me rend malade. J'ai envie de buter les salauds qui — »

« Une chose à la fois. Allons la chercher d'abord. »

« Tu as raison. »

« Tu as réfléchi à l'endroit où elle va loger ? »

« Euh, je me suis dit qu'elle resterait à la maison, comme ça on pourra garder un œil sur elle. »

« Je ne sais pas. Elle serait peut-être mieux dans un endroit où des professionnels pourraient l'aider. »

« C'est vrai. Laisse-moi prendre des dispositions. Peut-être que l'endroit où Mario est allé conviendra. »

« C'est une bonne idée. J'ai aussi entendu du bien d'Oasis Recovery. C'est à Fort Myers, près de l'endroit où Mario est allé. »

« Je vais me renseigner. »

« D'accord. Je vais passer chez ma mère. Toutes les deux ont la grippe, et je veux m'assurer qu'elles vont bien. »

« D'accord. Ne tombe pas malade. »

32

J'AI PRIS LA SORTIE PINE RIDGE ET ME SUIS DIRIGÉ VERS L'EAU. C'était un plaisir de conduire de nuit sur une route d'ordinaire encombrée. Le feu au carrefour d'Airport Pulling Road est passé au rouge. Alors que je ralentissais, le téléphone a sonné. C'était Mario.

« Hé, comment ça s'est passé avec Igor ? »

« Il veut quarante mille dollars pour Bev. »

« Quarante ? Il a payé Dren seulement — »

« Je m'en fous. Je lui donne ce qu'il veut pour la récupérer. En plus, ça lui fermera la bouche à propos des docs de Crane. »

« J'arrive pas à y croire. On va retrouver Bev. Mec, je me demande ce qu'elle va faire quand elle nous verra. »

« Tu crois qu'elle nous reconnaîtra ? »

« Oh ouais. On a la même tête qu'avant. »

Ce n'était pas vrai. « J'ai pris des dispositions pour la faire entrer à Oasis Recovery. »

« C'est cool. Je me demande à quoi elle tourne. »

En expirant, j'ai dit : « Probablement un truc dur. »

« Si c'était de l'héro, elle serait probablement morte à l'heure qu'il est. »

« Pas forcément. Mais on s'en occupera. Là, j'ai besoin que tu viennes chez moi. »

Vingt minutes plus tard, j'ai fait entrer Mario chez moi. Il a dit : « Demain, je viens avec toi chercher Bev. »

« Je ne pense pas que ce soit une bonne idée. »

« Pourquoi ? »

« Déjà, Igor est un taré. Je ne veux introduire aucun nouvel élément dans ce deal. Et puis, on ne sait pas comment Bev va réagir. Elle pourrait être effrayée, ou Dieu sait quoi. »

« Mais si elle nous voit tous les deux, ça lui fera du bien. »

« Peut-être, mais après tout ce qu'elle a traversé, elle peut nous percevoir comme une menace ou je ne sais quoi. »

« Une menace ? On est en train de la sauver. »

« Je sais, mais on n'a aucune idée de ce qui se passe dans sa tête, et en plus tu ajoutes la drogue dans l'équation. »

« Tu es sûr qu'elle va accepter d'aller en cure ? »

« J'ai du mal à croire qu'elle n'ait pas envie de se désintoxiquer. »

« N'en sois pas si sûr. Aussi fou que ça paraisse, elle peut croire qu'elle mérite la situation dans laquelle elle se trouve. »

Tout le monde se prenait pour un psy ? « Espérons que non. Mais si elle résiste, je vais me servir de Dawn et Abby comme moyen de pression. »

« Bonne idée, mec. »

« On déplace la table. »

On s'est placés chacun d'un côté de la table basse et on l'a retirée du tapis. On a roulé le tapis sur la moitié environ, révélant le coffre-fort encastré dans le sol.

« Mario, sous l'évier il y a un tas de sacs Publix. Prends-en deux et double-les. »

Avec mes empreintes et un code, j'ai provoqué un petit déclic suivi d'une lumière bleue. J'ai ouvert la porte et j'ai passé la main dans le coffre-fort.

Après avoir tendu à Mario des liasses de billets de cent dollars, j'ai refermé le coffre-fort. Mario m'a tendu le sac de fric et je l'ai mis sous l'évier.

On a remis le tapis en place et reposé la table basse.

J'ai tapoté Mario dans le dos. « À la même heure demain, on sera tous réunis. »

« Ça va être énorme. »

« C'est clair. On est peut-être un peu amochés, mais on y est arrivés, frérot. J'espère juste qu'il n'est pas trop tard pour sauver Bev. »

« Je pense que tu devrais me laisser venir avec toi pour aller la chercher. »

« Je gère. Il faut que ce soit le plus discret possible pour Bev. »

« Elle pourrait essayer de s'enfuir. »

« Pourquoi ferait-elle ça ? J'essaie de l'aider. »

« Elle ne fait confiance à personne. »

« Elle me faisait plus confiance qu'à n'importe qui. Tu te souviens comme elle courait vers moi pour que je la protège de ce monstre, Bryant ? »

« Je ne comprends toujours pas comment un type comme Bryant a pu être agréé pour accueillir des gamins. »

« Les services de protection de l'enfance se sont sans doute fait berner par sa femme. »

« Ouais, elle était gentille. »

« Sauf qu'elle ne nous a jamais défendus. »

« Tu as toujours dit que c'était une lâche. »

C'était vrai. « Ça me foutait en rogne, mais maintenant je vois qu'elle était coincée elle aussi. Je ne l'excuse pas ; elle aurait dû partir et dénoncer ce salaud. »

« Je me demande ce qui se serait passé. »

« Ça ne sert à rien de regarder en arrière. Il faut avancer. »

« Ouais, mais c'est quand même intéressant d'y penser. »

« C'est une perte de temps, rien que du chewing-gum pour le cerveau. Aujourd'hui et demain, c'est tout ce qui compte. »

« Mec, entre Crane et Bev, demain va être une journée monstrueuse. »

« Une qui entre direct dans le top 10, si ça se passe bien. »

Mario a levé une main. « Je croise les doigts. »

« La chance n'a rien à voir là-dedans. Ce sont l'intention, la planification et l'action qui font bouger les choses. »

33

L<small>AURA, VÊTUE D'UN T-SHIRT DE</small> K<small>ISS QUE J'AVAIS ACHETÉ À UN</small> concert il y a vingt ans, est entrée dans la cuisine d'un pas nonchalant.

« Bonjour. Tu es debout de bonne heure. »

Je sortais une dosette du tiroir pour ma deuxième tasse. « Salut, tu veux un café ? »

« Oui, s'il te plaît. Tu n'as pas dormi de la nuit. »

« Je sais, je n'arrivais pas à m'endormir. »

Elle m'a déposé un baiser rapide sur la joue. « Tu as trop de choses en tête. »

« Qui n'en a pas ? »

« Allez, tu penses à Bev. C'est normal. »

Tandis que le café coulait dans son mug, j'ai dit : « Ça risque d'être dur pendant un moment, mais j'ai le pressentiment qu'elle s'en sortira. »

« Quand est-ce que tu vas le dire à Dawn ? »

« Je n'arrête pas d'hésiter. Elle devrait le savoir, mais ensuite elle voudra la voir, et si Bev est complètement en vrac, ça pourrait mal tourner. »

« Si tu ne dis rien maintenant, tu le feras quand ? »

Je lui ai tendu un mug de café. « Quand Bev sortira de désintox. »

Elle a pris une gorgée et s'est assise. « Et si on disait à Bev qu'on a retrouvé Dawn et qu'elle est grand-mère ? »

« Je ne sais pas quoi faire. J'ai pensé demander l'avis du centre de désintox, puis je me suis dit que la situation est tellement dingue que personne ne saurait quoi faire. »

« Pourquoi tu penses ça ? »

« Parce que Bev a été placée, qu'on l'a laissée tomber, qu'elle est devenue accro et prostituée, puis qu'elle a abandonné sa gamine, qui s'est retrouvée à la rue. Ça suffit comme ça ? »

« Je sais que c'est compliqué, et tu ne trouveras jamais quelqu'un avec exactement les mêmes circonstances, mais tout ça, ce sont des formes de traumatisme. »

« Tu as pris des cours là-dedans ? »

« J'ai pris psycho en option, mais j'ai beaucoup appris en lisant. »

« Tu penses que je devrais demander au centre de désintox ? »

« Parle-leur au moins des deux situations. Ils auront des idées sur la façon de gérer ça. »

J'en étais sûr, mais c'était moi qui devrais assumer les retombées s'ils se trompaient.

« Je me dis qu'on devrait dire à Dawn qu'on a retrouvé Bev. Elle savait qu'on la cherchait et qu'elle était dans la drogue et tout ça. »

Laura a dit : « C'est vrai. Mais garde à l'esprit que la réalité de la retrouver n'a rien à voir avec celle de la chercher. »

« Je vais attendre que Bev soit en désintox. »

« D'accord. »

« Pour ce qui est de dire à Bev pour Dawn et sa petite-fille, je demanderai peut-être au centre. »

« Bonne idée, ils penseront peut-être que ça peut la motiver à décrocher. »

C'était vrai, mais voir sa fille et sa petite-fille et apprendre qu'elles étaient sans-abri lui rappellerait son échec en tant que mère. Ça pourrait la pousser à se réfugier dans la drogue, ou pire.

———

Il n'y avait qu'un autre client dans le rayon des céréales. J'ai mis deux boîtes de Raisin Bran dans mon chariot et j'ai sorti le nouveau téléphone jetable que j'avais acheté. Je me suis connecté au réseau Wi-Fi ouvert de Publix. Tandis que l'unique client quittait le rayon avec son chariot, je me suis rendu sur le premier réseau social autorisant du contenu pour adultes et je me suis connecté sous un pseudo.

J'ai joint cinq images à une nouvelle publication et j'ai tapé un titre pour l'accompagner : *Atlas Crane tue sa femme et maintenant ça ?*

Inutile de craindre une plainte en diffamation de la part de Crane, puisqu'il l'avait fait.

Avant d'appuyer sur Envoyer, j'ai préparé des copies du message à publier sur trois autres réseaux sociaux. En souriant, je les ai lâchées sur Internet.

En passant en caisse rapide, j'ai payé mes céréales et j'ai filé directement chez moi. Je suis entré dans le garage et j'ai consulté le premier site où j'avais posté.

J'ai cligné des yeux. Les chiffres étaient énormes : deux

mille vues, cent dix commentaires et presque mille partages. Ça se propageait plus vite qu'un rhume en maternelle.

Les interactions sur les autres sites où j'avais posté étaient du même ordre. Je suis revenu sur le site d'origine. À chaque actualisation, les chiffres bondissaient.

Avec mon portable habituel, j'ai pris l'écran en photo et j'ai passé un appel.

« Détective Moreno. »

« Salut, Moe, j'ai quelque chose que tu dois voir. »

« Qu'est-ce qu'il y a ? »

« Le type qui m'a mis sur la piste d'Atlas Crane et de son implication dans le porno vient de m'envoyer une publication. »

« C'est quoi, la nature de la publication ? »

« Attends, je t'envoie une capture d'écran par texto. »

« D'accord. »

« Tu l'as reçue ? »

« Ça vient d'arriver. Bon sang ! Ce type est un sacré malade. »

« Tu l'as dit. »

Moreno a dit : « Et il a eu le culot de nier. Je n'aime pas l'admettre, mais j'ai failli y croire. »

« On m'a dit que ça venait de son smartphone, et qu'il y a encore plus de contenu sur ce téléphone et sur son ordinateur portable. »

« On n'aura aucun mal à obtenir un mandat, maintenant. »

« Parfait. Tu penses pouvoir perquisitionner chez lui dans combien de temps ? »

« Un jour ou deux. »

« Si tu as besoin d'autres preuves, regarde sur des sites pour adultes comme MeWe, Reddit, Pictoa et Bluesky. »

« Punaise, il y en a combien, des sites comme ça ? »

« Beaucoup trop, si tu veux mon avis. »

« Tu m'étonnes. Laisse-moi m'en occuper. »

« Tiens-moi au courant. »

J'ai repassé la suite du plan dans ma tête. Il avait de bonnes chances de marcher, et c'était le moment de voir si c'était le cas.

34

J'AI ACCORDÉ UNE SECONDE À L'IDÉE DE ME FAIRE UN CAFÉ, puis j'ai laissé tomber. J'avais déjà assez d'adrénaline dans les veines. À la place, j'ai attrapé une bouteille d'eau dans le frigo et je suis allé au bureau.

Assis à mon bureau, j'ai utilisé un téléphone jetable pour envoyer un message à Atlas : *Je t'avais prévenu. Avoue ou ce sera encore pire.*

Avant d'appuyer sur Envoyer, j'ai joint une capture d'écran de la publication qui inondait Internet.

Sur mon ordinateur portable, j'ai retouché l'image pornographique, en ajoutant des rectangles noirs sur tous les visages et les parties intimes. Satisfait qu'elle soit présentable pour Facebook, j'ai utilisé un compte sous pseudonyme et j'ai diffusé la publication dans sept groupes de Naples.

Je devais filer à Fort Myers ce soir-là pour récupérer Bev, mais ça m'aurait plu de profiter de ce que j'avais lancé. J'ai sorti un sac Lululemon du placard et j'y ai transféré le cash que j'avais planqué sous l'évier.

J'ai glissé le sac dans un sac à dos et je l'ai mis sous le bureau. Il était temps de faire le point avec Atlas. J'ai composé son numéro, et il a décroché à la cinquième sonnerie.

« Désolé, Beck. »

« Hé, Atlas, si ce n'est pas le bon moment, tu peux me rappeler. »

« Non, ce n'est pas ça. Mon téléphone n'arrête pas de sonner. »

« Pourquoi ? »

Il a hésité. « Il y a une tonne de merde qui circule sur Internet à mon sujet. »

« Toi ? Je ne comprends pas. »

« Celui qui essaie de me forcer à avouer que j'ai tué Ana balance du porno en disant que ça vient de moi. »

« De la pornographie ? »

« Ouais, et si tu peux le croire, putain, ça ressemble à de la pédopornographie. »

« Aïe. Ah, je vois maintenant pourquoi les flics ont fait la perquisition et… »

« Je n'ai rien à voir avec ce truc. Je te le jure. »

« La pédopornographie, c'est le pire du pire. »

« Je sais, c'est dégueulasse. »

« Tu dois gérer ça au plus vite. Si ça circule, ça va devenir dur pour toi. Les gens vrillent. Tu as une arme ? »

« Ouais. Pourquoi ? »

« Tu dois faire gaffe. Avec ce genre de trucs, les gens pètent les plombs et font des conneries. »

« Tu devrais voir certains commentaires sous les posts ; c'est rempli de menaces. »

« C'est bien de ça que je parle, il suffit d'un type qui a

une case en moins. Un cinglé qui se dira qu'il sera un héros en butant un prédateur. Garde les yeux ouverts. »

« Tu crois que quelqu'un s'en prendrait à moi ? Je n'ai rien fait. »

« À ta place, je réfléchirais sérieusement à trouver un autre endroit où rester, le temps que ça retombe. »

« Sérieux ? Je n'arrive pas à y croire. »

« Je déteste te l'annoncer, mais ça va sans doute devenir moche, très moche. »

« Comment ça pourrait être pire que maintenant ? »

« Tu as dit que les trucs sur les réseaux, c'est tout récent, non ? »

« Ouais, pourquoi ? »

« Plus les gens vont découvrir ce qu'on raconte sur toi, plus le risque que quelque chose arrive augmente. Les médias vont s'y mettre, et tes amis… enfin, tes voisins vont péter un câble. »

« C'est tellement tordu ! Je n'ai rien fait. Je ne toucherais jamais à ces saloperies. Je ne suis pas un pervers glauque. »

« Je sais, mais malheureusement, à ce stade, ça ne change rien. Les gens vont te juger sur ce que dit le post. C'est triste, mais c'est le monde dans lequel on vit. »

« Quelqu'un vient de sonner. »

« Je n'ouvrirais pas. »

« Pourquoi ? »

« Parce que les gens sont fous. »

« Il faut que cette merde s'arrête. »

« Hé, Laura m'appelle, je dois aller la récupérer. Je te rappelle plus tard. »

J'ai basculé sur l'autre ligne, mais ce n'était pas Laura.

C'était le fils d'Atlas, Tyler Crane.

« Salut, Tyler. »

« C'est toi qui as fait ça ? »

« Quoi ? »

« Répandre ces saloperies sur mon père ? Il est beaucoup de choses, mais ce n'est pas un pédophile. »

« Attends une seconde… »

« Je n'arrive pas à croire que tu aies fait un truc pareil. La déviance sexuelle, ça dépasse toutes les bornes. »

« Écoute, tu m'as demandé d'obtenir justice pour ta mère, et j'ai accepté. Je t'ai prévenu que ce serait dur, et tu m'as dit que ça t'allait. Je crois que tes mots exacts étaient de faire tout ce qu'il faut. »

« Eh bien, c'était une erreur, et je veux que tu arrêtes. Maintenant. »

« C'est trop tard pour ça. »

« Non, ce n'est pas trop tard. Je vais aller au… »

« Écoute, tu paniques pour rien. Une fois que tu sauras comment ça va se dérouler, tu seras d'accord. »

« Alors, dis-moi comment tu vas arranger ça. »

35

En roulant vers le nord sur la route 75, je passais en revue la liste dans ma tête. J'avais l'impression qu'il manquait quelque chose. Laura avait un peu exagéré en achetant à Bev les vêtements dont elle aurait besoin pour la désintox. La valise à roulettes était dans le coffre, avec des livres, du maquillage et des en-cas sains.

Bev fumait sans doute, mais j'attendrais de savoir quelle marque elle fumait. J'ai dépassé l'aéroport et j'ai pris la sortie. Je me suis dirigé vers le bar qu'Igor possédait, en me demandant si Bev était à l'intérieur.

Au cas où il nous faudrait partir en vitesse, je me suis garé en marche arrière sur une place près de l'entrée. En relevant la jambe gauche de mon pantalon, j'ai vérifié le holster et je l'ai recouvert. J'ai sorti un autre pistolet de la boîte à gants et je l'ai glissé à ma ceinture, dans le creux des reins.

Après une grande inspiration, j'ai récupéré le sac à dos dans l'espace aux pieds du passager, je suis sorti de la voiture et je me suis dirigé vers la porte.

Je me suis écarté quand un homme est sorti du bar en titubant. Il marmonnait en russe. En entrant dans le bar, je me suis arrêté, et la pièce a pris forme. Quatre jeunes hommes, tous au crâne rasé et tatoués, entouraient une table dominée par une bouteille de vodka. Deux groupes d'hommes plus âgés, dont certains que j'avais croisés lors de ma première visite, étaient assis au comptoir.

L'endroit s'est calmé, tous les regards braqués sur moi à mesure que j'avançais.

En m'approchant du barman, le seul son était le bourdonnement d'une enseigne au néon au-dessus du bar.

« Je suis là pour voir Igor. »

« Il n'est pas là. »

« J'ai rendez-vous avec lui. »

« Comme je vous l'ai dit, Igor n'est pas là. »

« Allez, prévenez-le que je suis là. »

Posant ses deux mains sur le comptoir, le barman a dit : « Il n'a pas mis les pieds ici de toute la journée. »

« Il doit me retrouver. »

Il a parlé en espagnol à l'autre barman, et l'homme a dit : « Tout ce qu'on sait, c'est qu'il n'est pas là. Revenez demain, il sera peut-être là. »

« Écoutez… » j'ai soulevé le sac à dos, « j'ai quelque chose pour lui. Appelez-le, dites-lui que Beck est là. »

Deux des crânes rasés se sont approchés. « Qu'est-ce que vous voulez ? »

« Je ne suis pas là pour chercher des ennuis. Igor a dit qu'il me verrait ce soir pour récupérer ça. »

« C'est quoi ? »

« Appelez-le et dites-lui que Beck est là. »

« Qu'est-ce qu'il y a dans le sac ? »

J'ai reculé. « Du fric. C'est celui d'Igor. Maintenant,

appelez-le avant que je parte et que vous lui disiez que vous n'avez pas voulu de l'oseille. »

Les crânes rasés ont parlé entre eux en russe. L'un a sorti un téléphone et a passé un coup de fil. Il a parlé en russe.

Il a mis la main sur le téléphone. « Comment vous appelez-vous ? »

« Beck. Dites-lui que je suis là. »

Il s'est remis à parler russe et a terminé l'appel.

« Igor est à Tampa. Il a dit de revenir demain. »

Les autres crânes rasés attablés se sont levés et sont sortis.

J'ai dit : « Vous vous foutez de moi ? »

« C'est ce qu'il a dit. »

« Il a dit quelque chose à propos de Bev ? »

« Revenez demain. »

« Rappelez-le. Il faut que je lui parle. »

« Igor est occupé. »

« Il est où, à Tampa ? »

« Je ne sais pas. » Il a fait un geste vers la porte. « Allez. Rentrez chez vous maintenant. »

J'ai remonté le sac à dos sur mon épaule et j'ai glissé l'arme du creux de mes reins vers la droite de mon nombril. J'ai fait deux pas en arrière avant de me retourner.

En ouvrant la porte d'un coup, j'ai dégainé mon pistolet et me suis décalé sur la droite. Quand la porte s'est refermée, les deux crânes rasés qui étaient sortis sont réapparus.

Pointant mon arme, j'ai dit : « Reculez ou je vous tue tous les deux. »

« Donnez-nous l'argent. »

Je me suis écarté. « Rentrez à l'intérieur. »

« Igor a dit de récupérer l'argent. Donnez. »

La porte s'est ouverte et les autres crânes rasés sont apparus.

J'ai posé une main sur ma voiture et j'ai cherché la poignée. « Je ne veux pas d'ennuis, mais si *vous* en voulez, je vous tue. Alors, ne bougez pas. »

J'ai ouvert la porte. « Reculez ! Ou je vous fais sauter ces foutues rotules ! »

Comme je pointais le pistolet vers leurs jambes, ils ont reculé. J'ai sauté dans la voiture et j'ai quitté le parking en crissant des pneus.

En rentrant, je me suis demandé où était Bev. Igor était-il vraiment pris, ou avait-il essayé de m'arnaquer ?

Avant de reprendre l'autoroute, j'ai appelé Mario et je l'ai mis au courant.

Il a dit : « Merde ! »

« Je ne sais pas si Igor avait l'intention de venir. »

« Ce n'est pas un enfant de chœur, mais on a toujours réussi à travailler avec lui. »

En prenant la bretelle d'accès, j'ai dit : « Oui, mais j'ai eu l'impression que ça pouvait être un piège. »

« Ce serait dingue de sa part de se griller avec des gens comme nous. Je vais parler à deux ou trois personnes, voir ce que je peux apprendre. »

« D'accord. Je vais appeler le centre de désintox pour leur dire qu'elle ne vient pas ce soir. »

« D'accord. On se reparle plus tard. »

J'ai appelé Laura. Elle a décroché dès la première sonnerie.

J'ai dit : « Ça va ? »

« Qu'est-ce qui s'est passé ? »

« Elle n'y était pas. »

« Qu'est-ce qui s'est passé ? »

Je lui ai dit qu'Igor ne s'était pas montré et j'ai passé sous silence la partie où ils avaient essayé de me piquer les 40 000 $ que je transportais.

« Je suis désolée. »

« Ce n'est pas grave. On va essayer d'organiser une autre remise. »

« Quand ? »

« Avec un peu de chance, demain. »

« Tu dois appeler Oasis Recovery... »

« C'est déjà fait. »

« Comment tu le vis ? »

« À propos de quoi ? »

« De ne pas avoir récupéré Bev. Je sais que tu y comptais. »

« Ça va. »

« C'est normal d'être déçu. »

« Je ne suis pas déçu. »

« Je l'entends à ta voix, mais si tu veux jouer les machos... »

« Je suis un peu dégoûté, mais on verra demain. »

« C'est bien d'exprimer tes émotions. Fais-les sortir, ça aide. »

« Les émotions n'arrangent rien ; ce qui marche, c'est d'agir. Ce n'est pas fini, on va la récupérer. »

36

MON PORTABLE A SONNÉ. C'ÉTAIT L'UN DES GARS QU'ON utilisait pour des petits boulots non confidentiels.

« Yo, Beck. Je suis là. C'est la folie. Un camion de la télé vient d'arriver. »

« WINK News ? »

« Ouais, ils sont là. »

« Parfait. Appelle-moi en FaceTime. Mais n'utilise pas mon nom quand tu parles. »

« Ça marche. Reste en ligne. »

J'ai coupé ma caméra, et une image en direct de la scène devant la maison d'Atlas Crane est apparue sur mon iPad.

Il a balayé la foule. Il devait y avoir trente ou quarante personnes rassemblées dans la rue. Une douzaine d'entre elles brandissaient des pancartes. J'ai fait une capture d'écran et j'ai dit : « Qu'est-ce qu'il y a d'écrit sur les pancartes ? »

L'image tremblotante s'est fixée sur une femme aux cheveux gris tenant une pancarte en carton blanc. Le message manuscrit disait : *Tu es malade, Atlas Crane. Sors de notre quartier.*

« Montre-m'en une autre. »

Mon gars a dit à un manifestant : « Monsieur, je peux montrer votre pancarte à mon pote ? »

L'homme avait un physique de bodybuilder et a dit : « Vas-y. »

On va t'avoir, Atlas, espèce de pervers.

« Regarde celle-là. »

Deux femmes à l'air de grands-mères tenaient les extrémités d'une pancarte où l'on lisait : *Protégeons nos enfants. Enfermez tous les délinquants sexuels à vie !*

J'ai pris une autre capture d'écran et j'ai demandé : « Il se passe quelque chose dans la maison ? »

« Attends une seconde. Faut que tu voies ça. »

Il a dirigé la vidéo vers deux petites filles blondes debout devant ce qui devait être leurs mères. Les gamines tenaient une pancarte écrite au crayon de couleur. On y lisait : *S'il vous plaît, protégez-nous des gens comme Atlas Crane.*

« Assure-toi que les journalistes filment les gamines. Et la maison ? »

Le téléphone s'est approché en tremblant de la maison des Crane. « Tous les stores sont baissés, mais regarde ce qu'il y a sur le garage. »

« Je n'arrive pas à lire. Tu peux zoomer ? »

« Un type a tagué "Pédophile" sur la porte du garage. »

Ça se passait mieux que je ne l'avais espéré. « OK. On raccroche et assure-toi de ne parler à personne, surtout aux journalistes. »

Après la fin de l'appel FaceTime, j'ai passé un coup de fil à mon contact de WINK News. Ils allaient diffuser le sujet au plus tard à 17 h, et elle a dit qu'il serait diffusé à chaque édition du soir.

Je lui ai dit de garder quelqu'un en permanence devant la maison des Crane. Elle a demandé pourquoi, et j'ai répondu qu'elle devait me faire confiance.

Il était temps d'appeler le fils d'Atlas, Tyler. Avant d'appeler, j'ai envoyé un texto avec les captures d'écran des manifestants et de leurs pancartes. Il a décroché dès la première sonnerie.

« Qui sont ces gens ? »

« Des voisins et des citoyens inquiets. »

« C'est pire que ce que je pensais, on ne peut pas… »

« Tu dois aller voir ton père. Il est sous pression. Il pourrait être prêt à avouer le meurtre de ta mère. »

« C'est surréaliste, je n'aurais jamais dû te mêler à ça. »

« Ça va aller. »

« Comment peux-tu dire ça ? Sa réputation, notre nom de famille est foutu. La honte ne s'effacera jamais. Je vais devoir déménager, peut-être changer de nom, c'est le bordel. Je… »

« Tyler, va voir ton père avant que ça n'empire. »

« Comment ça pourrait être pire que ça ? »

« La police va probablement perquisitionner chez lui. »

« Et ils vont trouver d'autres trucs ? Je ne peux pas… »

« Va voir ton père ! S'il avoue maintenant, on défera tout ça. »

———

LA SONNETTE A RETENTI. À travers la fenêtre, j'ai vu que c'était Mario.

« Hé, entre. »

On s'est serré dans les bras et Mario a dit : « J'ai réussi à savoir qu'Igor va être à Fort Myers aujourd'hui. On m'a dit qu'il devrait y être vers 16 h. »

« T'es sûr ? »

« Ouais, je le tiens de deux sources différentes. »

« Et Bev ? Elle sera là ? »

Il a fait non de la tête. « Je n'ai pas pu confirmer. Elle pourrait être, euh, en train de "travailler" là-haut. »

« Et la tentative de me braquer ? Tu as des infos sur le fait qu'Igor y soit mêlé ? »

« Je ne sais pas. Personne ne semblait savoir ce qui s'est passé, mais ils sont tous muets comme des carpes. Igor ne prend pas les fuites à la légère. »

« Si c'est Igor, la donne a changé. On ne peut plus bosser avec les Russes. »

« Ça pourrait être lui. Souviens-toi de la fois où il a doublé les Cubains. »

« C'était un retour de bâton parce qu'un des types de Santos avait balancé à propos des voitures volées qu'Igor faisait transiter par Miami. »

« Sérieux ? Qui t'a dit ça ? »

« Tu devrais venir avec moi récupérer Bev. »

« D'accord. »

« Si Igor joue franc jeu avec nous, Bev doit être dans le coin. »

« T'as raison. Tu veux qu'on y aille à quelle heure ? »

« On part vers 19 h. Si ça se passe bien, on déposera Bev au centre de désintox avant 20 h. »

———

J'AI ATTENDU sur une place visiteur, en diagonale de l'autre côté de la rue, en face de la maison de ville de Tyler Crane. J'ai lancé le podcast *Practical Stoicism*. En réfléchissant à un passage des Pensées de Marc Aurèle sur la paix intérieure, la porte du garage de Tyler s'est levée.

Quand il est entré dans son garage, j'ai coupé le podcast et je lui ai envoyé un texto. Il a refermé la porte du garage et a traversé la rue.

J'ai ouvert la porte du passager. Tyler est monté et j'ai demandé : « Comment ça s'est passé avec ton père ? »

« C'était le bazar. Tous ses voisins étaient dans la rue. Ils m'ont hurlé dessus quand je suis entré dans la maison. Je pense vraiment que quelqu'un va essayer de lui faire du mal. »

« Qu'est-ce qu'il a dit ? Est-ce qu'il va passer aux aveux ? »

« Il ne veut pas. »

« Bien sûr que non. Mais s'il veut que ce cauchemar se termine, il va devoir le faire. »

« J'ai de la peine pour lui. »

« Il a tué ta mère. Garde ça en tête. »

« Je sais, mais toute cette histoire de pédophilie, c'est… »

« Qu'est-ce que tu lui as dit ? »

« Je lui ai dit de dire la vérité, que je savais qu'il avait tué ma mère et que, s'il passait aux aveux, toute cette histoire de pornographie infantile disparaîtrait. »

« Tu lui as dit ça comme ça ? »

« Oui, mais il ne voulait toujours pas avouer. »

« Ce n'est pas grave. Il y arrivera bientôt. »

« Qu'est-ce qui te fait croire ça ? »

« Les choses vont se corser. »

« Tu plaisantes ? »

« Je dois filer à Fort Myers, mais reste en contact avec ton père. Vois s'il change d'avis et accepte de passer aux aveux. »

« On dirait que non. »

« Si. Il va le faire. Faut que j'y aille. Je te tiens au courant. »

À mon avis, Atlas savait qu'il était dans de sales draps. L'espoir qu'il nourrissait de voir la situation s'éclaircir n'avait besoin que d'une dernière poussée pour s'évaporer.

37

MARIO A TROTTINÉ LE LONG DE L'ALLÉE DE SON CONDO ET A
sauté dans ma BMW.

« Mec, qu'est-ce qu'il fait lourd ! »

« Il faudrait qu'il pleuve. »

Mario a attaché sa ceinture. « C'est trop cool. J'arrive pas
à croire qu'on va sauver Bev. »

« La sortir des pattes de ces salauds, c'est une chose.
C'est la sauver qui m'inquiète. »

« Fais-moi confiance, je sais que décrocher, ça va pas
être facile pour elle. »

« Elle va avoir besoin d'un suivi pendant longtemps. »

« C'est ce que Susan a dit. Elle a dit que la drogue, c'est
une chose, mais abandonner son enfant et se vendre, ça va
être dur à encaisser. »

Est-ce que Susan et Laura en avaient parlé, ou les
femmes étaient-elles simplement plus à l'écoute des trauma-
tismes psychiques ?

« Là, on la met en cure et on avise. Un jour après
l'autre. »

« Tant qu'Igor ne nous balade pas, ça devrait être plié en deux temps, trois mouvements. »

Avec plus d'assurance que je n'en avais, j'ai dit : « Il faut qu'on soit prêts, mais je ne m'attends pas à d'autres ennuis. »

« Moi non plus. Alors, tout est calé avec Atlas ? »

« La machine est lancée. Je te le dis, si ça avait été pour autre chose que récupérer Bev, j'aurais annulé. »

« J'arrive pas à croire qu'on va rater un des meilleurs moments de ce boulot. »

« Je sais, mais je viens d'avoir Katherine au téléphone. Elle va nous envoyer la vidéo. »

« Donc, on aura un montage des temps forts ? »

« Plus que ça, je lui ai demandé de m'envoyer tout ce qu'ils ont tourné. »

« Cool. On aura de quoi se mettre sous la dent. »

J'ai attendu une seconde avant de dire : « Je commence à m'inquiéter pour le gamin, Tyler. »

« Qu'est-ce qui se passe ? »

« Il n'a pas apprécié le petit coup de pouce pour forcer son vieux à cracher le morceau. »

« Ça fait partie du prix à payer. »

« On le sait, mais Tyler fait du foin. »

« Qu'est-ce qu'il va faire ? Aller voir les flics ? »

Je le lui ai rappelé : « Il nous faut zéro publicité. »

« Tu veux que je lui parle ? »

« Non. Je gère. Si ça commence à sentir le roussi, j'ai un atout en réserve. »

« Toujours prêt, hein ? »

« Oui, et puisqu'on parle d'être prêts, repassons le plan pour quand on arrivera chez Igor. »

On a passé en revue plusieurs scénarios et on a fini par arriver au Royal Silk Bar and Grill d'Igor.

Je me suis garé en marche arrière, près de l'entrée.

« Il y a une sortie derrière, dans la pièce où j'ai rencontré Igor la première fois. »

« Tu me l'as déjà dit. »

« D'accord. Souviens-toi : garde la porte d'entrée ouverte et reste sur le côté. »

« C'est bon. »

« Et assure-toi que ton pistolet est bien visible. »

« Oui, papa. »

En tendant la main vers la banquette arrière, j'ai attrapé le sac à dos rempli d'argent. « Allez, on va chercher Bev. »

L'humidité était à la hauteur de la tension quand on s'est approchés. J'ai ouvert la porte d'un coup. Mario a coincé une cale en bois entre l'encadrement et la porte pour l'empêcher de se refermer.

Il n'y avait que trois types accoudés au bar. Les quatre mêmes crânes rasés qui avaient essayé de me détrousser étaient assis à une table, en train de jouer aux cartes. Sans les quitter des yeux, je suis allé voir le barman.

« Dites à Igor que Beck est là. »

Le barman s'est baissé derrière le comptoir et a frappé à la porte de la pièce du fond. Il a entrouvert la porte et a passé la tête. Une seconde plus tard, il m'a fait signe. « Par ici. Il est prêt à vous recevoir. »

Faisant un signe de tête à Mario, je suis entré dans la pièce où Igor tenait ses audiences. Le Russe était assis derrière un bureau et, à sa gauche, se tenait un type en lunettes de soleil qui faisait craquer les coutures du survêtement qu'il portait.

Les yeux d'Igor se sont braqués sur le sac à dos. Il a souri. « Beck, voilà longtemps qu'on ne s'est pas vus. »

« J'étais là hier. »

« C'était un malentendu. Mais vous êtes ici maintenant avec Igor. »

En lorgnant l'armoire à glace, j'ai dit : « Où est Bev ? »

« Vous êtes tout à votre affaire. » Il a attrapé derrière lui une bouteille de vodka sur un bahut. « Buvez d'abord un verre. »

« Non, merci. »

« Asseyez-vous. Igor va en prendre un. »

Il s'est servi un shot de vodka et l'a avalé d'un trait.

« Je n'ai pas apprécié que vos sbires essaient de me détrousser l'autre soir. »

Il a penché la tête. « Igor ne comprend pas, expliquez à Igor. »

« Les crânes d'œuf qui jouent aux cartes ont essayé de me braquer. »

Son expression était difficile à lire. Il a dit quelque chose en russe et l'armoire à glace s'est levée. J'ai mis la main sur le pistolet dans ma poche et le colosse est sorti de la pièce.

« Ça fait longtemps qu'on bosse ensemble, Igor, et je pensais qu'on se respectait. »

« Oui, Igor respecte Beck. »

La porte s'est ouverte. Je me suis dressé d'un bond quand le chef des crânes rasés est entré.

« Doucement, Beck. Igor veut savoir la vérité. »

Igor s'est levé, et l'armoire à glace a posé la main sur l'épaule du rasé pour le forcer à s'asseoir. Igor a contourné le bureau et s'est assis sur le bord. Il a parlé en russe. Le chauve a fait non de la tête et a marmonné.

Igor lui a crié dessus, et le rasé s'est tourné vers moi et a dit : « Je suis désolé. On a dépassé les bornes. »

J'ai acquiescé quand Igor a saisi la bouteille de vodka sur

le bureau. Il l'a fracassée sur le crâne du chauve. Du sang s'est mis à lui couler sur le front.

Igor a parlé en russe et son homme de main a attrapé le blessé sous l'aisselle et l'a escorté hors de la pièce.

En secouant la tête, Igor a dit : « Difficile de trouver de bons hommes, de nos jours. »

« J'ai l'argent. Où est Bev ? »

« Bien. Elle travaille pas loin. »

« Où ça ? »

Il m'a fait signe de la main : « Vous payez, vous l'avez. »

« Vous avez intérêt à ce que ce ne soit pas une arnaque. »

« Igor tient toujours sa parole. Sans parole, on n'a rien. Non, Beck ? »

J'ai plongé la main dans le sac à dos et j'ai sorti l'argent. Je l'ai empilé sur son bureau. Igor a feuilleté quatre liasses et a hoché la tête.

Il a parlé en russe à son homme de main et s'est levé. « D'accord. Boris va vous emmener jusqu'à elle. »

38

Je suis sorti de la pièce et j'ai regardé Mario, qui montait la garde près de la porte d'entrée. Je lui ai levé le pouce et sa posture s'est détendue.

« Où est Bev ? »

J'ai désigné du pouce le baraqué Boris et j'ai dit : « Schwarzenegger va nous emmener jusqu'à elle. »

« On va où ? »

« Igor a dit que c'est tout près. »

Boris a dit : « Suivez-moi. »

Le Russe est monté dans un Escalade noir, et nous l'avons suivi hors du parking.

J'ai balayé un deuxième appel de Tyler et j'ai dit à Mario qu'Igor avait cassé une bouteille sur la tête du chef des types qui avaient essayé de me braquer.

« Donc, Igor n'était pas derrière tout ça. »

« Je ne crois pas. »

« Jouer perso, ce n'est pas la meilleure stratégie quand tu bosses pour Igor. »

« Je sais, ça n'a pas de sens. »

« Mais la connerie, ça ne se répare pas. »

« Amen. Il tourne. »

Nous sommes entrés sur le parking d'un motel à deux étages dont l'âge d'or remontait à l'époque où Kennedy était président.

Le Russe s'est garé devant une chambre. Assis sur une chaise pliante, un gros type s'épongeait le visage avec un chiffon.

Alors que je me garais, Mario a dit : « J'arrive pas à y croire. On l'a vraiment retrouvée. »

L'estomac noué, j'ai dit : « C'est dingue. Allez, viens. »

Le Russe nous a désignés du doigt, et l'homme bedonnant a frappé à la porte de la chambre qu'il gardait. J'ai chassé l'idée que Bev était en train de s'occuper d'un client.

Le gros a ouvert la porte et a dit : « Sors de là ! »

Mon regard a fait l'aller-retour entre la porte et les deux hommes.

Il a crié dans la chambre : « Allez, on n'a pas toute la putain de journée ! »

J'ai avancé d'un pas : « Je m'en occupe. »

J'ai chuchoté à Mario : « Reste ici et sois sur tes gardes. »

En entrant dans la chambre, j'ai dit : « Bev ? C'est Beck et Mario. Tu es en sécurité maintenant. »

Les meubles étaient éraflés et dataient de l'ouverture du motel. Un lit occupait la majeure partie de la pièce sombre.

Le dessus-de-lit était rabattu d'un côté et un oreiller affaissé. Une canette de Coca était posée sur la table de nuit. Par terre, une veste en cuir blanc. Sur le côté visible, un écusson brodé représentant une paire de chaussons de ballerine. C'était la veste que Bev portait sur la photo que Mario avait récupérée auprès des Albanais.

Je l'ai ramassée. Il y avait une trace de sang sur la ceinture. Je l'ai lâchée.

« Bev, tu es dans la salle de bains ? Tout va bien ? »

À droite d'une penderie à la tringle garnie de cintres vides se trouvait la salle de bains. La porte était fermée. Au bas de la porte, une bande de lumière jaune.

J'ai frappé. « Bev ? »

Pas de réponse. L'image d'elle allongée dans une baignoire, les poignets tailladés, m'a traversé l'esprit. Je l'ai chassée et j'ai martelé la porte.

« Bev ! C'est Beck et Mario. Tu rentres à la maison. »

Il n'y a pas eu de réponse. La porte était verrouillée. J'ai rentré le bras contre moi et j'ai enfoncé la porte de l'épaule. Le bois a éclaté.

La salle de bains semblait vide. J'ai écarté le rideau de douche. Rien qu'une baignoire vide avec un cerne de crasse. Mon regard est allé vers la fenêtre ouverte.

J'ai attrapé la veste de Bev et je me suis précipité hors de la chambre. « Elle est partie par la fenêtre. » J'ai couru vers l'arrière du motel. « Vite ! Par l'arrière. »

J'ai tourné au coin du bâtiment. Parcourant des yeux les fenêtres du rez-de-chaussée, j'ai foncé vers celle qui était ouverte. La haie sous la fenêtre était écrasée. Plusieurs branches étaient cassées en deux.

J'ai scruté le parking pendant que Mario et le Russe arrivaient. Deux bennes à ordures se trouvaient dans un coin. J'ai couru vers elles. « Bev ! C'est Beck. Tu ne risques rien. Je veux juste parler. »

En tournant autour des bennes, j'ai soulevé les deux couvercles et j'ai reculé sous l'odeur. Le parking donnait sur une rue. J'ai regardé des deux côtés, mais aucune trace d'elle.

« Allez. Faut la chercher. »

On a grimpé dans la BMW, et j'ai filé directement vers la rue qui longeait l'arrière du motel.

Mario a dit : « T'es sûr qu'elle était là ? »

« J'ai trouvé sa veste, celle de la photo que tu as eue des Albanais. »

« Peut-être qu'Igor l'a mise là exprès. »

Je n'y avais pas pensé. « Tu crois ? »

« J'en sais rien, mais c'est possible. »

« S'il nous a entubés de quarante mille balles, il doit bien se douter qu'on ira le chercher. »

« Ouais, mais pourquoi elle se serait barrée ? »

« Elle a peur. »

« De nous ? »

« De tout ça. Bev a été baladée de main en main, elle a probablement cru que ça recommençait. »

« Igor ne lui a pas dit qu'on venait la récupérer ? »

« J'en sais rien, mais tu y croirais, toi ? »

« Ouais, t'as raison, j'imagine. »

« Regarde sa veste, il y a du sang dessus. »

« Du sang ? » Il l'a attrapée sur la banquette arrière et l'a examinée.

« Elle a intérêt à aller bien. »

Je me suis rangé au bord du trottoir. « Demande à ce type s'il l'a vue. »

Mario a sauté de la voiture et s'est dirigé vers un homme assis sur les marches d'une maison. L'homme a fait non de la tête et Mario est revenu. « Il a dit qu'il n'avait vu personne, mais je crois qu'il mentait. »

J'ai frappé le volant avec la paume. « On fouille encore un peu, puis on va voir Igor. »

Une demi-heure plus tard, on était de retour au bar. On est entrés et on a filé tout droit vers l'arrière-salle. Un barman a crié : « Hé, vous n'avez pas le droit d'aller là-derrière. »

J'ai frappé et j'ai ouvert la porte d'un coup. Igor était au téléphone.

« Où est-elle ? »

Igor a froncé les sourcils et a raccroché. « Quel est le problème ? »

« Bev n'était pas dans la chambre où votre gorille nous a emmenés. »

« C'est étrange. »

« Vous vous foutez de nous ? »

« Igor fait un deal, Igor tient sa part. »

« Eh bien, votre part du marché est en plan. »

Igor a passé un coup de fil et a parlé en russe. Il a raccroché.

« Elle était là, mais elle a filé. » Il a haussé les épaules. « Elles essaient toujours de se tirer. »

« Je veux récupérer mon argent. »

« Si Igor la trouve, elle paiera. »

« Vous n'avez pas le droit de lui faire du mal ! »

« C'est la seule manière de lui donner une leçon. »

« Avait-elle déjà essayé de s'enfuir ? »

« Elles essaient toutes. »

« Sa veste avait du sang dessus. Que s'est-il passé ? »

« Igor ne sait pas. »

« Demandez à vos hommes. »

« Ils ne savent pas. »

« Comment le sauriez-vous sans vérifier auprès d'eux ? »

« Igor sait tout. »

« Ah oui ? Alors, elle est où ? »

« Igor va la retrouver, mais vous paierez les frais d'Igor. »

« C'est des conneries. Vous n'avez pas tenu votre part du marché. »

« Igor va se renseigner. »

« Je veux qu'on la retrouve, et vite. »

Igor m'a fusillé du regard et s'est assis sans rien dire.

On est remontés dans ma voiture et Mario a dit : « Je ne fais pas confiance à ce salaud. »

« La confiance, c'est des conneries, d'accord ? Si tu comptes sur la confiance pour faire avancer les choses, tu te berces d'illusions. Ce qui compte, c'est l'intérêt que quelqu'un y trouve. »

« Ah oui ? Ben, on a payé ce salaud quarante K. »

« C'est bien ce que je dis. »

« Mais on n'a pas récupéré Bev. »

« Je peux me tromper, mais je pense qu'Igor s'est fait surprendre par sa fuite. »

« Tu crois ? Moi, je pense qu'il nous balade. »

« Ce n'est pas dans son intérêt de faire ça. »

« Il a l'argent. Bev est probablement à Jacksonville ou à Atlanta, maintenant. »

Je n'avais pas pensé qu'Igor pouvait la transférer vers une autre opération dans une autre ville. « Dans ce cas, il doit nous rendre l'argent. »

« Bon courage. Il a beaucoup de monde et, va savoir, il est peut-être en train de déménager hors de l'État ou de repartir en Russie, ou un truc du genre. »

39

JE SUIS ENTRÉ DANS LA MAISON ET TOBY EST VENU EN trottinant.

Laura a lancé : « Beck ? »

J'ai gratté la tête de Toby. « Ouais. »

Laura est entrée dans la salle familiale et m'a regardé. « Ouh là. Qu'est-ce qui s'est passé ? »

Je me suis affalé sur le canapé, et elle a passé un bras autour de mes épaules. « Raconte-moi ce qui s'est passé. »

Après lui avoir dit qu'il semblait que Bev s'était enfuie, elle a dit : « Je suis vraiment désolée. »

« On la cherche. »

« Tu penses qu'on va la retrouver ? »

J'ai haussé les épaules. « J'arrive pas à y croire. »

« Je sais que c'est décevant, et ça me désole de le dire, mais elle a déjà fait ça. »

Comme si je ne le savais pas. « On y était presque. »

« N'abandonne pas. »

Je me suis levé. « C'est la dernière chose que je ferais. »

« Je le sais. Si je peux faire quoi que ce soit pour aider à la retrouver, dis-le-moi. »

« Merci. J'ai deux ou trois trucs à régler. »

« Oh, j'ai oublié de te dire : aux infos, ils ont fait un sujet sur Atlas Crane. Quel sale type. »

« Ça repassera sans doute plus tard. Après que j'aurai réglé ce que j'ai à faire, on regardera un peu la télé. »

« Tu veux que je te verse un verre de bourbon ? »

« Ça, c'est une bonne idée. »

Mon verre à la main, j'ai fermé la porte du bureau et j'ai ouvert mon ordinateur portable. J'ai cliqué sur Proton Mail et je suis allé dans ma boîte de réception. La vidéo envoyée par mon contact de WINK News venait d'arriver.

J'ai ouvert le message et lancé la lecture.

Plus de cinquante personnes se tenaient dans la rue devant la maison d'Atlas Crane. La caméra balayait la foule et les pancartes que certains brandissaient. Les messages ressemblaient à ceux qu'on m'avait montrés sur FaceTime, mais le rassemblement avait pris de l'ampleur.

L'écran s'est rempli du visage d'une femme blonde d'une trentaine d'années.

« Ici Katherine Rigby, en direct de Livingston Estates. Comme vous pouvez le voir, des voisins et des citoyens inquiets se sont rassemblés devant le domicile d'Atlas Crane, soupçonné d'être lié à de la pornographie infantile. WINK News a précédemment rapporté que le bureau du shérif du comté de Collier a mené une perquisition, confisquant divers objets dans un box de stockage loué par M. Crane.

« WINK News a révélé en exclusivité que le box avait été loué sous un pseudonyme par M. Crane.

« Les téléspectateurs se souviennent peut-être du nom

d'Atlas Crane. Sa femme a été assassinée il y a quatorze ans, et M. Crane a été arrêté pour ce crime avant d'être acquitté. »

La journaliste a dit : « D'accord, on coupe ici. Prenez un plan, un gros plan de la porte du garage. Ensuite, on fera deux ou trois interviews. »

Le cadreur a dit : « D'accord. C'est bon, on passe à la suite. »

La journaliste a rejeté sa chevelure blonde derrière ses oreilles et a souri à la caméra. « Les voisins de M. Crane sont entrés dans une colère noire quand les accusations ont été rendues publiques. Nous aimerions vous faire entendre quelques-uns d'entre eux. »

La caméra est passée à une quadragénaire tenant une pancarte où l'on pouvait lire : *Protégeons nos enfants !*

« Voici Tracy Mulligan, qui habite en face. Madame Mulligan, pourquoi êtes-vous ici à manifester ? »

Le visage crispé de dégoût, la femme a déclaré : « On ne veut pas de pédophiles ni de déviants sexuels dans notre quartier. J'ai entendu dire qu'ils avaient trouvé des images dégueulasses dans son box de stockage. Mes enfants jouent ici. Ils ont le droit d'être en sécurité et tenus à l'écart des types louches comme lui. »

« Avez-vous déjà vu M. Crane adopter des comportements qui vous inquiètent ? »

La foule rassemblée derrière la femme prenait de l'ampleur.

« Vous savez, je n'y pensais pas tant que ça avant, mais il traînait toujours dans le coin, à regarder les enfants jouer. Il me dégoûte. Il fallait voir la façon dont il les regardait. On voyait bien son esprit tordu à l'œuvre, vous voyez ce que je veux dire ? »

« Que souhaiteriez-vous qu'il arrive ? »

« Il devrait être en prison et qu'on jette la clé. Je veux dire, bon sang, il a tué sa femme, et maintenant ça ? Pourquoi diable n'est-il pas déjà derrière les barreaux ? »

La journaliste a hoché la tête et la caméra s'est tournée vers un sexagénaire portant une casquette de baseball. « Monsieur, pouvons-nous vous demander ce qui vous a amené ici aujourd'hui ? »

Avec un accent new-yorkais, l'homme a dit : « Quand il s'en est tiré pour le meurtre de sa femme, je me suis dit qu'il n'était peut-être pas coupable et qu'il méritait une seconde chance, mais maintenant, avec la saleté qu'ils ont trouvée dans son box ? Il faut faire quelque chose. J'ai trois petits-enfants : sept, neuf et dix ans. Ma femme et moi, on les garde tous les jours après l'école. »

« À votre avis, qu'est-ce qu'il faudrait faire ? »

« Là d'où je viens, si la police ne s'en occupe pas, nous, on s'en charge. »

La journaliste a dit : « Comme vous pouvez le voir, la tension est palpable. Nous attendons la réponse du bureau du shérif à notre demande de... attendez une seconde, on dirait qu'il y a du nouveau. »

Alors que l'angle de la caméra changeait, on entendait des sirènes. Deux voitures de patrouille descendaient la rue.

Alors que la foule s'écartait, la journaliste a dit : « La police est là. Voyons s'ils acceptent de commenter. »

L'image a tressauté tandis que la journaliste s'approchait des agents.

« Excusez-moi, Monsieur l'Agent. »

Un agent en uniforme a frôlé la journaliste, et la caméra l'a suivi, lui et trois autres flics, jusqu'à la porte d'entrée de la maison de Crane.

La journaliste a dit : « Ils ne sont pas là pour disperser la foule. La police frappe à la porte d'Atlas Crane. Je les entends lui ordonner d'ouvrir. La porte reste fermée malgré les demandes des agents. L'un d'eux brandit un document. Il dit qu'ils sont ici pour exécuter un mandat de perquisition. »

La porte s'est ouverte, on a montré le mandat à Crane et les agents sont entrés dans la maison. La foule a convergé vers la maison. Un trentenaire a commencé à scander : « Enfermez-le ! Enfermez-le ! » En dix secondes, la foule a repris en chœur.

J'ai mis la vidéo en pause. Il était temps de rappeler Tyler.

Il a répondu en disant : « Je vous ai appelé dix fois. »

« Je suis désolé, mais j'étais pris à Fort Myers. »

« Ils sont en train de perquisitionner la maison de mon père. »

« J'ai entendu. C'est le moment idéal pour lui dire d'avouer. »

« Je l'ai déjà appelé. Il a dit que c'était hors de question. Il a dit que les flics ne trouveraient rien. »

« Ce n'est pas la bonne décision. »

« Je m'en fiche maintenant, je veux juste que tout ça se termine. S'il s'en tire pour un meurtre, il faudra que je lâche l'affaire. »

« Retrouvez-moi pour déjeuner chez EJ, à Bayfront. Que diriez-vous de treize heures ? »

« Déjeuner ? Avec tout ce qui se passe ? »

« Nous pourrons en discuter. »

« Je ne vois pas l'intérêt de nous rencontrer. Il faut mettre un terme à tout ça. »

« Faites-moi confiance, je me rends bien compte que

c'est difficile, mais vous devez tenir encore un peu. La fin est proche. »

« Je ne sais pas. »

« Écoutez, vous me payez très cher pour vous aider, et je vais vous obtenir ce pour quoi vous avez payé. On a presque fini. Je vous expliquerai la dernière partie demain. »

« Les gens commencent à parler de moi, alors que je n'y suis pour rien. »

« Une fois que votre père aura avoué — et il le fera bientôt — tout le reste disparaîtra. »

« Comment pouvez-vous en être si sûr ? Il a dit qu'il n'avouerait jamais. »

« Parce que je le sais. Vous verrez demain. »

40

LE SOLEIL COMMENÇAIT À POINDRE AU-DESSUS DES CIMES DES arbres quand Laura est entrée dans la cuisine. « Bonjour. Tu es déjà debout ? »

« Je n'ai pas réussi à dormir. »

« Je sais, tu n'as pas arrêté de te tourner et de te retourner de toute la nuit. »

« Désolé. »

« Ce n'est pas grave. Je sais que tu t'inquiètes pour ce qui est arrivé à Bev. »

« J'espère juste qu'elle est en sécurité. »

« J'espère que tu te rends compte qu'il y a une chance qu'elle n'ait tout simplement pas envie qu'on la retrouve. »

« Ça n'a aucun sens. Pourquoi voudrait-elle continuer à vivre la vie de merde qu'elle mène ? »

« Je dis juste que peut-être que la culpabilité qu'elle ressent d'avoir abandonné Dawn, et la honte liée à sa consommation de drogue et, euh, à son mode de vie, sont trop lourdes à porter. »

« Le passé, c'est le passé, elle doit aller de l'avant. »

« Certaines personnes n'arrivent pas à tourner la page. »

Parlait-elle de moi ? « Je ne suis pas psy, mais si on montre à Bev qu'on se fiche de ce qui s'est passé, je parie qu'elle reprendra sa vie en main. »

« Ça va demander beaucoup de travail. »

« Il faut que j'y aille. »

« Où est-ce que tu vas ? Il est si tôt. »

« Voir Larson. »

———

LE GARDE de Pelican Marsh m'a laissé franchir la barrière d'un geste, et j'ai obliqué vers un recoin du lotissement appelé The Arbors. La maison de Larson n'était pas la plus grande, mais mon ami et confident, pointilleux sur les détails, la maintenait impeccable.

« Entre, Beck. »

« Tu vas à la plage aujourd'hui ? »

« Pas aujourd'hui. Avec toute cette humidité, on se croirait dans un hammam. »

« Il va bien finir par pleuvoir. Ça menace depuis trois jours déjà. »

Je l'ai suivi jusqu'à la cuisine. « Tu veux une tasse de café ? »

« Non merci, j'en ai déjà bu deux. »

Nous nous sommes assis à une table de cuisine au plateau en verre. « Je suis vraiment désolé pour ce qui s'est passé avec Bev. »

« Merci. Je suppose que c'était trop facile. »

« Rien de ce qui vaut la peine ne s'obtient facilement. »

« Ça, c'est sûr, mais sur ce coup-là, je ne sais pas. Je n'arrive pas à me défaire de l'impression qu'Igor m'a peut-être baladé. »

« Qu'est-ce qui te fait dire ça ? »

« Pour commencer, Igor a mes quarante mille dollars. »

Les sourcils de Larson se sont dressés. « Comment c'est arrivé ? »

Je lui ai raconté que j'avais remis l'argent avant d'aller chercher Bev.

Il a dit : « Je suis surpris que tu aies accepté ça. »

« Ça faisait un moment qu'on bossait avec lui. »

« Réveille-toi, Beck. C'est un criminel russe. Qu'est-ce que tu n'as pas compris dans le fait qu'il ne faut jamais leur faire confiance ? »

« Mais… »

Larson s'est levé. « À quoi tu pensais ? Elle est passée où, la prudence légendaire dont tu parles ? »

Je me suis senti comme un gamin de CE1 dans le bureau du directeur. « Je récupérerai l'argent. »

« L'argent est secondaire. Ce qui m'inquiète, c'est que tu te sois relâché ou, pire, que tu aies laissé tes émotions brouiller ton jugement. »

Avait-il raison à propos des émotions ? « Ce n'est pas ce qui s'est passé, Ray. Igor était une source. On l'a juste utilisé pour les documents de Crane… »

« Et quand est-ce que tu l'as payé pour ces papiers ? »

Ma mâchoire s'est décrochée.

« Tu l'as payé quand il te les a donnés. N'est-ce pas ? »

J'ai hoché la tête.

« J'arrive pas à y croire. Et c'était après qu'ils ont essayé de te braquer. Tu n'as pas eu la puce à l'oreille ? »

« J'imagine que j'ai baissé ma garde. »

« C'est le moins qu'on puisse dire. »

« Je vais soit retrouver Bev, soit récupérer mon argent. »

« Tu ne sais même pas si ta sœur de famille d'accueil est ici. »

« Si. On a une photo d'elle quand les Albanais la détenaient. »

« Qui sait quand elle a été prise ? Ça pourrait dater d'il y a cinq ans. »

« Non. Je sais qu'elle est ici. On a récupéré sa veste, celle qu'elle portait sur la photo. »

« Je ne suis pas sûr que ça veuille dire quoi que ce soit. »

« Pourquoi ? »

« La veste et la photo peuvent faire partie d'une mise en scène. »

« Non, impossible. »

« Vraiment ? À quel point sont-elles ficelées, tes combines ? »

Mes épaules se sont affaissées. Mes pensées rebondissaient dans ma tête comme des billes de flipper.

« Même si Igor est un faussaire de génie, tu n'as jamais envisagé ça, hein ? »

En repoussant la chaise, j'ai dit : « Il faut que j'aille pisser. »

Je me suis planté devant le miroir. J'avais les joues rouges. J'étais venu chercher de l'aide, pas me faire engueuler. Je respectais Larson, et ce qu'il venait de dire m'avait fait me sentir comme une merde. J'avais merdé. Grave.

J'ai tiré la chasse et ouvert le robinet pour gagner du temps.

Les stoïciens disaient que les émotions étaient naturelles, mais ils disaient aussi qu'il ne fallait pas les laisser nous mener par le bout du nez. Il fallait mettre ses sentiments de côté, enquêter et analyser avant d'agir.

En coupant l'eau, j'ai su que Larson avait raison. J'avais tout pris pour argent comptant. J'ai regardé la fenêtre de la salle de bains. L'espace d'un instant, j'ai envisagé de filer par là. J'ai pris une grande inspiration et je suis sorti de la salle de bains.

Quand je suis revenu dans la cuisine, Larson a dit : « Ça va ? »

J'ai hoché la tête. « Tu avais raison. Mon cœur a pris le dessus. »

« Normalement, je dirais que c'est naturel, mais dans le jeu où tu es, des erreurs comme ça peuvent être mortelles. »

« Je sais. »

« Tire-en les leçons et passe à la suite. »

« Crois-moi, je le ferai. Je ne veux pas me ridiculiser à nouveau. »

« Ça, c'est une autre émotion qui fait dérailler les gens. »

« Je voulais dire que je ne laisserai pas les émotions s'en mêler, et que j'aborderai tout avec une prudence extrême. »

Larson a fait glisser le bout d'un doigt sur le bord de sa tasse de café. « Tu te rends compte que Bev ne veut peut-être pas être retrouvée ? »

« Oui, mais c'est parce qu'elle a peur ou qu'elle a honte de ce qu'elle a fait. Mais on va lui trouver l'aide dont elle a besoin. »

« Et tu comprends que se sortir d'une dépendance, qui semble durer depuis des années, ce n'est pas facile ? »

« Ça va être dur, mais je dois lui donner la chance qu'elle mérite. »

« C'est honorable, mais veille à ne plus tomber dans d'autres pièges affectifs. »

« Je sais qu'on se raconte facilement des conneries, et après tout ça, je vais redoubler de vigilance. »

Larson a hoché la tête. « Laisse-moi parler à certains de mes contacts. Il est crucial qu'on comprenne si Igor joue franc jeu ou non. »

« Je te remercie, vraiment. »

Larson s'est levé. « J'espère que tu la retrouveras. »

« Merci. »

« Aujourd'hui devrait être une journée importante dans l'affaire Crane. Tu ferais bien d'y aller. »

J'ai suivi Larson jusqu'à la porte d'entrée. Au lieu de tendre la main vers la poignée, il s'est retourné et a dit : « Je me rends compte que j'ai été dur avec toi, mais je devais te faire passer le message. »

Le peloton d'exécution à lui tout seul avait fait passer son message.

« Ça va, il fallait ce rappel. »

L'ego meurtri, je suis sorti au soleil. Un gecko dans l'allée s'est dressé sur ses pattes arrière et a détalé dans les buissons.

En repassant la leçon de Larson, j'ai senti mon estomac se nouer. Je me suis juré de ne plus jamais me retrouver dans cette position.

Je suis monté dans ma voiture et j'ai sorti le téléphone jetable que j'utilisais pour envoyer des textos à Atlas Crane. J'ai tapé un autre message : *Le temps vous est compté. C'est votre dernier avertissement, avouez maintenant !*

41

J'ai quitté Crayon Road et j'ai appuyé sur l'ouvre-porte du garage. Quand la porte s'est soulevée, mon téléphone a sonné. C'était le détective Moreno.

« Salut, Moe. Quoi de neuf ? »

« Juste un coup de fil pour te dire qu'ils sont en route. »

« Super. Passe une bonne journée. »

« Toi aussi. »

Je suis entré dans la maison. En soufflant, j'ai balancé mes clés dans le bol sur la table. Toby a aboyé. Il était dehors, dans le jardin.

Laura a levé les yeux par-dessus son ordinateur portable. « Qu'est-ce qui ne va pas ? »

« Rien. »

« Qu'est-ce que Larson t'a dit ? »

« Pas grand-chose. »

« Alors pourquoi y es-tu allé ? »

J'ai ouvert la baie coulissante et Toby a filé à l'intérieur. « Des affaires à régler, c'est tout. »

« Tu lui as parlé de ce qui s'est passé avec Bev ? »

Réfrénant l'envie de lui dire non, j'ai répondu : « Oui. Il va passer quelques coups de fil pour voir s'il peut aider. »

« Qu'est-ce qu'il pense de ce qui s'est passé ? »

Je l'aimais, mais sa rafale de questions me posait problème. « Il a dit d'être prudent. »

« C'est tout ? »

« Oui. Pourquoi remets-tu ça sur le tapis ? »

« Parce que tu as la tête d'un chiot qu'on vient de gronder pour avoir fait pipi par terre. »

« De quoi parles-tu ? »

« Il a dit quoi à propos de l'argent ? »

« Quel argent ? »

« L'argent que tu as payé pour récupérer Bev. »

J'ai hésité. « Je ne vois pas de quoi tu parles. »

« Tu m'as dit que tu payais pour la récupérer aux types qui la faisaient tapiner. »

« Et alors ? »

« Qu'est devenu l'argent ? »

Plutôt que de mentir, je suis allé dans la cuisine et j'ai sorti une bouteille d'eau du frigo.

« Il n'a pas dû être ravi d'apprendre que tu n'avais pas récupéré l'argent. »

« De quoi parles-tu ? »

Elle s'est levée et est venue dans la cuisine.

« Tu as pris l'argent, qui était sous l'évier et dans ton sac à dos. Quand tu es rentré ce soir-là, tu as laissé ton sac dehors. Il a traîné toute la nuit. S'il avait été rempli de fric, tu l'aurais planqué. »

Et voilà l'inconvénient à ce qu'elle s'installe pour de bon. « Ce n'est pas ce que tu crois. L'argent n'est pas perdu. »

« Je n'ai pas dit ça, mais tu n'as pas obtenu ce pour quoi tu as payé, non ? »

« Écoute, je n'ai pas besoin de ça maintenant, d'accord ? D'abord Larson, et maintenant toi ? »

« Ah. Je vois. Ça ne lui a pas plu. »

Mon téléphone a sonné. Je l'ai sorti. C'était Tyler Crane. J'ai rejeté l'appel.

« Pour ta gouverne, on n'a pas parlé d'argent. »

« Il était en colère à propos de quoi ? »

« Il n'était pas en colère. Il voulait juste s'assurer que je ne laisse pas mes émotions prendre le dessus en gérant toute cette histoire avec Bev. »

« Il a dit quoi ? »

« Écoute, je n'ai pas envie de revenir là-dessus, d'accord ? »

Le téléphone a resonné. C'était Tyler. Encore. J'ai rejeté l'appel.

Je suis sorti de la pièce. « Il faut que je gère ça. »

Assis derrière mon bureau, j'ai tapé un texto à Tyler : *Je suis au courant de tout. On s'en occupe à midi.*

Une seconde plus tard, mon téléphone a sonné. C'était Tyler. J'ai rejeté l'appel et envoyé un autre texto : *Chez le médecin, je ne peux pas parler. On se voit plus tard.*

Appelle-moi quand tu auras fini.

Mieux valait ne pas répondre.

J'ai entendu Laura lancer : « Je vais chez Publix. Tu as besoin de quelque chose ? »

« Non. Rien de spécial. »

« D'accord. »

J'ai attendu cinq minutes avant de quitter le bureau pour la salle familiale. J'ai allumé la télé et zappé entre les chaînes pour chercher les infos.

Rien que des talk-shows de l'après-midi et des feuilletons mal joués. J'ai attrapé la laisse de Toby. « Allez, mon grand. »

Il a couru vers moi et s'est assis. Je lui ai mis la laisse, et nous sommes partis en promenade.

Toby reniflait partout comme s'il découvrait le quartier. On a pris à gauche, et la vue de la réserve m'a ramené à la nuit où il avait trouvé Dawn et son bébé.

Difficile d'imaginer le tournant qu'avait pris ma vie : Laura vivait pratiquement avec moi, Dawn et son gamin étaient à ma charge, retrouver Bev devenait concret, et j'avais refilé quarante mille balles sans rien en retour.

À part l'histoire de l'argent, tout était positif, mais un coup de blues assombrissait le tableau.

J'ai tiré Toby loin d'une grenouille écrasée par une voiture, en sachant très bien la vraie raison de ce spleen. En fin de compte, c'était de m'être fait remonter les bretelles par Larson.

Je savais qu'il avait raison, mais décevoir Larson prenait une autre dimension, presque comme une trahison. Le respect que j'avais pour lui n'avait rien à voir avec sa réussite. Il était sincère. Il avait eu un bon mariage avant de perdre sa femme d'un cancer et il avait élevé un fils qui était un type bien et qui réussissait par lui-même.

Je comptais sur lui pour faire rebondir les idées, perso comme pro. Je lui disais des choses que je ne dirais pas à Mario. Il était plus qu'une figure paternelle. Si Larson pensait moins de moi, ça bousillerait notre relation.

———

JE ME SUIS GLISSÉ dans une place sur l'artère principale de

Bayfront. Tyler arpentait le trottoir devant l'EJ's Café. Il est venu vers moi.

« Ils ont arrêté mon père ! »

J'ai porté un doigt à mes lèvres. « Chut. »

Tyler a regardé des deux côtés, fixant une femme qui poussait une poussette. La dame a fait demi-tour et a traversé la rue.

En lui tapotant l'épaule, j'ai dit : « Allons manger un morceau, vite fait. »

« Comment peux-tu manger à un moment pareil ? »

« Allez, il faut que tu manges. »

« J'ai pas envie de manger. »

Je me suis dirigé vers le café, et il m'a suivi.

J'ai choisi une table au fond de la terrasse et je l'ai conduit jusqu'à une chaise.

« Ils l'ont emmené où ? »

« Probablement à la prison du comté. »

« Il lui faut un avocat. »

« Oui. Tu as quelqu'un en tête ? »

« Je ne connais aucun avocat. Et toi ? »

« T'en fais pas, je m'en occupe. Je connais un tas d'avocats. »

« Il lui en faut un bon, le meilleur. »

J'ai levé la main quand le serveur s'est approché.

J'ai dit : « Je prendrai un burger au jalapeño. Presque bien cuit. »

Tyler a dit : « Je ne veux rien. »

« Apportez-lui un panini à la dinde. Si tu ne le manges pas, tu pourras l'emporter. »

Le serveur est parti, et Tyler a dit : « Je t'avais dit que tout ça était une erreur, tu n'arrêtais pas de dire que ça s'arrangerait, et maintenant il est en prison. »

« Écoute, tu es venu me voir parce que ton père s'en est sorti après avoir tué ta mère. Il ne fait aucun doute qu'il l'a fait. C'est un meurtrier. »

« Je sais, mais maintenant ces accusations folles de pédo-pornographie que tu lui as mises sur le dos, c'est pire. On a essayé de brûler sa maison. On va l'attaquer en prison. Il ne passera peut-être pas la nuit. »

En me penchant en avant, j'ai dit : « Il a une raison en or d'avouer. »

« S'il le fait, tu feras sauter toute cette histoire de porno ? »

« Oui. Il sera là où il doit être. »

« D'accord. »

« Il passera en comparution demain matin. À ce moment-là, il devrait être remis en liberté sous caution, et on gérera tout. »

« Comment peux-tu en être sûr ? »

« J'ai parlé avec deux ou trois avocats. Il est propriétaire de la maison et, même s'il a déjà été jugé, il n'a pas de casier. Ils devraient le laisser sortir. »

« Et s'ils ne le laissent pas sortir ? »

« Ils le feront. Il devra peut-être porter un bracelet élec-tronique. Mais on s'en arrangera s'il le faut. »

42

Toby m'attendait près de la porte intérieure et m'a sauté dessus quand je suis rentré par le garage. Je lui ai massé la tête, et il s'est roulé par terre en me montrant le ventre.

À genoux, je lui ai frotté le ventre. Laura tapotait sur son ordinateur portable. La table de la salle à manger était couverte de papiers.

J'ai dit : « Tu ne lui as pas prêté la moindre attention ? »

« J'ai été débordée. Le siège nous a refilé une tonne de dossiers. Je devrais me faire un peu d'argent avec ceux-là. »

C'était des clopinettes par rapport à ce que j'avais remis à Igor. « C'est bien. »

Elle s'est levée. « Oh, tu ne vas pas le croire. »

« Quoi ? »

« J'ai vu sur Facebook qu'Atlas Crane s'est fait arrêter. Les groupes de Naples explosent de publications là-dessus. »

« Pour ces histoires de pédopornographie ? »

« Oui. Viens, je te montre. C'est hallucinant. »

J'ai tiré une chaise de la salle à manger près de Laura et je me suis assis.

« Tiens, regarde celui-là. Publié dans le groupe Naples Community. »

Publié par ImaNeopolitan
NOUVELLES ÉCŒURANTES :

Atlas Crane, un résident de Livingston Estates, a été arrêté ce matin pour plusieurs chefs d'accusation de possession et de diffusion de pédopornographie. Le bureau du shérif du comté de Collier a confirmé l'arrestation à l'issue d'une enquête comprenant des perquisitions à son domicile et dans un box de stockage qu'il louait.

Il y a environ quatorze ans, Crane avait été jugé pour le meurtre de sa femme. Il a été acquitté, mais la mort d'un témoin clé pendant le procès a peut-être contribué au verdict. L'affaire n'a jamais été élucidée.

Merci de rester respectueux dans les commentaires.

Commentaires :

- ***Susan Miner*** *: Je n'en reviens pas. Il avait toujours l'air si gentil. C'est immonde.*
- ***Mike The OG*** *: Je savais qu'il y avait un truc qui clochait chez ce déchet. Toujours trop familier avec les gamins aux terrains de base-ball de North Collier. Qu'on enferme ce détraqué !*
- ***Jennifer B1962*** *: Les gens devraient se calmer tant que tous les faits ne sont pas connus. Innocent jusqu'à preuve du contraire, non ?*
- ***Robert Kline*** *: @Jennifer B1962, Les faits sont sortis. Ils ont trouvé des TONNES de preuves contre lui. C'est un malade.*

- **Tina the Dog Lover** : *Ça me brise le cœur pour les victimes. Nos enfants ont besoin de protection. J'imagine que Naples n'est pas aussi sûre qu'on le croit.*
- **Sea Shells 99** : *Oh non ! Je bosse au Mel's Diner et il venait tout le temps. Il essayait toujours de nous mettre la main dessus.*

[Les commentaires continuent...]

Laura a dit : « Les commentaires affluent comme pas possible. Voyons ce que le groupe Naples Vibe en dit. »

Laura a tapoté sur son clavier et Naples Vibe, un autre groupe Facebook populaire, a rempli l'écran. Elle a dit : « Oh, mon Dieu, il y a déjà mille commentaires. »

J'ai lu la première publication.

Publié par Sunny Daze

MISE À JOUR MAJEURE : Atlas Crane, le type louche qui s'est sorti de l'affaire du meurtre de sa femme, a été arrêté pour possession de pédopornographie. Mon mari travaille pour la police de Naples et il dit que le shérif de Collier a des preuves solides issues de l'ordinateur et du téléphone de Crane.

Cette ordure a vécu ici toute sa vie. Comment a-t-on pu le laisser approcher nos enfants ?

Je suis sous le choc. Qu'est-ce qui se passe dans notre ville ?

Commentaires :

- **FerrariRules** : *C'est dingue. Qu'on le brûle sur la place publique.*
- **RachelE.** : *Je n'ai jamais cru à son innocence dans l'affaire de sa femme. Et maintenant, ça ? C'est un prédateur. Qu'on l'enferme.*
- **DanaZ1969** : *@Rachel Evans, Il a été ACQUITTÉ.*

> *Ne remuons pas ça. Mais oui, ces nouvelles accusations*
> *font froid dans le dos, si c'est vrai.*

- **CarlosBuildsSandcastles** : *Comment un type comme*
  ça peut-il passer entre les mailles du filet ? D'abord
  l'histoire de la femme, maintenant ÇA ? Les flics
  doivent se bouger.
- **SophiaZ** : *Je pense de tout cœur aux enfants qui ont*
  été exploités. C'est tellement triste et insensé.
- *[Les commentaires continuent...]*

Laura a dit : « Y es-tu pour quelque chose dans le fait qu'il soit démasqué pour ce qu'il est ? »

Je me suis levé. « Parfois, ça prend du temps, mais la vérité finit toujours par remonter à la surface. »

« C'est un oui ou un non ? »

« Retourne travailler. Je vais promener Toby avant d'aller faire un tour. »

« Tu vas où ? »

Dès que j'ai ouvert le tiroir où je gardais la laisse de Toby, il s'est levé. « Fort Myers. »

———

Nous avions parcouru un pâté de maisons quand Larson a appelé.

« Salut, Ray. »

« Allô, Beck, tu peux parler ? »

« Oui. Quoi de neuf ? »

« J'ai reçu des infos sur Igor. »

Je me suis figé net. « Qu'est-ce que tu as appris ? »

Toby tirait sur la laisse quand Larson a dit : « On me dit qu'il est surengagé. »

J'ai recommencé à marcher en laissant Toby me guider. « Dans quel sens ? »

« Igor s'est développé à toute allure, a ouvert trop de maisons closes, dans trop d'endroits, trop vite, et a lancé une activité de jeux d'argent. Il n'a pas planifié comme il faut, n'a pas mis en place l'encadrement nécessaire et n'avait pas le fonds de roulement. C'est l'erreur que commettent ceux qui n'ont pas de compétences en gestion, quel que soit le secteur. »

« Il est à court de liquidités ? »

« Oui. Trois de ses maisons les plus rentables ont été fermées, et son numéro deux, Vladimir, est parti de son côté. »

« Il a trop de fers au feu. C'est le bon moment pour lui mettre la pression. »

« Peut-être. Avance avec prudence. Igor est sous pression, ce qui le rend imprévisible et dangereux. »

43

PAYER POUR QUELQUE CHOSE ET NE PAS L'OBTENIR METTAIT LA plupart des gens en rogne, moi y compris. Ce qui rendait ça pire, c'était qu'on m'avait refusé la possibilité de retrouver Bev.

Je n'aurais pas dû donner l'argent à Igor, mais, comme Larson me l'avait cruellement fait remarquer, j'avais laissé l'émotion me distraire. Comme j'étais en infériorité numérique, il n'était pas évident de voir comment j'aurais pu le forcer à me rendre l'argent.

Je savais une chose : les brutes flairent la faiblesse. Igor savait que j'étais pressé. Trop pressé. Et je l'avais laissé transparaître dès le départ, non seulement en me lançant à la poursuite de Bev, mais aussi en acceptant de payer le prix fort pour elle.

Après que Larson m'a eu passé un savon, j'ai beaucoup réfléchi à la situation. Ma plus grosse erreur avait été de laisser Igor savoir à quel point je tenais à la retrouver et à la tirer d'affaire.

Mario et moi avons fait quelques vérifications, et les

infos de Larson étaient exactes : Igor était attaqué. Il avait été affaibli par la défection de Vladimir et des gens que ce dernier avait emmenés avec lui.

Un animal blessé, c'est dangereux. Avec le conseil de Larson — avancer avec prudence — qui me soufflait à l'oreille, je ne pouvais m'empêcher de penser qu'Igor était aussi vulnérable.

Quand il a accepté rapidement de me voir, j'y ai vu un bon signe.

———

LA CIRCULATION ÉTAIT DENSE sur l'Interstate 75, ce qui m'a laissé le temps de revenir sur ma décision de ne pas demander à Mario de m'accompagner. Igor devait être à cran, mais seul, je représentais une menace moindre. C'était son terrain, mais une fusillade ou une disparition attirerait la pression des forces de l'ordre. Et de la pression, c'était bien la dernière chose dont les affaires d'Igor avaient besoin en ce moment.

Les enseignes de bière clignotantes et les crânes rasés étaient la seule constante au Royal Silk Bar and Grill. Mais au lieu des quatre crânes habituels, il n'y en avait que deux. La moitié de son équipe de crânes d'œuf avait-elle fait défection au profit de Vladimir ?

L'endroit empestait la fumée de cigarette. Les barmans étaient les mêmes, et l'un d'eux a hoché la tête quand je me suis approché.

« Je viens voir Igor. »

« Une seconde. »

Il est allé jusqu'à la porte, a frappé et a passé la tête. Une seconde plus tard, il m'a fait signe d'approcher. Le sol devant le bar collait sous mes chaussures pendant que j'avançais.

Je suis entré dans l'arrière-salle. Igor faisait glisser un doigt sur un grand livre de comptes, parlant russe avec un type qui portait des lunettes miroir pour compenser le fait qu'il était trop jeune pour se raser.

Ils ont relevé la tête et Igor a dit : « Beck, mon ami. Vous voulez boire quelque chose ? »

« Non, merci. »

Igor a glissé un crayon dans la reliure du livre et l'a refermé. Il a congédié le sbire et a dit : « Igor ne l'a pas encore trouvée, mais nous y sommes presque. »

« J'ai entendu dire que vous aviez de gros problèmes. »

« Tout le monde a de gros problèmes. Mais vous savez, Igor garde ses problèmes au lieu de prendre ceux des autres. »

« Comment vont les affaires ? »

« Ça va, mais ça peut toujours aller mieux, non ? »

« Ce n'est pas ce qu'on me dit. »

Igor a fait craquer une phalange, mais n'a rien dit.

Je me suis penché en avant. « Pas besoin de jouer la comédie avec moi. Nous nous connaissons depuis longtemps. »

« Alors, les affaires sont un peu en berne. Ça revient toujours. »

« Cette fois, c'est différent. »

« Peut-être, peut-être pas. Personne ne le sait. »

« Je vous ai payé 40 000 dollars pour Bev. Soit vous me rendez mon argent, soit vous me la livrez. »

« Igor honore toujours un accord. »

« Rendez-moi mon argent, et je vous paierai quand vous me remettrez Bev. »

Igor a secoué la tête. « Ça n'arrivera pas. »

« C'est parce que vous n'avez pas le cash. Et ne dites pas le contraire, parce que je sais que vous avez des problèmes d'argent. »

« Toutes les entreprises ont ce que vous, Américains, appelez des problèmes de trésorerie. »

« Ça ne peut pas traîner. Si vous ne pouvez pas livrer Bev d'ici quelques jours, je veux récupérer mon argent. »

« Igor n'aime pas qu'on lui fixe des délais. »

« Vous savez que je suis très lié aux flics et aux parquets des comtés de Lee et de Collier. Ce serait dommage s'ils accentuaient la pression sur vos opérations. »

Il a frappé du poing sur la table. « Ne menacez pas Igor. »

Je me suis levé. « Ce n'est pas une menace, mon ami. C'est une promesse. »

———

DÈS QUE JE SUIS RENTRÉ, j'ai appelé Mario.

« Hé, Beck. Alors, comment ça s'est passé avec Igor ? »

Je l'ai mis au courant, et il a dit : « Tu lui as dit que tu allais balancer ses combines ? »

« Je savais qu'il ne pouvait pas encaisser d'autres fermetures. »

« Mais il pourrait vendre la mèche sur les faux papiers au nom des Crane qu'on a utilisés pour louer le box de stockage. »

« Je sais, mais je me dis qu'il est trop distrait pour ouvrir un autre front contre nous. »

« Tu as probablement raison. »

« J'ai besoin que tu voies ce que tu peux déterrer sur

Vladimir. Essaie de voir qui il a emmené avec lui. D'après ce que j'ai vu, j'ai l'impression qu'Igor a perdu plus que deux types. »

« Les Albanais ont peut-être des infos là-dessus. »

« Ils devraient. »

Un autre appel est arrivé. C'était Tyler.

« Mario, je dois te laisser, Tyler essaie de me joindre. »

« Son vieux est en train d'avouer ? »

« Je te tiendrai au courant. »

J'ai pris l'autre ligne.

Après avoir écouté attentivement, j'ai fait de mon mieux pour inverser la donne à partir de ce que j'avais entendu.

En terminant l'appel, j'ai jeté le téléphone sur le canapé. La seule chose dont j'étais sûr qu'elle n'arriverait pas était en train de se produire. J'avais prévu tous les scénarios et je n'avais pas vu venir celui-là.

Et maintenant ?

J'ai attrapé le téléphone et fait défiler jusqu'au numéro de Larson. Au lieu d'appeler, je l'ai reposé sur le canapé. Aller le voir pour lui demander conseil serait perçu comme un signe de faiblesse.

Laura est entrée dans la maison d'un pas léger, les bras chargés de courses. Je lui ai pris deux sacs et les ai posés sur le plan de travail.

Elle a dit : « Je me suis arrêtée chez Whole Foods en revenant de chez Dawn. »

« Comment va-t-elle ? »

« Plutôt bien, mais on dirait qu'Abby a peut-être une otite ou quelque chose comme ça. Elle a une légère fièvre. »

« Il faut l'emmener chez le médecin. »

« Dawn va voir comment ça évolue dans les deux

prochaines heures. Si la fièvre monte, on l'emmènera chez le pédiatre. »

« S'il te plaît, garde un œil sur Dawn. »

« Je le ferai. Tu fais quoi ? »

« J'essaie de gérer un problème. »

« Quel genre de problème ? »

« C'est du boulot. »

Elle a posé les mains sur ses hanches. « Dis-moi ce qui se passe. »

Je voulais lui dire que c'était confidentiel, mais ça l'aurait braquée. « Ça va, c'est juste délicat. »

« Pourquoi ne parles-tu pas à Larson ? »

J'ai haussé les épaules. « Je devrais pouvoir régler ça. »

« Tu crois qu'il te respectera moins si tu lui demandes de l'aide ? »

Elle me connaissait trop bien. Je n'étais pas sûr que ce soit une bonne chose. « Non. »

Elle a souri et a pris le couloir.

Quand la porte de la salle de bains s'est refermée, j'ai repris mon téléphone et j'ai dit : « Allez, mon grand. On va se promener. »

Je n'ai pas laissé Toby renifler avant que nous soyons près de la réserve. Il était temps de passer l'appel.

« Allô, Ray. Vous avez une minute ? »

« Bien sûr, Beck. Qu'est-ce qui vous préoccupe ? »

« Il y a un nouveau développement dans l'affaire Crane. »

« Je vous écoute. »

« Tyler est allé voir son père à la prison du comté. Malgré tout, Atlas refuse d'avouer. »

« Vous avez dit au gamin quoi lui dire ? »

« Oui. »

« Alors, il est temps d'aller parler à Atlas vous-même. Vous êtes doué pour convaincre les gens. » Il a ri.

Le compliment m'a fait du bien. « J'essayais de rester discret. »

« Le moment est bien choisi. »

« Vous croyez ? »

Larson a dit : « Oui. On m'a dit que Crane allait être libéré sous caution. »

« Moi aussi. Son avocat a dit qu'il sortirait demain. »

« Attendez qu'il soit chez lui. Appelez-le pour prendre de ses nouvelles en ami. Il a besoin d'un allié en ce moment. »

« Ça, c'est sûr. »

« Allez, sortez-lui un peu de votre fameux numéro. »

J'ai ri. « Merci. Je vous tiendrai au courant. »

Après avoir raccroché, je me suis senti prêt à affronter les deux défis qui m'attendaient.

Larson m'avait remonté à bloc.

La tension est ensuite nettement retombée en réalisant que Larson m'avait peut-être complimenté pour se faire pardonner de m'avoir secoué.

44

« ICI KATHERINE RIGBY, EN DIRECT DU PALAIS DE JUSTICE DU comté de Collier. »

La caméra a braqué son objectif sur la foule de manifestants rassemblés devant le bâtiment du tribunal.

« Des citoyens inquiets se sont mobilisés en nombre pour s'exprimer au sujet de la libération imminente d'Atlas Crane. Plus tôt dans la journée, une audience de mise en liberté sous caution a eu lieu, et le juge Whitmore a accepté de libérer M. Crane contre une caution de 300 000 dollars.

« WINK News a appris que M. Crane a mis sa maison en garantie. Comme condition à sa libération, M. Crane doit porter un bracelet électronique et rester dans les limites du comté de Collier.

« La défense a également déposé une requête pour repousser le procès de neuf mois. L'accusation s'y est opposée, et le juge Whitmore s'est montré sensible à leurs arguments. Il a accordé deux mois supplémentaires à la défense pour se préparer, et le procès est désormais inscrit au calendrier du tribunal pour le 15 janvier. »

La journaliste a été interrompue par un cri : « Le voilà ! »

La caméra a braqué son objectif sur l'entrée du bâtiment. Tête baissée, Crane était entouré de quatre hommes. La foule s'est ruée sur l'accusé. Des agents en uniforme ont contenu les manifestants.

« Atlas Crane a quitté le tribunal. On le conduit vers un SUV noir. On dirait que ni lui ni son conseil ne feront de déclaration. »

La caméra a suivi Crane tandis qu'il se glissait dans la voiture qui l'attendait avec son avocat. Quand le véhicule est parti, la journaliste a dit : « WINK News va continuer à suivre cette affaire et à informer les téléspectateurs de toute évolution. »

J'ai éteint la télé, soulagé que Crane ait été libéré. Le plus difficile restait à venir.

Alors que je passais en revue ce que j'allais dire à Crane quand je lui parlerais, mon téléphone a sonné.

« Hé, Mario, Crane est sorti ce matin. »

« Cool. Écoute, je viens d'entendre un truc. »

« Quoi ? »

« Je ne suis pas sûr que ce soit vrai à cent pour cent. »

Pourquoi les gens tardaient-ils à dire ce qu'ils savaient ? Une façon d'asseoir leur pouvoir ?

« Crache le morceau, frérot. »

« J'ai entendu dire que Bev est partie avec Vladimir quand il s'est séparé d'Igor. »

« Qui te l'a dit ? »

« Quelqu'un qui bossait avec Igor. »

« Et c'est qui, ce quelqu'un ? »

« Tu te souviens de Yenta Eddie ? »

« Il n'a pas fait un AVC il y a deux ans ? »

« Ouais, ça fait presque deux ans maintenant. »

« Qu'est-ce qu'il pourrait savoir ? »

« Il garde le contact avec l'ancienne bande. Je suis tombé sur sa femme à la station de lavage sur Pine Ridge. J'ai pris des nouvelles d'Eddie, et elle a dit qu'il se tenait occupé. J'ai récupéré son numéro et je me suis dit, bon, au pire, je vois s'il sait quelque chose. Au pire du pire, je vois comment il va. »

« Bien vu. Mais tu penses vraiment qu'il est au courant de ce qui se passe ? »

« Il a dit que tout le monde observe, pour voir de quel côté va pencher toute cette séparation. »

« Et il a dit que Bev est partie avec Vladimir ? »

« Il a dit que Bev était proche de Vlad, et qu'elle s'était détournée d'Igor parce qu'il essayait tout le temps de rendre les filles accros à l'héroïne. »

« Il a dit quelque chose sur l'état de Bev ? Est-ce qu'elle consommait ? »

« Il a dit qu'elle s'en sortait plutôt bien. Elle était un peu responsable, ou quelque chose comme ça. »

« Tu penses qu'il dit la vérité ? Je le connais mal. Tout ce dont je me souviens, c'est qu'il n'arrêtait jamais de parler. »

« Il avait l'air crédible. Mais je ne miserais pas tout là-dessus. »

« D'accord. C'était super futé de ta part. »

« Tu crois que c'est une bonne chose si elle est partie avec Vlad ? »

« Difficile à dire. Avec Igor, on sait à quoi s'en tenir. Vladimir était un homme de main. Il va devoir faire ses preuves comme chef. »

« C'est vrai. Ça le rend dangereux. »

« Peut-être. J'espère juste que Bev va bien. »

« J'imagine qu'elle aide vraiment à gérer le truc, tu sais, avec les autres filles. »

« Elle fait ce qu'il faut pour survivre. »

« À quoi tu penses ? »

« Je vais retourner voir Igor. »

« Tu veux que je vienne ? »

« Non, ça va. Je m'en charge. »

J'ai raccroché et j'ai réfléchi à la situation avec Bev et les Russes. Igor et Vlad se livraient bataille. Normalement, ça laissait une brèche, mais Bev faisait partie des pièces qu'ils se disputaient. Elle avait gravi les échelons et n'était plus seulement quelqu'un qui rapportait de l'argent.

Celui qui la garderait aurait non seulement quelqu'un pour aider à gérer ses affaires illicites, mais il ferait aussi passer un message dans la rue sur qui détenait le pouvoir.

45

L'arôme d'ail et d'oignons emplissait l'air. J'ai filé à la cuisine. Une friteuse à air était sur le plan de travail, et Laura, devant la cuisinière, faisait sauter quelque chose.

« Ça sent bon. Qu'est-ce que tu prépares ? »

« Des haricots verts. »

J'ai jeté un coup d'œil par-dessus son épaule. « Tu es sûre de savoir ce que tu fais ? »

« Tu n'es pas le seul ici à savoir cuisiner. »

« Qu'est-ce qu'il y a dans la friteuse à air ? »

« Des boulettes de poulet. Mets la table, tout sera prêt dans cinq minutes. »

« On mange tôt, comme les vieux. »

« Tu as dit que tu voulais manger avant 17 heures. »

« Je rigole. »

Après le dîner, je me suis retiré au salon et j'ai appelé Atlas Crane.

D'une voix douce, il a dit : « Beck ? »

« Ouais, c'est moi. Je sais que c'est dur pour toi, et je voulais prendre de tes nouvelles. »

Il a soufflé. « Un putain de cran au-dessus de "dur". »

« Comment tu tiens, mon pote ? »

« Pas bien. Ma dernière nuit en taule, sans un maton, je me serais fait démonter. Ils ont dû me mettre dans une cellule à part. »

« Mince. Je suis vraiment désolé. »

« C'est le bordel intégral. Je te le dis, mec, c'est un cauchemar ; j'ai l'impression que je vais me réveiller et que tout sera fini. Mais non. »

« Putain, c'est dur. Je ne sais pas comment tu gères tout ça. »

« Je ne gère pas. J'essaie de rester positif, mais j'ai le moral à zéro, mec. »

« Tu as parlé à ta famille ou à des amis ? »

« Tu te fous de moi ? Les gens me fuient. »

« C'est des conneries. Ce n'étaient pas des amis, de toute façon. »

« Je n'arrive pas à croire tout ce qui se passe. »

« Ce soir, ça ne va pas ; je serai à Fort Myers, mais je peux passer demain matin pour te remonter le moral. »

« Ça me ferait du bien. »

« À demain. »

———

DES GOUTTES de pluie grosses comme des œufs martelaient le pare-brise alors que je passais devant la Hertz Arena. La circulation a ralenti tandis que mes essuie-glaces peinaient à suivre la cadence.

L'averse s'est calmée quand j'ai dépassé la sortie de l'aéroport.

Je suis sorti de l'autoroute et j'ai secoué la tête en bifurquant sur Colonial Blvd. C'était sec de chez sec. La Floride, quoi : la mousson à un endroit et, 800 mètres plus loin, pas une goutte.

Le parking du bar d'Igor était désert. J'ai compté cinq voitures en me demandant si l'une d'elles appartenait aux barmans.

J'étais sur le point de tirer la porte quand une portière a claqué. Redoutant une possible embuscade, je me suis retourné d'un bond. Un homme, avec près de 25 kilos en trop, titubait vers l'entrée. Il a pris une gorgée de la bière qu'il tenait. Le poivrot a laissé tomber la canette sur le bitume et l'a écrasée du pied.

J'ai ravalé la remontrance qui me venait. Ce n'était pas le moment de faire la police des déchets, alors j'ai laissé couler et je suis entré derrière le malpropre.

Le porc a salué le barman et a filé droit vers les toilettes.

Les deux mêmes crânes rasés étaient à leur table habituelle. Quittaient-ils seulement l'endroit, un jour ?

Un barman esseulé a levé les yeux de son téléphone et a dit : « Je vous sers quoi ? »

Le dépassant d'un pas léger, j'ai dit : « Je suis là pour voir Igor. »

J'ai frappé à la porte de l'arrière-salle, en m'annonçant avant de l'ouvrir. Derrière son bureau, Igor était au téléphone. Un jeune homme de main, la main glissée dans sa veste, a avancé d'un pas.

« Il m'attend. »

Entre deux livres de comptes ouverts reposait un pistolet en acier inoxydable. On aurait dit le Sig Sauer P229 que j'avais possédé. Un 9 mm puissant, avec un chargeur de quinze coups. Sa présence, et l'absence de verres à shot sur le bureau, témoignaient du pétrin dans lequel se trouvait Igor.

Igor a terminé l'appel et a jeté son téléphone sur le bureau. Il a ri. « Beck, vous devriez peut-être déménager à Fort Myers. »

« Ce n'est pas un mauvais trajet pour monter jusqu'ici, sauf en saison. »

« Alors, dites à Igor ce que vous avez en tête. »

J'ai regardé son garde du corps. « Je pense qu'il vaut mieux que nous parlions en privé. »

Igor a dit quelque chose en russe. Le sbire a ricané avant de quitter la pièce.

J'ai rapproché une chaise du bureau et je me suis assis.

« J'imagine que vous n'avez aucune piste sur Bev. »

« Le mot circule. Igor va la retrouver. Vous devez être patient. »

« Je le serais peut-être si vous n'aviez pas mon argent. »

« Ne vous inquiétez pas, Igor est honorable. »

« Ce n'est pas votre honneur qui m'inquiète, mais les ennuis que vous avez en ce moment. »

Il a ricané. « Les ennuis font partie de la vie, rien n'a changé. »

J'ai baissé la voix. « Cette fois, c'est différent. Vladimir vous a trahi. »

Ses yeux se sont plissés. « Ce chien-là est un ingrat fini. Igor a tant fait pour lui. Il a intérêt à surveiller ses arrières. »

« Vlad a emmené beaucoup de vos gars avec lui. Vous avez perdu un paquet de bras. »

Il a redressé les épaules. « Igor a encore du pouvoir. Vous verrez. »

« Ce n'est pas ce qui se dit. »

« Alors, on perd deux ou trois bons à rien... »

« Les types qui sont partis étaient importants. Vladimir était votre bras droit. »

Il a saisi un crayon en disant : « Igor s'en sortira très bien. »

« Et ce voyou de Boris, qui était toujours avec vous, il est parti avec Vlad, lui aussi. »

« Ce n'était qu'un homme de main, rien de plus. »

« Il était plus que ça. Vous lui avez demandé de nous conduire au motel. Et maintenant, il est avec Vladimir. Ça doit faire mal. »

Il a commencé à tapoter le crayon sur le bureau. « Igor a vu beaucoup de trahisons, mais Igor est toujours là. »

« Vous pensez que Bev travaille pour Vlad ? »

« Peut-être qu'elle s'est juste enfuie. »

« Vous savez ce que je pense ? Que vous avez été piégé. Je pense que Boris nous a emmenés au motel en sachant qu'elle n'y était pas. »

« Comment aurait-il pu le savoir ? »

« Parce que lui et Vladimir avaient organisé qu'on vienne la chercher avant. »

Igor a marmonné en russe et a cassé le crayon en deux.

J'ai dit : « Allez, Igor, vous savez qu'elle est partie avec eux. Admettez-le, et je peux peut-être vous aider avec Vladimir. »

« Dites-moi, comment comptez-vous nous aider ? Vous ne jouez pas dans la même cour que nous. »

« C'est vrai, mais si on peut affaiblir Vladimir, ça vous sera profitable. »

« Et comment faites-vous ça ? »

« On lui reprend Bev. Elle convainc quelques femmes de son écurie de partir aussi. »

« Ce n'est qu'une femme ; même si cinq autres s'en vont, ce n'est pas un gros problème. »

« Bien sûr que si. Pensez à l'effet que ça fera ; tous ceux qui envisagent de vous quitter pour Vladimir y regarderont à deux fois. »

Il s'est frotté la mâchoire.

« En plus, si vous me donnez des infos sur l'emplacement des opérations de Vladimir, je ferai en sorte que les flics leur mettent la pression, et pas qu'un peu. »

Igor a souri.

« Allons récupérer Bev et lançons les hostilités. Vladimir doit savoir que vous venez reprendre ce qui vous revient de droit. »

Il s'est penché en avant, posant les deux coudes sur le bureau. « Vladimir a besoin d'une bonne correction. Une sacrée correction. »

« Pouvez-vous savoir où se trouve Bev ? »

« Igor a besoin d'un jour ou deux. »

46

UNE POIGNÉE DE MANIFESTANTS FAISAIENT LES CENT PAS SUR le trottoir devant la maison d'Atlas Crane. Je me suis garé cinq maisons plus loin et, en utilisant le téléphone jetable, j'ai envoyé un texto à Crane : « *Regarde ça. On sait que c'est toi.* » J'ai joint la vidéo que le fils de Larson, Tommy, avait améliorée pour moi.

Une minute plus tard, Crane a répondu : « *J'ai été totalement acquitté.* »

« *Avoue et on fera disparaître les accusations de pornographie.* »

« *Laisse-moi tranquille !* »

« *Tu vas aller en taule de toute façon. Au moins, la conscience tranquille, tu pourras dormir.* »

Trente secondes plus tard, il a répondu : « *Va te faire foutre !* »

Avant de sortir de la voiture, j'ai tapé un message disant que c'était lui qui allait rencontrer Satan. J'ai traversé la rue en portant un sac de bagels.

Inutile de braquer les voisins. J'ai envoyé un texto à Crane, depuis mon téléphone habituel, pour lui dire que j'étais là et de m'attendre près de la porte.

Dès que j'ai posé le pied sur son allée, les cris ont fusé : « Qu'est-ce que tu fais là ? » « T'es pédophile, toi aussi ? » « Laissez nos enfants tranquilles. »

Crane a ouvert la porte, et je me suis faufilé à l'intérieur.

« Bordel, qu'est-ce qu'ils sont remontés, ou quoi ? »

« Ça a été bien pire. Tu aurais dû voir quand je suis rentré hier. J'ai à peine réussi à entrer. »

J'ai désigné une vitre étoilée. « Qu'est-ce qui s'est passé là ? »

« Un putain d'abruti a balancé une brique ou un truc du genre. Dieu merci, c'est une fenêtre anti-ouragan. »

« Ce ne sont pas les tarés qui manquent, dehors. »

« Ça, tu l'as dit. »

Je lui ai tendu le sac. « J'ai apporté des bagels. Ils sont presque aussi bons que ceux de New York. »

Il a pris une assiette et a vidé le sac.

J'en ai attrapé un au sésame, j'en ai arraché un morceau et je l'ai mangé. « Je peux avoir de l'eau ? »

« Ouais, bien sûr. Tu veux un café ? »

« Non, juste de l'eau. »

Il a rempli un verre du meilleur cru de Naples et me l'a tendu.

« Tu n'en prends pas un ? »

« Je n'ai pas faim. »

« Il faut que tu manges. »

« Peut-être plus tard. »

« Qu'est-ce qu'il dit, ton avocat ? »

« Il a dit que si l'un d'eux mettait le pied sur la propriété, je devais appeler la police. »

« Non, je veux dire, qu'est-ce qu'il dit de l'affaire ? »

Il a froncé les sourcils. « Il a dit que ça allait être dur, mais il pense qu'on peut gagner. »

« Il pense ? »

« Je sais. Je n'ai rien à voir avec la pornographie, du tout. Je n'ai jamais, jamais regardé ce truc-là, et avec des petits enfants ? Allons, je suis père. »

Il était aussi un mari. Un mari qui avait poignardé sa femme à mort.

« C'est dégueulasse. » J'ai désigné l'avant de sa maison d'un geste du pouce. « C'est pour ça qu'ils sont là-dehors. »

« Il essaie de faire déplacer le procès dans un autre comté, peut-être du côté de Sarasota. »

« À cause de la médiatisation ? »

« Ouais. »

« Tu as eu des nouvelles du type qui te menaçait ? »

« Le type qui veut que j'avoue avoir tué Ana ? »

« Oui. »

Il a attrapé son téléphone. « Ce salaud m'a renvoyé un texto juste avant que tu arrives. »

« Qu'est-ce qu'il disait ? »

« Ils ont une vidéo bidon. Ils disent que c'est moi à la maison la nuit où Ana a été tuée. Ils disent que si j'avoue, ils feront disparaître les charges sexuelles. »

« Ouah. Ils peuvent faire ça ? »

Il a haussé les épaules. « Je ne sais plus quoi croire. »

« Tu as déjà envisagé d'avouer ? »

« Pourquoi ferais-je ça ? »

Il n'a pas dit qu'il n'était pas coupable. « Parce que celui qui fait ça a l'air de t'avoir piégé avec l'histoire de pornographie infantile. »

« Putains de connards. »

« Ce serait peut-être le moindre mal. »

« Quoi ? »

« Avouer le meurtre. »

« En quoi ce serait le moindre mal ? »

« Tu vois tous ces gens dehors, là ? En prison, ce sera mille fois pire. Ce qu'ils font aux pédophiles en taule, c'est... enfin, aussi immonde que possible. »

Il a abattu son poing sur la table. « Je ne suis pas un putain de pédophile ! »

« Ça n'a pas d'importance, ce qui compte, c'est que les gens le croient. »

« Il faut qu'on puisse faire tomber ces accusations. Ils n'ont rien contre moi. »

« D'après les infos, ils en ont largement assez. Et en plus, tu ne sais pas avec quoi d'autre ils pourraient te surprendre au procès. »

« Les médias, ici, sont biaisés. Ils sont contre moi depuis le début. C'est pour ça qu'on essaie de déplacer ça hors du comté de Collier. »

« Je déteste dire ça, mais je ne pense pas que l'endroit du procès changera quoi que ce soit. Avec les réseaux sociaux, ça circule plus vite que la lumière. »

« Ce n'est pas juste. »

« Tu sais, même si tu t'en sors, ces accusations vont te coller à la peau. Le procès sera médiatisé à mort. Des gens qui n'en ont jamais entendu parler le sauront, et ta réputation sera abîmée. »

« Tu crois ? »

« Carrément, et si tu es condamné pour ces crimes sexuels, tu vas prendre au moins trente ans de prison, et une fois dedans, les autres détenus vont te faire vivre un enfer. »

« C'est ce que Tyler a dit. »

« Ton gamin a raison. Je sais que tu n'as pas envie d'entendre ça, mais ta femme a été poignardée à mort, ce qui vaut bien mieux que si elle avait été abattue. Crois-le ou non, la peine maximale pour ça est de quinze ans. C'est bien moins que pour la pédopornographie, qui est de cinq ans par chef d'accusation. En plus, tu devrais t'inscrire au registre des délinquants sexuels pour le reste de ta vie. Où que tu ailles, à chaque fois que tu déménages quelque part, tu devras t'enregistrer et, euh, tu vas être traqué. »

Il a enfoui la tête dans ses mains. « Comment ça peut m'arriver ? »

Je lui ai tapoté l'épaule. « Je sais que c'est dingue, mais là, tu dois mettre toute cette folie de côté et réfléchir aux conséquences et aux options sans te laisser envahir par l'émotion. Le reste de ta vie est en jeu. »

« Je suis foutu dans tous les cas. »

« Tu as des options. Elles ne sont peut-être pas celles que tu veux, mais si tu es honnête avec toi-même, l'une est largement meilleure que l'autre. »

« Je n'arrive pas à croire que je pense même à faire ça. Tout ça est dingue. Je veux dire, j'ai été acquitté du meurtre. »

« Je sais, mais tu comprends en quoi avouer est mieux pour toi à terme ? »

« Oui, je t'entends, je t'entends. Faut que j'en parle à mon avocat. »

« Si tu veux, je connais le meilleur pénaliste de toute la Floride. Il a plaidé dans un paquet d'affaires de meurtre. Je peux lui parler de tout ça. »

« Ce serait génial, mec. »

« Pas de souci. Ce sera intéressant de voir ce qu'il en dit. »

« Je suis contre l'idée d'avouer, mais ça ne peut pas faire de mal d'entendre ce qu'il a à dire. »

47

J'AI ATTENDU JUSQU'À MIDI AVANT D'ALLER VOIR CRANE.

Il y avait une douzaine de manifestants rassemblés dans la rue, devant chez lui.

La tête baissée, j'ai envoyé un SMS à Crane et je me suis dirigé d'un pas vif vers la porte.

Crane l'a entrouverte : « Entrez. Qu'est-ce qui se passe ? »

Je me suis faufilé à l'intérieur. « Je me suis dit que ce serait mieux d'en parler en face à face. »

« À propos de quoi ? »

« Je viens de raccrocher avec Joe Bruno, l'avocat pénaliste dont je vous ai parlé. »

« Bruno ? Ouais, j'ai entendu parler de lui. »

« Vous devriez : c'est lui qui a obtenu l'accord pour la femme qui a descendu la petite amie de son mari. »

« Ah oui. Elle a pris une peine courte, si je me souviens bien. »

« Oui. Je vous le dis, Bruno est le meilleur. »

« Qu'a-t-il dit de ma situation ? »

« Selon lui, ce serait facile de négocier. Il se souvenait du meurtre et a dit que, puisqu'il n'était toujours pas résolu et qu'il datait de quatorze ans, les procureurs seraient pressés d'afficher un résultat. Ça leur donnerait bonne figure, vous voyez, montrer qu'ils n'ont pas lâché. Ça leur permettrait de marquer des points auprès de la communauté. »

« D'accord, mais pour la prison ? »

« Bruno a dit qu'un accord à dix ans serait un bon résultat et qu'il pouvait l'obtenir. »

« Dix ans ? Oh la vache, c'est long. »

« En apparence, oui, mais je le connais et je lui fais confiance. Du coup, je lui ai soumis les accusations de pédo-pornographie. »

« Qu'est-ce qu'il a dit ? »

« Que vous risquiez au minimum vingt ans. Il a dit qu'ils faisaient rarement des accords dans les affaires de pédopor-nographie et, quand c'est le cas, l'accusé doit accepter une castration chimique pour réduire la peine de prison. »

Il a levé les bras : « Castration chimique ? Qu'ils aillent se faire foutre, jamais de la vie. »

« Bruno a dit que le comté de Collier est vraiment dur avec les délinquants sexuels. »

« Je ne suis pas un putain de délinquant sexuel ! Je n'ai rien fait. Vous ne me connaissez pas depuis si longtemps, mais vous pensez vraiment que je pourrais faire un truc pareil ? »

« Non. Je ne le pense pas. Mais comme je vous l'ai dit, ce n'est pas une question de savoir si vous l'avez fait ou pas, le public vous croit coupable. »

« C'est n'importe quoi, et je vais me battre. Je gagnerai au tribunal, comme j'ai gagné pour l'accusation de meurtre. »

J'ai demandé à utiliser la salle de bains, et quand je suis

revenu, on a débattu de l'idée d'avouer pendant un moment. Il est vite apparu que Crane n'allait pas avouer. C'était une autre position que je n'avais pas anticipée. Est-ce que je perdais la main en matière de vengeance ?

Chassant mes doutes, je me suis levé. Il me restait une dernière carte à jouer.

———

LA TÂCHE NÉCESSITAIT un nouveau téléphone jetable. J'ai filé droit au box de stockage que nous avions dans le comté de Lee. Il ne nous restait plus que trois jetables neufs. J'en ai pris un, en me notant mentalement de demander à Mario de refaire le stock.

Garé sur le parking d'un Walmart voisin, j'ai activé le téléphone. Je suis entré dans le magasin et j'ai acheté une tablette bon marché.

Un jeune couple m'a lancé des regards noirs quand j'ai avancé la voiture près de l'entrée du magasin. J'ai allumé la nouvelle tablette et je me suis connecté au Wi-Fi gratuit de l'enseigne.

Avec un faux profil Facebook, j'ai publié dans quatre groupes de Naples :

Publié par *The Justice Warrior*

Ce qui suit me vient d'un ami très bien connecté dans les forces de l'ordre.

Croyez-le ou non, c'est la preuve que le pervers Atlas Crane trafique toujours de la pédopornographie. Ça vient d'un site du Dark Web, ils appellent ça des forums, où les pédophiles traînent. Comment ces endroits peuvent-ils seulement exister ?

SeXplicit4Sale *: T'as vu le nouveau disque ?*

CraneBuys12 : *Reçu hier.*

SeXplicit4Sale : *Comment t'ont paru les nouvelles photos ?*

CraneBuys12 : *Encore mieux que la première série.*

SeXplicit4Sale : *Bien. J'en ai plein d'autres qui arrivent, dont des trucs irréels venant de Thaïlande.*

CraneBuys12 : *Combien ?*

SeXplicit4Sale : *Deux mille.*

CraneBuys12 : *Pas de souci, laisse-moi d'abord refourguer une partie de ces nouveautés.*

SeXplicit4Sale : *En MP quand tu es prêt.*

————

Crane est un malade. Pourquoi les flics l'ont-ils relâché ?

Il faut s'assurer que la police trouve l'immondice que ce type planque et le mette derrière les barreaux.

Allez, Naples, faites du bruit là-dessus !!! La sécurité de nos enfants est en jeu !!

Je suis retourné sur le premier groupe où j'avais posté, et les commentaires défilaient déjà.

SunAlwaysShines1962 : *Un taré avec un T majuscule !*

NaplesGal1955 : *J'ai la nausée ! Il faut exiger que la police fasse quelque chose contre ce pédophile !*

Le nombre de partages augmentait petit à petit. Je me suis déconnecté et j'ai quitté l'entrée, pour me garer derrière le magasin. Avec le jetable, j'ai appelé le bureau du shérif du comté de Collier et demandé à parler à l'Unité des crimes sexuels.

« SCU, ici le détective Grimes. »

« Euh, je voudrais signaler quelque chose. »

« Votre nom ? »

« Je dois le faire anonymement. »

« D'accord. De quoi s'agit-il ? »

« Vous savez, cet homme, Atlas Crane, que vous avez arrêté pour pédopornographie ? »

« Oui. Et alors ? »

« Il a recommencé. Il y a des publications à son sujet sur Facebook, dans les groupes de Naples. Regardez, les publications disent vrai. Je sais qu'il a encore de ces trucs pornos chez lui. »

« Et comment le savez-vous ? »

« Croyez-moi, il me l'a dit. Il a dit qu'il venait de se procurer des trucs tout neufs. C'est un très mauvais type. »

J'ai raccroché et je suis reparti. En prenant la sortie Immokalee Road, je me suis arrêté pour faire le plein dans une station près de The Strand. Après avoir mis le pistolet dans le réservoir, j'ai appelé le détective Moreno.

« Salut, Moe. »

« Beck, comment ça va ? »

« J'ai entendu dire qu'Atlas Crane a remis ça. »

« Le téléphone explose d'appels du public. »

« Je m'y attendais. Il y a quelques publications sur Facebook. »

« On a aussi reçu un tuyau. On va demander un deuxième mandat de perquisition. »

« Vraiment ? Tu penses que vous avez raté quelque chose ? »

« On entend dire que ça pourrait être du neuf. »

« Il vient juste de sortir. Tout le monde a les yeux rivés sur lui. Il faudrait être cinglé. »

« Personne n'a jamais dit que Crane était une flèche. Et puis, ces pédos ne peuvent pas s'en empêcher, c'est une obsession chez eux. »

48

LE PARKING DU BAR D'IGOR ÉTAIT PLUS QU'À MOITIÉ PLEIN.
Faisait-il une happy hour spéciale ?

Le brouhaha de l'endroit s'est nettement atténué quand
je suis entré. Toutes les têtes se sont tournées vers moi.

L'endroit était bondé de nervis. La Floride avait du soleil,
mais elle était pleine de gens louches. La question, c'était :
étaient-ce des clients ou Igor avait-il regarni ses rangs ?

J'ai fait un signe de tête à la douzaine de gros cous
accoudés au bar et j'ai marché vers la porte qui menait à l'arrière-salle. J'ai remarqué que la table des crânes rasés était
de nouveau au complet quand l'un d'eux s'est levé pour me
barrer la route.

« Que voulez-vous ? »

« Igor m'attend. »

« Qu'est-ce que vous voulez ? »

« Dites-lui que Beck est là. »

Il a frappé à la porte et est entré un instant. La porte s'est
ouverte en grand. « Entrez. »

Deux hommes, avec des têtes dont un bouledogue

serait fier, se tenaient de part et d'autre du bureau d'Igor. Une bouteille de vodka et plusieurs verres à shot reposaient sur le côté droit du bureau. Le duo faisait partie des nouvelles recrues. Igor était-il de retour à plein effectif ?

« Beck, asseyez-vous. Vous voulez un verre ? »

« Non. Je suis venu pour parler. »

Igor a claqué des doigts, et les gros bras ont quitté la pièce.

« Vous avez cherché Bev ? »

« Oui. »

« Où est-elle ? »

« Igor a une bonne idée d'où elle est. »

« Une bonne idée ? Rien de précis ? »

« Vladimir a quatre, peut-être cinq endroits tout au plus. »

« Et où sont-ils ? »

« Ils sont tous à Fort Myers, avec un à Cape Coral. »

« Quel genre d'endroits ? »

« Des bars, des clubs de strip-tease, vous savez, des endroits qu'on appelle un salon de massage. »

Il a frappé du plat de la main sur le bureau et a éclaté de rire.

« Dans lequel est Bev ? »

« Igor a eu l'info qu'elle alterne entre deux endroits, le club de strip-tease et la maison close de Fort Myers. »

Ses mots m'ont cinglé. Bev pouvait-elle se libérer d'un passé aussi terni ?

« Comment s'appellent-ils ? »

« Pas besoin de détails, Igor va la récupérer. »

« Allez, vous avez mon fric. Le minimum, c'est de me dire où elle est. »

Igor a secoué la tête. « Igor s'en occupe. Vous récupérerez votre copine. »

« Quand ? »

« Trois jours. Igor a besoin de temps pour embaucher de nouveaux gros bras. »

« Comment allez-vous la récupérer des mains de Vladimir ? »

Il a souri. « Ce sera sale, mais amusant. Peut-être que vous le lirez dans les journaux. »

« Pourquoi ne me laissez-vous pas aider ? Dites-moi où il a ses affaires, et je peux faire en sorte que les flics lui mettent la pression. »

« Non, Igor doit s'en charger. Igor ne doit laisser aucun doute sur qui commande. »

C'était inutile d'essayer de convaincre Igor de me dire où était Bev. Après une dernière tentative, j'ai conclu par : « Vous avez dit que vous me rendriez Bev dans trois jours, c'est bien ça ? »

« Oui. »

« D'accord, va pour trois jours. On se voit alors. »

Je suis monté dans ma voiture et j'ai roulé jusqu'à une station-service. Mais je n'étais pas là pour faire le plein. J'ai passé un coup de fil. « Hé, Mario. »

« Beck, comment ça s'est passé avec Igor ? »

« On dirait qu'il a recruté pas mal de nouveaux types. Il a dit qu'il avait une piste sur l'endroit où se trouve Bev. »

« Super. Elle est où ? »

« Il n'a pas voulu me le dire. Je pense qu'il prépare quelque chose. Il a dit qu'il l'aurait dans trois jours. »

« Ça peut aller, je suppose. »

« Non. Pas vraiment. Je ne sais pas ce qu'il a en tête, mais j'ai eu l'impression qu'il allait essayer de donner une leçon à

Vlad, tu vois, faire un coup avec une démonstration de force. »

« Une bonne vieille guerre de la mafia russe ? »

« Je ne veux pas tenter le diable. Bev va se retrouver au milieu. »

« Tu veux faire quoi ? »

« Igor a dit qu'elle bossait soit dans un club de strip-tease à Fort Myers, soit, euh, dans un bordel tenu par Vlad. Il nous faut des infos sur leurs emplacements. »

« Tu veux tenter un sauvetage avant qu'Igor n'arrive ? »

« Pas tenter. Si ce truc entre Igor et Vlad dégénère, je veux être sûr que Bev soit loin de tout ça. »

« Laisse-moi voir ce que je peux dénicher. Il y a environ quinze clubs de strip-tease à Fort Myers, mais des salons de massage, il y en a à la pelle. Je m'y mets tout de suite. »

« Si Bev est là, ça doit être une des affaires les plus fréquentées de Vlad. Il voudra l'avoir près de lui pour garder un œil sur les filles. »

« Pas bête, mec. »

« On n'a pas de temps à perdre. »

49

« C'EST KATHERINE RIGBY DE WINK NEWS, EN DIRECT depuis Livingston Estates. »

La caméra a zoomé sur la maison d'Atlas Crane. Deux policiers en uniforme se tenaient devant la porte d'entrée, grande ouverte.

« Il y a environ deux heures, le bureau du shérif du comté de Collier a exécuté un mandat de perquisition dans une maison appartenant à Atlas Crane. C'est la deuxième perquisition au domicile de M. Crane. Les téléspectateurs se souviendront de la première perquisition qui a conduit à l'arrestation de M. Crane sous des chefs d'accusation de pédopornographie.

« M. Crane a été libéré sous caution il y a deux jours et se préparait pour un procès. Nos sources nous indiquent qu'un signalement anonyme reçu par la Brigade des crimes sexuels du shérif a motivé la demande d'une seconde perquisition.

« On ignore ce que la police pense trouver dans la maison, et si elle est passée à côté lors de la première perquisition ou si l'objet a été acquis récemment par M. Crane. »

La journaliste a pointé du doigt la direction du caméraman, qui s'est retourné en balayant du regard un large attroupement.

« Les habitants de ce quartier de Livingston Estates manifestent activement depuis que nous avons révélé cette affaire qui évolue de jour en jour. Comme vous le voyez, ils sont de nouveau mobilisés en nombre pour exprimer l'indignation que leur inspire l'un de leurs voisins.

« Nous avons parlé à quelques voisins avant ce direct, et la plainte la plus courante était de savoir pourquoi il fallait si longtemps pour mettre M. Crane derrière les barreaux. Certains ont également mentionné qu'Atlas Crane avait été jugé pour le meurtre de sa femme et qu'ils estimaient que le jury s'était trompé en l'acquittant pour ce chef d'accusation.

« WINK News continuera à suivre cette affaire importante et nous vous informerons dès que nous aurons de nouveaux éléments à communiquer. »

J'ai éteint la télé en appuyant sur la télécommande au moment où Laura sortait de la salle de bains. Ses cheveux étaient enroulés dans une serviette.

« Qu'est-ce que tu regardes ? »

« Les infos. Les flics perquisitionnent la maison d'Atlas. »

« Encore ? »

J'ai souri. « Ouais. »

Elle a fait la moue avant de dérouler la serviette de sa tête et a dit : « Je vais voir Dawn. Tu veux venir ? »

« Non, je ne peux pas, j'ai deux ou trois trucs à faire. »

« Ça fait des jours que tu ne l'as pas vue. »

« J'ai été débordé. »

« Elle a besoin de savoir que tu tiens à elle. »

« J'essaie de retrouver sa mère, non ? »

« Je sais, mais tu peux quand même prendre le temps de… »

« Tu vas y rester combien de temps ? »

« Je ne sais pas, pourquoi ? »

« Je t'accompagne, mais il faut que je sois de retour ici au plus tard à treize heures. »

———

DAWN A OUVERT LA PORTE, un doigt sur les lèvres. « Abby s'est enfin endormie. »

L'appartement était aussi en désordre que lors de ma dernière visite.

Laura a dit : « Abby a dormi cette nuit ? »

Elle a fait non de la tête. « C'était un cauchemar. Elle a pleuré toute la nuit. »

J'ai dit : « Alors quelque chose la gêne. Il faut l'emmener chez le médecin. »

Laura a souri. « Elle fait ses dents, c'est tout. Tu as utilisé l'anneau de dentition que je lui ai acheté ? »

« Ah oui. J'avais complètement oublié. Je vais le chercher. »

Laura est allée au frigo. « Je l'ai mis ici. Le froid engourdit la douleur de ses gencives. »

Dawn a dit : « Je ne savais pas. »

« Ma mère m'a appris cette astuce quand on gardait le bébé de ma cousine. »

Le visage de Dawn s'est décomposé. « Je fais de mon mieux. Je n'ai pas eu de mère ni personne pour me dire quoi faire. »

Laura a passé un bras autour d'elle. « On sait, ma chérie. Tu t'en sors très bien. »

J'ai renchéri : « C'est vrai, Dawn. Abby est parfaite. »

Elle a haussé les épaules. « C'est tellement dur de savoir quoi faire. Parfois, je ne sais juste pas. »

Un silence gênant s'est installé, que j'ai rompu en disant : « Ce sera plus facile quand j'aurai retrouvé ta mère. Tu verras, elle saura quoi faire. »

Dawn s'est mise à pleurer, et Laura a secoué la tête en resserrant son étreinte. Elle m'a fait signe de sortir, et je me suis dirigé vers la porte, penaud.

Je me suis réfugié à l'ombre d'un parking couvert de l'autre côté de la rue. Laura est sortie en me faisant signe de revenir.

Je me suis précipité. « Elle va bien ? »

« Oui, mais fais attention à ce que tu dis devant elle. Tu sais qu'elle a été abandonnée. »

« Écoute, s'il y a bien quelqu'un qui sait que c'est un sujet sensible, c'est moi. J'essaie juste d'aider. »

« Eh bien, tu n'aides pas. »

« Comment peux-tu dire ça ? Je risque ma peau et quarante mille dollars pour lui ramener Bev. »

« Ah oui ? »

« Quoi ? »

« Tu fais tout ça pour Dawn ? »

« Oui. »

« Allons, Beck. Tu fais ça pour toi. Tu essaies de sauver Bev par culpabilité. Mais tu te comportes comme un chevalier en armure étincelante parti en mission de sauvetage. »

Ma mâchoire s'est décrochée. « Je... Non. Ce n'est pas comme ça. »

« Bien sûr que si. »

Il y avait trop de vrai dans ce qu'elle disait. « Alors, comment expliques-tu que je n'aie commencé à chercher Bev qu'après avoir trouvé Dawn ? »

« Les vieilles blessures ont refait surface quand tu as retrouvé Dawn. Elle ressemble à Bev et, en te rendant compte qu'elle avait le même nom de famille, toute la culpabilité est revenue. »

Pourquoi était-ce satisfaisant de faire remarquer l'évidence à quelqu'un, alors que ça craignait quand on en était la cible ?

« Ce n'est pas comme ça que ça s'est passé. D'ailleurs, sans Dawn, je n'aurais aucune idée d'où se trouve Bev, ni même si elle est en vie. »

« Allez, je ne comprends pas pourquoi tu ne peux pas simplement l'admettre. »

« On peut dire que c'est une situation compliquée et arrêter de se disputer ? »

« Je ne me dispute pas. Je veux juste — »

La sonnerie de mon téléphone l'a interrompue. Même si l'appel était du spam, j'allais quand même répondre. J'ai regardé l'écran.

« Il faut que je réponde, c'est Larson. »

Elle s'est retournée et j'ai pris l'appel.

« Allô, Ray. »

« Bonjour, Beck. Je viens d'apprendre que le bureau du shérif va passer en direct sur X avec une déclaration au sujet de la perquisition chez Crane. »

« Ils font ça sur les réseaux sociaux ? »

« Ils ont un responsable des réseaux sociaux depuis un an. Utiliser une plateforme de réseaux sociaux leur donne plus de portée que de tenir une conférence de presse. C'est un bon moyen de contrer la pression qu'ils subissent de la part des groupes Facebook du coin. »

J'ai ouvert l'application X, en disant : « C'est un gain de temps de ne pas avoir à s'y rendre. Et on n'a pas à attendre que le journal télévisé le diffuse. »

« Le temps est la seule ressource qu'on ne peut pas reconstituer. Bonne chance. »

Il avait raison à propos du temps. C'était comme le sommeil : on ne pouvait pas rattraper un manque.

J'ai tapé « Collier County Sheriff's Office » dans la barre de recherche de X. Un direct montrait une agente s'avancer vers un pupitre.

« Je m'appelle Katy Washburn. Je suis chargée des relations avec les médias au bureau du shérif. Je voudrais remercier toutes les personnes présentes ici ainsi que celles qui nous regardent en ligne. »

« Au cours des quarante-huit dernières heures, des informations sont parvenues à l'attention du service et un appel anonyme a été reçu. La combinaison des deux a conduit le service à demander l'autorisation judiciaire de procéder à une perquisition, qui a été accordée. »

Elle a balayé l'assistance du regard avant de poursuivre : « Plus tôt dans la journée, nous avons procédé à une deuxième perquisition au domicile d'Atlas Crane. »

« M. Crane a été libéré sous caution dans l'attente d'un procès pour plusieurs chefs d'accusation de pédopornographie. »

« La nouvelle perquisition a mis au jour une clé USB dissimulée dans le réservoir des toilettes, ainsi qu'un kit destiné à éviter de laisser des empreintes digitales. La première perquisition avait comporté une fouille minutieuse de la salle de bains, y compris du réservoir des toilettes. »

« Cela amène le service à conclure que les éléments saisis aujourd'hui ont été cachés pendant la brève période où M. Crane a été remis en liberté. »

« Le contenu de la clé USB est en cours d'examen afin de déterminer si M. Crane a pu se livrer à d'autres activités illégales. »

« Nous vous tiendrons informés dès que nous aurons des informations concrètes. Merci. »

Au moment où elle quittait le pupitre, les journalistes présents ont crié des questions : « M. Crane est-il de nouveau arrêté ? » « Quelles informations avez-vous reçues ? »

La vidéo s'est terminée. La fenêtre de lecture est devenue noire et un bouton de rediffusion est apparu.

J'ai serré le poing, reconnaissant que quelque chose semblait enfin fonctionner. Cette diversion m'a donné l'énergie nécessaire pour affronter Laura.

Alors que je tendais la main vers la poignée, mon téléphone a sonné. C'était Tyler.

« Hé, Tyler, comment ça… »

« Ils ont encore fouillé la maison de mon père. La police a dit qu'ils avaient trouvé une clé USB et autre chose. »

« Je viens d'en entendre parler. »

« C'est toi qui l'as mise là ? »

« Moi ? Qu'est-ce qui te fait croire que j'ai quoi que ce soit à voir avec ça ? »

« Allez, Beck. C'est toi qui as lancé toute cette merde. »

« Minute. C'est toi qui as commencé, pas moi. Mais, pour être honnête, c'est ton vieux qui a commencé en tuant ta mère. »

« D'accord, d'accord. Je m'inquiète juste à cause de ces accusations d'agressions sexuelles. Tu sais ce qu'ils vont lui faire en taule. »

« Il n'a qu'à avouer et les accusations tomberont. »

« Tu en es sûr ? »

« Oui. On fera en sorte que tout le monde sache qu'on lui a tendu un piège. Il finira probablement par susciter de la sympathie. »

« Pourquoi faut-il que tout soit si compliqué ? »

« La vie, les relations, ton corps, tout est compliqué. T'inquiète, le plan va marcher. »

« Tu es sûr ? »

« Absolument. »

« J'ai hâte que ça se termine. »

« Écoute, je dois filer. Alors respire un grand coup et laisse le plan se dérouler. »

Laura et Dawn étaient dans la cuisine. Le micro-ondes bourdonnait.

À voix basse, j'ai dit : « Abby dort encore ? »

Laura a dit : « Elle remue, elle va se réveiller bientôt. »

Dawn s'est dirigée vers la chambre. « Je l'entends, elle est réveillée. »

Moi, je n'entendais rien.

Le micro-ondes a bipé et Laura a retiré le biberon. Elle a fait couler un peu de lait sur son avant-bras et a hoché la tête. « Température parfaite. »

J'ai dit : « Tu as appris ça où ? »

« Ma mère me l'a montré quand j'ai dû m'occuper du bébé d'une amie. »

« Les mamans savent tout. »

Elle a souri. « C'est vrai. »

Mon téléphone a émis un bip pour un message au moment où Dawn entrait dans la pièce en portant Abby. C'était Mario.

J'ai renvoyé un message, demandant qu'il m'appelle dans vingt minutes.

En me penchant vers Laura, j'ai chuchoté : « Je dois y aller. »

Laura a dit : « Elle a besoin d'être changée ? »

« Oh oui. »

Laura a souri. « Peut-être que Beck peut s'en charger. »

« Laisse tomber. La petite a faim. Ça me prendrait une heure. »

Laura a étalé une couverture pour bébé sur la table. Dawn a allongé Abby et j'ai désigné la porte d'un mouvement du pouce.

Laura a dit : « Le lait est prêt. On doit filer maintenant, Dawn. Je te revois dans un jour ou deux. »

———

EN ATTENDANT que la porte du garage s'ouvre, mon téléphone a sonné. C'était Mario.

Laura a dit : « Tu ne comprends pas. »

Je suis entré dans le garage. « Je le rappellerai. »

« Ce n'est pas pour ça qu'on est partis ? Pour que tu puisses parler ? »

À quoi bon des implants d'IA quand on a l'intuition féminine ?

« Tu sais que je dois aller quelque part. »

« Où ça ? »

« Allez, Laura. Je ne peux pas en parler maintenant. »

Elle m'a déposé un baiser sur la joue. « Vas-y, rappelle-le. »

Au lieu de lui dire que je n'avais pas besoin de sa permission, j'ai dit : « Merci. Ne ferme pas la porte. Je te rejoins à l'intérieur. »

« Salut, Mario. Désolé pour tout à l'heure. Qu'est-ce qui se passe ? »

« J'ai des infos solides sur l'endroit où Bev pourrait être. »

« Où ça ? »

« Il y a de fortes chances qu'elle bosse soit à l'Allure Strip Club, soit à l'Oasis Massage. »

« Tu es sûr de toi ? »

« Béton. »

« Tu tiens ça d'où ? »

« Des Albanais. Je leur ai dit qu'on voulait lâcher les flics sur Vlad parce qu'il nous baladait sur un deal qu'on avait passé avec lui. »

« Bien vu. »

« Je me suis dit pareil. Alors, c'est quoi le plan ? »

« Désolé, Larson m'appelle. Laisse-moi prendre ça et je te rappelle. »

« Ça marche, frérot. »

J'ai basculé sur l'autre appel.

« Bonjour, Ray. »

« Bonjour, Beck. Je viens d'avoir la nouvelle. Ça va se faire dans l'heure. »

En me précipitant dans la maison, Toby m'a suivi pendant que j'allumais la télé.

J'ai ouvert la porte coulissante à l'arrière. « Viens ici, mon grand. Fais tes besoins derrière. On ira se promener plus tard. »

En gardant une oreille sur la télé et les yeux sur Toby, je l'ai regardé choisir l'endroit parfait pour se soulager. Une fois que ce fut terminé, il a bondi à l'intérieur et je lui ai donné une friandise.

Assis au bord du canapé, je faisais défiler les groupes Facebook de Naples. Je n'arrêtais pas d'actualiser le fil, mais rien ne remontait.

Le présentateur météo de WINK News n'en finissait pas de parler de la possibilité de pluie. Le temps était presque parfait tous les jours, mais il fallait bien agiter la menace d'averses pour garder les téléspectateurs à l'écoute.

Mes yeux se voilaient quand un bandeau rouge annonçant une édition spéciale a défilé en bas de l'écran. La carte météo a laissé la place à un présentateur en veste de sport bleu cobalt.

Assis derrière un pupitre, il a dit : « Nous reviendrons à la météo après ce reportage spécial. À vous, Katherine Rigby. »

La journaliste se tenait devant la maison de Crane.

« Merci, Jake. Je vous parle depuis Livingston Estates où, il y a quelques instants, le bureau du shérif du comté de Collier a arrêté un habitant de Naples. »

« Atlas Crane a été placé en garde à vue pour ce qui serait, d'après nos informations, plusieurs nouveaux chefs d'accusation de pédopornographie. M. Crane était en liberté sous caution en attendant son procès lorsqu'une seconde perquisition du domicile que vous voyez derrière moi a mis au jour des éléments supplémentaires. »

« Atlas Crane a été mêlé à une autre affaire pénale très médiatisée. Il y a environ quatorze ans, M. Crane a été jugé pour le meurtre de sa femme, Ana. M. Crane a été acquitté et cette affaire reste non élucidée. »

Mon téléphone s'est mis à tinter de notifications Facebook au moment où la journaliste a dit : « Notre expert juridique a confirmé que M. Crane comparaîtra demain, et il pense que le tribunal refusera de lui accorder une libération sous caution. »

La correspondante a porté un doigt à son oreille, a marqué une pause avant de dire : « Nous allons passer en direct au bureau du shérif pour une déclaration. »

Un flux vidéo montrant un policier en uniforme derrière un pupitre a rempli l'écran.

Le policier a déclaré : « Atlas Crane a de nouveau été arrêté et est en cours d'enregistrement au centre de détention du comté. Lors d'une seconde fouille de son domicile, nos agents ont découvert d'autres éléments qui viennent étayer et élargir les accusations odieuses portées contre Crane. »

« Nos procureurs déposeront des chefs d'accusation modifiés dans les vingt-quatre heures. Nous sommes convaincus que les preuves dont nous disposons aboutiront à une condamnation. Les résidents et visiteurs du comté de Collier peuvent être assurés que le bureau du shérif reste vigilant pour protéger notre communauté des prédateurs et des criminels. Merci. »

Le présentateur en blazer bleu est réapparu. « WINK News est fière de vous avoir apporté cette information importante de dernière minute. Nous vous tiendrons informés au fur et à mesure des développements. »

J'ai éteint la télé et j'ai pris mon téléphone. Trois publications consécutives sur l'arrestation accumulaient commentaires et partages comme des mouches sur une grenouille morte.

Je me suis renfoncé dans le canapé, j'ai soufflé, puis je me suis à nouveau tendu. D'ici un jour ou deux, on verrait si le plan Crane avait fonctionné et si Bev serait libérée.

En fouillant dans ma poche, j'ai sorti mon portefeuille et j'en ai tiré la vieille photo de Bev. Elle était gamine à l'époque. J'ai passé le pouce sur son image.

J'ai fermé les yeux, en essayant d'imaginer à quoi elle ressemblait aujourd'hui. Une vague de peur m'a forcé à les rouvrir.

Tout le monde perd son innocence en devenant adulte, mais Bev, elle, se noyait dans un monde de noirceur.

En secouant la tête, je me suis levé d'un bond. Ce n'était

pas le moment d'avoir le cafard, il y avait du boulot. Plus tard, on allait tenter de tirer Bev de là. Si on réussissait, on gérerait l'état dans lequel on la retrouverait, quel qu'il soit.

52

En inspirant lentement par le nez, j'ai compté jusqu'à quatre. J'ai retenu ma respiration pendant sept secondes avant d'expirer pendant huit. Je me suis rendu compte que je n'avais pas fait le bruit de souffle « whoosh » dont j'avais lu la description et je me suis assuré de le faire au cycle suivant.

À l'arrêt au feu rouge, j'ai répété le processus deux fois de plus pour terminer la série. Le feu est passé au vert, mais j'avais encore des serpents dans le ventre.

J'ai jeté un œil au rétroviseur. Mario était derrière moi. Il m'a suivi sur le parking d'un McDonald's et s'est glissé sur une place à côté de moi. Nous sommes sortis de nos voitures.

Mario a dit : « Qu'est-ce qui se passe ? »

« Je veux juste qu'on soit au clair sur la façon dont on va gérer ça. »

« Je te l'ai dit un million de fois, je sais quoi faire. »

J'ai posé une main sur son épaule. « Je sais. Je suis juste prudent. »

« T'en fais pas. On va récupérer Bev. »

« J'espère. »

« Tu t'en fais trop. »

« C'est dangereux. »

« Ça va bien se passer. »

« Si tu la vois, envoie un texto. N'essaie rien tout seul. J'ai besoin que tu m'attendes. »

« J'ai compris : si je vois Bev, je t'envoie un message et j'attends. »

Je lui ai ouvert les bras pour le serrer contre moi.

Mario a froncé les sourcils.

« Qu'est-ce qui t'arrive, Beck ? »

« Rien. J'ai juste hâte qu'on soit tous réunis. »

« Ça va être cool. »

« Ça fait trop longtemps. »

« Carrément. Tu vas l'emmener direct en cure de désintox ? »

« Si elle en a besoin. Bon, on y va. Envoie-moi un message quand tu y es. »

Nous avons quitté le parking. À l'intersection suivante, j'ai pris à gauche et Mario a tourné à droite.

Des jambes galbées en stilettos remplaçaient les L de l'enseigne de l'Allure Strip Club. Une ouverture dans les haies de 2,4 mètres qui entouraient l'endroit faisait office d'entrée. J'ai engagé le nez de ma BM.

Le cœur battant comme la houle de l'Atlantique, je me suis arrêté devant un agent de sécurité. Sans sourire, il m'a dévisagé. J'ai baissé ma vitre, mais il m'a fait signe de passer.

J'ai balayé le parking du regard. On se serait cru chez un concessionnaire de Bentley et de Ferrari. Deux Lamborghini étaient garées juste à côté de la porte principale du club. Plus d'un venait en Lambo pour une lap dance ?

En détaillant le bâtiment à deux étages, j'ai fait le tour du parking. Je me suis garé en marche arrière dans l'ombre d'une place qui donnait sur un escalier extérieur menant au deuxième étage. Deux Escalade noires y étaient garées.

Avec mon téléphone, j'ai pris en photo les plaques d'immatriculation de trois voitures haut de gamme dans la rangée devant moi. On ne savait jamais qui venait ici, ni comment cette info pourrait servir plus tard.

Un Range Rover blanc s'est arrêté et ses portes se sont ouvertes. Trois quadragénaires en sont sortis, et le SUV est reparti. Ils se chahutaient en se dirigeant vers l'entrée.

Un texto de Mario est arrivé : « *J'y suis. J'entre maintenant.* »

« *Fais attention. Si tu la vois, envoie-moi un texto et attends-moi.* »

Les angles du parking étaient les plus sombres, offrant le meilleur abri. Tandis que j'essayais de visualiser une échappée rapide, une Maserati blanche est entrée.

J'ai attrapé ma veste sur le siège passager et j'ai attendu que le conducteur de l'italienne descende. Un homme en costume aux épaules arrondies est sorti.

Je suis sorti à mon tour, j'ai enfilé ma veste et je l'ai suivi à l'intérieur. Une hôtesse, tout sourire et paillettes, nous a accueillis.

Par-dessus la musique qui martelait, elle a dit : « Bienvenue, messieurs, souhaitez-vous une banquette avec service à table ? »

L'homme plus âgé a dit : « Nous ne sommes pas ensemble. »

« Oh, pardon. L'un de vous voudrait-il profiter de notre espace VIP ? »

L'homme aux cheveux blancs a hoché la tête négativement et l'a dépassée.

J'ai dit : « Peut-être plus tard. »

« N'oubliez pas de vous amuser, messieurs. »

Quel génie avait eu l'idée d'associer le mot « messieurs » aux clubs de strip-tease ?

Deux gaillards, oreillettes enfoncées et tout de noir vêtus, m'ont suivi des yeux quand j'ai obliqué sur la droite. Leur maintien hurlait l'ex-militaire ; leurs visages, le Russe.

Ils avaient une vue dégagée sur la salle et la scène. La musique était forte et menée par les basses. Des clignotements rouges intermittents m'indiquaient qu'il y avait au moins quatre caméras.

Trois danseuses, dont deux tournoyaient autour de barres, captaient l'attention de la soixantaine de clients baveux. La scène était cerclée de néons roses et jonchée de billets jetés par des mâles salivant.

Je me suis hissé sur un tabouret de bar, et une barmaid portant moins de vêtements qu'une serveuse de casino a glissé vers moi.

Elle s'est penchée avec un sourire. « Qu'est-ce que je vous sers ? »

Difficile de ne pas fixer le Grand Canyon de son décolleté. « Je prendrais bien une vodka, mais je suis sous antibiotiques. Juste une eau gazeuse, s'il vous plaît. »

« Un p'tit verre ne vous fera pas de mal. »

« Peut-être plus tard. »

Elle a rempli un verre de glace et y a plongé le pistolet. En déposant l'eau gazeuse sur le comptoir, elle a dit : « Vous êtes nouveau ici ? »

« Pas exactement, c'est ma deuxième fois. »

Elle a souri. « Un client satisfait. »

La barmaid est allée servir un autre client, et mes yeux ont dérivé vers la rangée de fenêtres du deuxième étage.

La scène n'était qu'un leurre ; la vraie action se passait à l'étage, dans la suite de chambres.

Biceps saillants, un videur en T-shirt noir est venu se placer dans mon champ de vision. Il a balayé la main d'un client posée sur les fesses de la fille qui lui faisait un lap dance. Si on voulait plus, il fallait monter et payer.

La recette avait fait ses preuves pendant des siècles et s'attaquait directement aux désirs masculins les plus primaires : jouer avec un homme pour l'exciter, puis lui faire payer le soulagement.

Je me suis raidi et j'ai fait pivoter ma chaise vers le bar. Une tête rasée que j'avais vue chez Igor la première fois que j'y étais allé s'appuyait contre le mur du fond.

En posant un billet de vingt dollars sur le comptoir, j'ai attrapé mon eau gazeuse. En gardant le dos tourné au crâne luisant, je me suis dirigé vers une table dans un coin sombre.

À la table d'à côté, deux hommes buvaient du champagne et parlaient russe. Deux hommes plus jeunes se sont approchés. Ils se sont penchés et ont échangé quelques mots. De l'argent a changé de mains lors d'une poignée de main. Puis un autre serrement, où un petit sachet en plastique a été refilé. On vendait de la drogue. Vlad devait toucher sa part des recettes, sinon ces dealers flotteraient dans un canal.

J'ai vu les acheteurs se diriger vers les toilettes des hommes et j'ai écarté l'idée de les suivre. Si Bev était ici, il y avait une chance qu'elle soit dans l'espace VIP.

Un parfum entêtant a annoncé l'arrivée d'une serveuse. J'ai bavardé avec elle en me demandant si son visage ne la faisait pas souffrir à force de maintenir un faux sourire.

Malgré son insistance, j'ai refusé un verre, mais je lui ai laissé vingt dollars de pourboire.

Je me suis avancé nonchalamment vers la section VIP, amusé par la corde en velours rouge et le panneau proclamant un minimum de 2 000 dollars de dépenses en boissons. Le vrai pactole ne venait pas des sacs à main vendus aux riches, il se faisait sur les vices.

Le gorille posté à l'entrée de l'espace des gros joueurs m'a lancé un regard qui aurait pu me trancher sur place.

Un éclat bleu a accroché mon regard. Une femme en robe courte montait les escaliers. Ma poitrine s'est serrée.

On aurait dit Bev. J'ai fait un pas en avant.

C'était elle.

Un homme en costume sur mesure l'a interpellée depuis le bas des marches. Bev s'est retournée pour répondre.

Je me suis élancé. En me faufilant entre les tables, je n'étais plus qu'à environ six mètres.

Bev m'a vu mais a continué à monter les marches.

Des hurlements ont éclaté derrière moi. Je me suis retourné. Le verre a volé en éclats quand Igor et un groupe d'hommes ont fait irruption dans le club.

La musique s'est arrêtée.

Une rafale de balles a fauché le plafond. Des morceaux de plafond sont tombés au sol tandis qu'un des hommes d'Igor criait : « Où est Vladimir ? »

Les balles ont sifflé. J'ai crié : « Bev ! Bev ! »

Je me suis accroupi derrière une banquette en velours. Bev a disparu en haut des marches.

Un homme tiré à quatre épingles a gravi les marches deux par deux. C'était Vlad.

Crac ! Vlad a été touché par une balle. Il s'est effondré sur les marches.

Les hommes de Vlad ont riposté. J'ai rampé vers une sortie de secours. Un corps a dégringolé sur ma gauche. C'était Igor. Sa chemise était détrempée de sang.

Les tirs ont criblé la salle en tous sens. Les danseuses à la barre de pole dance ont hurlé. Un silence de mort est tombé un instant.

J'ai risqué un coup d'œil. Les danseuses ont sauté de la scène et ont couru vers les escaliers. Les clients se bousculaient les uns contre les autres.

Une autre rafale. *Boum !* Le corps à la tête rasée m'a percuté l'épaule. Le trou dans son visage dégorgeait du sang.

En rampant comme un léopard, j'ai visé la lueur rouge d'une sortie. Marquant une pause avant de traverser une zone à découvert, j'ai inspiré à fond et j'ai sprinté vers la sécurité.

J'ai défoncé la porte et j'ai trébuché sur le parking. Les sirènes qui hurlaient au loin se rapprochaient. Les voitures se bousculaient pour sortir du parking.

J'ai jeté un coup d'œil par-dessus mon épaule ; deux hommes transportaient Igor vers un SUV qui attendait.

Accroupi, j'ai rejoint ma voiture. J'ai sorti mon pistolet de la boîte à gants et j'ai démarré. En suivant une Ferrari jaune, j'ai quitté le parking. Les gyrophares des voitures de police zébraient la rue. J'ai écrasé l'accélérateur de la BM et j'ai filé en crissant des pneus.

53

Je suis entré sur le parking d'une église baptiste. Après m'être garé dans un coin sombre, j'ai appelé Mario.

« T'es où ? »

« Sur le parking de l'Oasis. T'as vu Bev ? »

« Oui. »

« J'arrive. »

« Attends ! Igor et ses types ont mitraillé le club. »

« Sérieux ? Ça va, toi ? »

« Oui. C'était complètement dingue. Igor et Vlad se sont fait toucher tous les deux. Ça tirait dans tous les sens. »

« Putain. À ton avis, combien de victimes ? »

« Une demi-douzaine, Vlad et Igor compris. »

« Je ne comprends pas. Igor a dit qu'il ne bougerait pas avant trois jours. »

« Il a dû se dire qu'on essaierait de le griller pour arriver à Bev avant lui. Et ça m'inquiète à mort. »

« Pourquoi ferait-il ça ? Je veux dire, tu lui as filé quarante mille. »

« Je ne sais pas ce qu'il a en tête. Mais on était à deux doigts de mettre la main sur Bev. »

« Elle est allée où ? »

Je lui ai expliqué que la fusillade avait commencé au moment où je l'avais repérée, et j'ai conclu : « Heureusement qu'elle était devant Vlad dans l'escalier. »

« Ouais. C'est grave pour Igor et Vlad ? »

« Igor avait une blessure au thorax, et Vlad, je crois, a pris une balle dans la cuisse. »

« Tu penses que Bev est toujours là ? Je veux dire, les flics retiendraient tout le monde. »

« Elle et les autres sont probablement partis par l'escalier extérieur. »

« Tu ne l'as pas vue dehors ? »

« Non. Mais deux SUV garés près de l'escalier se sont barrés à toute allure. »

« Merde. »

« Je m'en veux à mort. »

« Pourquoi ? T'as fait de ton mieux. »

« Je n'en suis pas si sûr. J'aurais dû monter l'escalier derrière elle. »

« Isolé dans l'escalier, à découvert, ils t'auraient cueilli comme un canard en bois au stand de tir d'une fête foraine. »

« J'aurais pu grimper les escaliers en rampant et... »

« Et si tu étais arrivé là-haut, tu crois que les types de Vlad t'auraient fait quoi ? Ils t'auraient organisé une petite fête ? »

« Écoute, tu ferais mieux de dégager de là. Dès que le bureau du shérif du comté de Lee va commencer à enquêter sur la fusillade, ils vont éplucher tout ce qui a un lien avec Vlad. »

« Je pars tout de suite. »

J'ai raccroché et j'ai appelé Larson.

« Salut, Ray. »

« Beck, ça va ? »

« Oui. »

« J'ai entendu parler de ce qui s'est passé entre les Russes et j'ai eu peur que tu te sois retrouvé au milieu. »

« Je l'ai échappé belle, mais ça va. »

« T'es sûr ? »

« Absolument. Tout va bien, sauf que je n'ai pas pu mettre la main sur Bev. »

Il a marqué une pause. « Tu ne l'auras peut-être jamais. »

« Je sais. »

« Quelqu'un t'a vu là-haut ? »

« Non. À en juger par les voitures, il y avait une bande de types de Naples, mais je n'ai reconnu personne. »

« On ne sait jamais, mais en même temps, ils n'auraient pas intérêt à claironner où ils étaient. »

« C'est vrai. »

« Je suis content que tu n'aies rien. »

« Merci. Je voulais te tenir au courant. »

« J'apprécie. »

« Des nouvelles de Crane ? »

« J'ai parlé à son avocat. On dirait qu'il va passer aux aveux demain. »

———

Toby m'attendait près de la porte quand je suis entré.

Laura est entrée dans le couloir. « Tu as eu Bev ? »

J'ai secoué la tête. « Non, une autre fausse piste. »

Elle m'a serré dans ses bras. « Je suis désolée. »

« Ça va. On va l'avoir. »

« Je me suis fait du souci pour toi. »

« Pourquoi ? »

« Tu as dit que tu allais à Fort Myers. »

« Et ? »

« Tu n'as pas entendu ce qui s'est passé là-bas ? »

« Non. »

« Allez, tu as forcément entendu qu'il y a eu une grosse fusillade dans une boîte de nuit. »

Heureusement que je ne lui ai jamais parlé des Russes, sinon elle ferait le rapprochement. « J'ai entendu un truc à la radio, mais sans détails. »

Elle a désigné la télé. « C'est partout aux infos. »

Une liste à puces des sujets que WINK allait traiter dans le prochain segment mentionnait la fusillade et l'arrestation de Crane.

« Je regarderai après avoir mangé. Je meurs de faim. »

« Il y a des boulettes de dinde et des pâtes au frigo. Ça te va ? »

« Parfait. »

« Va te laver, je te réchauffe ça. »

Après m'être séché les mains, j'ai sorti mon téléphone et j'ai envoyé un texto au détective Moreno :

« *Faut qu'on parle. Petit-déj demain ?* »

« *D'accord.* »

« *On se voit chez EJ's à Bayfront à 8 heures.* »

« *À demain.* »

———

L'AIR AVAIT un goût de sel tandis que je longeais le trottoir qui bordait la marina. Un bateau quittait le quai au moteur.

Moreno s'est garé en face de chez EJ's et je me suis hâté vers lui.

« Salut, Moe. »

« Salut, Beck. » Il a montré le ciel sans un nuage. « Encore une belle journée, hein ? »

« C'est clair. »

Nous nous sommes installés à une table au fond. Un serveur a rempli nos tasses de café et a pris nos commandes.

« Qu'est-ce que tu as entendu à propos de ce qui s'est passé à Fort Myers hier soir ? »

Il a levé un sourcil. « T'as quelque chose à voir là-dedans ? »

« Je suis juste un type qui traînait dans un bar à strip-tease. »

« Tu y étais ? »

« En simple observateur. J'avais une piste pour Bev, mais tout a dégénéré avant que j'aie le temps de faire quoi que ce soit. »

« Bon sang, Beck. Tu sais que ces Russes n'accordent pas beaucoup de valeur à la vie. Tu ne peux pas… »

« Qu'est-ce que tu as entendu à propos d'Igor et Vlad ? Ils se sont fait tirer dessus. »

« Ils sont à l'hôpital Lee Memorial. Igor est dans un état critique, et Vladimir, ainsi que trois autres, sont dans un état grave. »

« Il y a des femmes parmi les victimes ? »

« Je ne suis pas sûr. Pourquoi ? Tu penses que l'une d'elles pourrait être Bev ? »

« J'en doute. »

Nous avons bu notre café en silence. Le serveur a apporté notre petit-déjeuner.

J'ai trempé du pain grillé dans le jaune de mes œufs au plat et Moreno a mangé une tranche de bacon.

J'ai dit : « Tu n'as pas reçu le mémo à propos du bacon ? »

« Si je ne peux pas manger ce que je veux, à quoi bon vivre ? »

« Manger ce genre de trucs pourrait écourter ton séjour sur cette planète. »

Il a pris une autre tranche et a souri.

J'ai baissé la voix. « J'ai besoin de quelque chose. »

« Quoi ? »

Je lui ai dit ce que je voulais.

Il a reposé la tranche de bacon sans y toucher. « C'est risqué. »

« Tout comme manger du bacon. »

« D'accord. Laisse-moi voir ce que je peux faire. »

J'ai fait glisser un sac Publix contenant un nouveau téléphone jetable de l'autre côté de la table. « Il est tout neuf. J'y ai programmé un nouveau numéro juste pour ça. »

54

JE VÉRIFIAIS SANS CESSE LE TÉLÉPHONE JETABLE QUE j'utilisais pour Moreno. Rien.

« Toby ! » J'ai fait tinter sa laisse. « Allez, on va se promener. »

Nous avons quitté la maison et nous avons marché jusqu'au bout de la rue. Toby a levé la patte sur le poteau du panneau d'arrêt.

Le jetable a bipé. Un texto était arrivé. Je l'ai ouvert.

« Allez, mon grand. On rentre à la maison. »

On est rentrés en vitesse. J'ai attrapé une friandise, je l'ai lancée à Toby et je suis allé au bureau. J'ai fermé la porte et j'ai ouvert le message. C'était difficile à lire sur le jetable, mais l'envoyer sur mon ordinateur portable ou un autre appareil laisserait des traces.

J'ai agrandi la photo du document. Elle était à l'en-tête du bureau du shérif du comté de Collier et disait :

Je, Atlas Robert Crane, confesse le meurtre d'Ana Margaret Crane aux premières heures du 1er juin 2011. Tôt ce matin-là, je suis allé au 9943 Hunters Road, à Naples, où je vivais autrefois avec ma femme et mon fils.

J'y étais allé pour parler à mon ex-femme d'une possible réconciliation. J'étais contrarié qu'elle voie quelqu'un et j'espérais qu'on pourrait arranger les choses.

Ana refusait d'ouvrir, alors j'ai dû utiliser le code de la porte du garage pour entrer.

Elle s'est mise à me hurler dessus dès que je suis entré dans la maison. Elle m'a dit de partir et s'est mise à m'insulter. J'ai essayé de lui parler, mais elle était vraiment en colère et n'a pas arrêté de se disputer avec moi.

J'ai essayé de la calmer, mais rien n'y a fait.

Tout à coup, elle a saisi un couteau dans le bloc de couteaux sur le plan de travail de la cuisine et m'a menacé avec. J'ai eu peur. Je savais qu'il fallait que je lui retire le couteau, mais avant que j'aie eu le temps de faire quoi que ce soit, elle m'a attaqué.

Dans la lutte pour lui prendre le couteau, Ana a été poignardée. J'ai paniqué et je me suis enfui au lieu d'appeler à l'aide. Je ne pensais pas qu'elle était blessée aussi gravement que ça. Si j'avais su, j'aurais appelé le 911.

La culpabilité de sa mort me hante depuis quatorze ans. Je vous dis cela maintenant parce que je suis innocent des accusations de pédopornographie qui pèsent contre moi. Ces fichiers sur mon ordinateur ne sont pas les miens — quelqu'un les a placés là pour me détruire à cause de ce que j'ai fait à Ana.

Avouer, après toutes ces années, ce qui est arrivé montre que je ne suis pas le monstre que la presse et mes voisins pensent que je suis. J'ai tué Ana dans un accès de jalousie, mais je ne suis pas pédophile et je n'ai jamais été impliqué dans de la pédopornographie, ni même regardé de tels contenus.

La présente confession a été faite librement et volontairement, sans menace ni contrainte.

C'était signé : *Atlas Robert Crane.*

Sous sa signature se trouvaient les attestations signées de deux témoins confirmant que l'aveu avait été fait volontairement et qu'Atlas Robert Crane comprenait la teneur de sa confession.

Toby a gratté à la porte. Ce n'était pas dans ses habitudes. Je me suis levé et je l'ai ouverte. Je ne lui avais pas détaché la laisse.

Je l'ai fait et il est parti en trottinant. J'ai refermé la porte et je me suis rassis.

En relisant la confession, j'ai senti le sang me battre aux tempes. Crane rejetait la faute sur sa femme pour avoir déclenché l'altercation. C'était révoltant.

Il y était allé en pleine nuit.

Crane pesait environ 18 kg de plus et mesurait 20 cm de plus que sa femme.

J'ai abattu mon poing sur le bureau. Il n'y avait pas eu de lutte. Elle avait de multiples plaies par arme blanche au niveau de la poitrine. Elle n'avait pas été poignardée par accident. Il l'avait poignardée à mort et avait pris la fuite. La seule chose qu'il regrettait, c'était d'avoir été forcé d'avouer.

J'ai pris la photo de la confession et je l'ai publiée dans trois groupes Facebook de Naples. En revenant sur Naples Vibe, le premier groupe où j'avais posté, un sourire m'est venu aux lèvres.

Les commentaires et les partages grimpaient plus vite que le compteur d'une pompe à essence.

DolphinDebbie1964 : *Je savais qu'il l'avait fait. Cette ordure devrait pourrir en prison.*

TurtlesRule : *Beau boulot, police de Naples !*

NYCEscapee : *La prison, c'est trop beau pour Crane. Qu'on le fusille ou qu'on le pende en public, comme au bon vieux temps.*

Ce n'était qu'une question de temps avant que le bureau du shérif ne publie un communiqué au sujet de la confession.

L'euphorie habituelle ne durait jamais quand je finissais un boulot, mais cette fois, je n'ai ressenti aucun pic, rien du tout. Je me suis demandé si c'était parce que j'avais Bev en tête.

J'ai appelé pour informer Larson que la confession avait été faite, puis j'ai contacté Tyler pour fixer une rencontre.

Avant de sortir de ma voiture, j'ai jeté un œil à X, et c'était là. Le shérif avait publié un communiqué sur la confession de Crane. Je l'ai lu rapidement, en m'attardant sur la dernière phrase :

Il n'existait aucun élément à l'appui de l'affirmation de M. Crane selon laquelle les accusations de pédopornographie avaient été montées de toutes pièces.

Tyler était assis sur le même banc, près de Seagate Drive, où on s'était rencontrés la première fois. Une famille de canards voguait le long du bord de la baie.

Mon regard s'est posé sur le sac de sport aux pieds de Tyler.

« Salut, Tyler. »

« Tu vas faire tomber les accusations de pédopornographie quand ? »

« C'est mon pognon ? »

Il a pris le sac et me l'a tendu.

J'ai ouvert la fermeture éclair du sac. Tyler a dit : « Il y a tout. »

« Je n'en doute pas. »

« Alors, pour l'histoire de pédopornographie ? »

J'ai refermé le sac de sport et j'ai dit : « Retrouve-moi

demain au Coastland Mall. À l'intérieur, près de l'aire de restauration. »

« À quelle heure ? »

J'ai dit : « Midi. » Puis je suis parti avec le pognon.

55

IGOR ÉTAIT ENCORE EN SOINS INTENSIFS, MAIS L'ÉTAT DE VLAD s'était stabilisé. Les autres blessés se remettaient, et deux d'entre eux devaient être libérés aujourd'hui. La fusillade faisait la une, mais comme personne n'était mort, l'affaire retombait.

Où que Bev soit, j'espérais qu'elle et le reste de la bande de Vlad se faisaient discrets. Il ne faisait aucun doute que les hommes de Vlad chercheraient à se venger de l'embuscade.

En fermant les yeux, j'ai revu Bev dans l'escalier avant que ça ne commence à tirer. Elle ne semblait pas se droguer, ou du moins rien de fort. Elle avait bonne mine, mais quand nos regards se sont croisés, son visage était un masque, pas celui de la sœur d'accueil dont je me souvenais.

J'attendais un appel de Mario. Je l'avais envoyé voir Dren l'Albanais, en espérant qu'il aurait des infos sur les retombées. Est-ce qu'il reviendrait avec une piste sur l'endroit où se trouvait Bev ?

La zone de restauration du Coastland Mall bourdonnait du bavardage des retraités venus passer l'hiver et des ados en mode ados. On parlait beaucoup espagnol.

Une odeur de burgers et de frites flottait dans l'air.

Tyler était assis à une table près du Chick-fil-A. En passant devant le stand japonais Sarku, Tyler a bondi et s'est précipité sur moi en disant : « Tu avais dit que tu arrangerais ça. C'est un foutoir. »

Un couple aux cheveux gris a tourné la tête vers nous.

J'ai soufflé entre mes dents : « Baisse d'un ton, gamin. »

« Allez, je t'ai payé un paquet de fric et — »

Je lui ai attrapé le poignet et je l'ai tordu, l'entraînant jusqu'à la dernière table du coin. « Assieds-toi et baisse la voix. »

Il a froncé les sourcils et s'est assis.

J'ai tiré une chaise à côté de lui et je me suis assis. « Tu as payé pour obtenir justice contre ton père. Il est derrière les barreaux pour le meurtre de ta mère, et il n'est pas près d'en sortir, comme tu l'avais demandé. »

« Mais pour les accusations de pornographie, tu avais dit que tu ferais en sorte qu'elles disparaissent s'il confessait. »

« J'ai changé d'avis. Ton père est une ordure qui mérite ce qui lui arrive. »

« Tu n'as pas le droit. J'irai voir la police et je leur dirai ce que tu as fait — »

Je lui ai enfoncé une phalange dans la cuisse.

« Tu l'ouvres, et tu couleras avec ton vieux. »

« De quoi tu parles ? J'ai rien fait. »

« C'est toi qui as mis le porno sur son téléphone et son ordinateur portable. Tu te souviens du concours de pêche ? »

Il a hésité avant de dire : « Ouais. Et alors ? »

« J'avais installé des caméras sous le pont. On t'a en vidéo en train de le transférer sur le téléphone de ton père. »

« C'est des conneries ! »

Je me suis penché. « Baisse d'un ton. »

Il a pris sa tête entre ses mains. « J'y crois pas. »

« Crois-y. Ton père est un lâche et un tueur. Ne le plains pas. Il est à sa place. »

« Mais… »

« Pas de mais. Il a assassiné ta mère, et en plus il a eu le culot de la blâmer ? J'ai entendu dire qu'il avait négocié un marché avec sa confession. Il sortira dans quelque chose comme quinze ans. Désolé, Tyler, mais ce n'est tout simplement pas suffisant. »

« Ce n'est pas un homme bien, mais là, on est allés trop loin. »

En lui serrant l'épaule, j'ai dit : « Il mérite tout ce qui lui tombe dessus. Ta mère n'a pas eu la chance de voir quel fils incroyable elle a élevé. »

Il a haussé les épaules.

J'ai dit : « Tu as été privé de ta mère, la personne la plus importante au monde, à cause de lui. Et n'oublie pas qu'il t'a manipulé pendant des années. »

« Ma mère me manque toujours. »

On était d'accord sur le trou béant qu'avait laissé la perte d'une mère. « Tu comprends pourquoi on a dû faire ce qu'on a fait ? »

Il a hoché la tête. « Je comprends. »

« Bien. Avec le temps, ça fera moins mal. »

« Et je vais continuer à ne pas aller le voir ni lui écrire. »

« T'es un gamin malin. »

Il a souri.

Mon téléphone a vibré. C'était Mario. Je me suis levé. « Je dois filer, mais je te tiens au courant. »

« D'accord. Merci pour tout. »

On s'est serré la main. Je l'ai regardé dans les yeux et j'ai senti qu'il ne changerait pas d'avis. Mais je dirais à Mario d'aller le voir pour s'assurer qu'il avait bien abandonné l'idée de faire tomber les accusations de pornographie.

Me hâtant vers la sortie, j'ai pris l'appel. « Salut, Mario. Comment ça s'est passé ? »

« Mieux que prévu. »

« Qu'est-ce qu'il a dit, l'Albanais ? »

« Je pense que le fait d'être content de voir les Russes se battre entre eux lui a délié la langue. »

« Accouche, frérot. »

« OK, OK. Donc, Igor est en plus mauvais état qu'il n'y paraît. Il est toujours en soins intensifs. »

« Ravi d'apprendre que les infos que je paie sont exactes. »

« Tu utilises toujours Pedro à l'hôpital ? »

« Oui. Quoi d'autre ? »

« Vlad prépare une attaque contre le gang d'Igor. Dren a dit qu'ils veulent profiter du fait qu'Igor est hors jeu. Il pense que ça va être une vraie guerre. Vlad est furax qu'Igor ait eu les couilles de l'attaquer comme il l'a fait. »

« Ça se tient. »

« Oui, mais les gars d'Igor font du bruit pour s'en prendre à Vlad. »

« Igor est plus amoché que Vlad, donc une riposte se comprend. »

« Exact, ils veulent faire mal à Vlad. »

« Il a dit quelque chose au sujet de Bev ? »

« Pas précisément, mais il a entendu dire que Vlad met ses éléments clés à l'abri. »

« Où est-ce qu'ils vont ? »

« Il a dit qu'ils pourraient partir quelque part dans les Keys. »

« Les Keys ? »

« C'est ce qu'il a dit. Vlad a cet énorme bateau, et ils pourraient s'en servir pour les transporter. »

« Où dans les Keys ? »

« Il n'a pas dit. »

« Vois si tu peux savoir. C'est censé se passer quand ? »

« J'ai eu l'impression que ça pourrait être ce soir. »

« Le bateau de Vlad est toujours à la petite marina de Bay Street ? »

« Ouais, c'est ça. C'est exactement là où Lucky Strike Fishing Charter garde ses bateaux. »

56

J'AI RACCROCHÉ LE TÉLÉPHONE ET JE L'AI JETÉ SUR LE CANAPÉ.

Laura a dit : « Larson n'a rien entendu au sujet de Bev ? »

« Non. J'allume le gril. »

« Il n'est même pas encore six heures. »

Je n'avais pas envie de lui dire que j'essayais de ne plus penser à Bev.

« J'ai faim — d'ailleurs, mon estomac ne sait pas quelle heure il est. »

J'ai allumé le gril et sorti des steaks de thon du frigo. Après les avoir passés sous le robinet, je les ai badigeonnés d'huile et d'épices.

« Tu veux des haricots verts avec ça ? »

Laura a dit : « D'accord, mais coupe aussi des tomates. »

« Oui, madame. »

J'ai sorti les haricots, et le portable jetable dans ma poche a vibré. C'était mon contact à l'hôpital du comté de Lee.

En sortant sur la lanai, j'ai répondu : « Pedro. Qu'est-ce qui se passe ? »

« Vladimir a signé sa décharge. »

« Quoi ? Vous en êtes sûr ? »

« Oui. Deux de ses types sont venus. Il a signé sa décharge et il est parti. »

« Quand ? »

« À l'instant. »

« D'accord. Merci. »

Je suis rentré. « Laura, je dois filer. »

« Maintenant ? »

J'ai ouvert la porte du garage, en bloquant Toby avec la jambe pour l'empêcher de sortir. « Ouais. »

« Appelle-moi. »

Filant vers le sud sur la Route 41, j'ai ralenti. Une voiture du Naples Police Department était au feu rouge à Harbor Drive. Je ne me le serais jamais pardonné de louper Bev parce qu'on m'aurait arrêté.

C'était plus difficile de rester à la limitation après le virage, quand la Route 41 partait vers l'est. La route était large et déserte, mais je suis resté en dessous de 95 km/h.

J'ai tourné à droite sur Bayshore Drive, en ralentissant à cause d'une voiture qui ne savait pas si elle allait tourner vers Celebration Park ou pas. Un petit coup de klaxon et la voiture est entrée sur le parking.

Où était l'entrée pour Santo Domingo Drive ? C'était aussi loin que ça ? L'apercevant, j'ai ralenti et je me suis engagé sur Santo Domingo Drive. En bifurquant sur Nevis Way, j'ai serpenté jusqu'à Bay Street.

J'ai décidé de me garer sur le parking d'un bâtiment industriel abritant une entreprise d'entretien de bateaux. Je suis descendu et j'ai inspecté les lieux. C'était calme.

La marina en face n'avait qu'une douzaine d'emplacements. Le bateau de Vlad était l'un des six amarrés là. Au moins trois arboraient l'enseigne de la boîte Lucky Strike

Fishing Charter, et un autre était un petit hors-bord amarré à côté de l'embarcation du Russe.

J'ai traversé la rue pour gagner une presqu'île où se trouvait Wakeboard Naples. De l'autre côté d'un petit plan d'eau, elle offrait une vue dégagée pour observer les allées et venues.

Il n'y avait que moi et les moustiques jusqu'à ce qu'une Mini Cooper blanche arrive au bout de Bay Ave. Le conducteur s'est garé sur l'herbe, en face des maisons qui bordaient un côté de la rue.

Je me suis mis hors de la vue du grand type dégingandé en T-shirt et short pendant qu'il avançait sur la promenade vers la petite marina. Je ne le voyais plus, mais j'entendais ses pas.

J'ai passé la tête au bord du bâtiment hexagonal et je l'ai vu monter sur un bateau. C'était le yacht de Vlad.

La nuit tombait, et l'homme a allumé les feux intérieurs. Il a tripoté quelque chose à l'arrière du bateau. Je me suis frappé la nuque, écrasant un moustique. En regardant mes doigts maculés de sang, les feux de navigation du bateau de Vlad se sont allumés.

C'était le signe que le bateau allait partir. L'homme à bord s'est assis sur la passerelle et a consulté sa montre. Cinq minutes plus tard, il a démarré le bateau. C'était le capitaine.

Alors que le moteur grondait, je me suis accroupi et j'ai contourné le bâtiment. Posté derrière un râtelier de planches de paddle, j'ai vu arriver un SUV blanc.

J'ai plissé les yeux quand les portes passager et arrière se sont ouvertes. Trois hommes et une femme sont sortis et se sont dirigés vers le quai. Le SUV a fait demi-tour et est reparti tandis que ses passagers atteignaient la promenade.

L'un des hommes boitait. C'était Vlad. La femme portait un sweat à capuche. Elle avait la même taille et la même carrure que Bev, mais on ne voyait pas son visage.

Dans ma tête, je suppliais : *Allez ! Regarde par ici.*

Des portières ont claqué. J'ai tourné la tête vers le parking où je m'étais garé. Quatre hommes couraient vers la promenade. Ils étaient armés.

Vlad et son équipe ont regardé par-dessus leur épaule et se sont mis à courir. La capuche de la femme est tombée sur ses épaules.

C'était Bev.

J'ai saisi l'arme fixée à ma cheville tandis que le capitaine du bateau de Vlad larguait les amarres en criant en russe. Il a disparu sous le pont et est remonté avec une mitrailleuse.

Debout sur le quai, il a arrosé de balles en direction des hommes d'Igor. Ils ont battu en retraite en se mettant à couvert. Le capitaine a tendu la main à Vlad.

Vlad avait un pied sur le bateau quand le capitaine a pris une balle à l'épaule et est tombé à l'eau.

Vlad a crié en russe. Bev et les hommes l'ont suivi en dépassant son yacht. Les deux hommes ont tiré quelques coups de feu avant de sauter dans le hors-bord. Ils ont aidé Vlad à monter à bord.

C'était maintenant ou jamais. Je me suis découvert. « Bev ! C'est moi, Beck ! Saute à l'eau. Je te récupère. »

Bev a regardé dans ma direction et a bondi.

Elle est retombée dans le hors-bord. L'un des hommes a tiré sur le lanceur pour démarrer le moteur.

Les hommes d'Igor sprintaient vers eux. Le moteur du hors-bord a rugi et il est sorti de son emplacement en faisant des embardées, filant vers des eaux plus sûres.

Bev était repartie, encore.

Je me suis abrité derrière un râtelier de gilets de sauvetage pendant que les hommes d'Igor prenaient la fuite. Une fois qu'ils sont montés dans leurs voitures, j'ai levé les mains et je me suis approché du capitaine, qui essayait de rester à flot.

Je l'ai hissé sur le quai et j'ai vérifié sa blessure. Après avoir appelé le 911, je suis parti.

57

J'AI TENDU LES CLÉS DE MA BMW AU VOITURIER ET J'AI AIDÉ les filles à descendre de la voiture.

« Bienvenue à La Playa, monsieur. Puis-je vous orienter ? »

« Nous allons à la plage. Notre ami, Ray Larson, est membre ici. »

Il a montré la direction du doigt. « Parfait. M. Larson est au premier rang, sur la droite. Suivez le chemin et profitez de votre journée. »

« Merci. »

Nous avons gagné la plage, en trimballant tout le barda indispensable quand on a un bébé avec soi.

Larson arborait un sourire et portait un maillot de bain avec des pingouins dessus. « J'ai fait installer quatre chaises longues et trois parasols. Ça vous va ? »

« Parfait, Ray. C'est chouette. Tu as fini par craquer et devenir membre. »

Il a déposé un baiser sur la joue de Laura et est allé droit vers Dawn, qui tenait Abby. « Oh là là. Quelle adorable petite ! »

Ray s'est mis à faire des grimaces et des bruits idiots comme le font les adultes avec les bébés. Il s'est tourné vers Dawn. « Il y a plein d'ombre au bout. Si tu trouves qu'il fait trop chaud pour elle, on ira se mettre au calme à l'intérieur. »

« Merci. C'est tellement agréable ici. Je ne suis pas venue à la plage depuis avant la naissance d'Abby. »

« Je suis content que vous soyez venus. Ah, si quelqu'un a faim, il y a des cartes sur les chaises longues. Commandez ce que vous voulez. »

Les filles ont emmené Abby jusqu'au Golfe et lui ont trempé les pieds dans l'eau.

Installé sur une chaise longue à côté de Larson, j'ai désigné la scène du doigt. « J'aimerais me souvenir de ma première fois à la plage. »

« La plupart des gens étaient tout simplement trop jeunes. »

« Hé, merci encore de nous avoir invités. »

« Quand tu veux, Beck. Tu le sais. »

« Je sais, et j'apprécie. »

« D'habitude, il faut que je te force la main pour te faire bouger. »

« J'avais besoin de souffler, on en avait tous besoin. »

« Il faut que tu prennes soin de toi et de tes relations, sinon le reste ne compte pas. »

« C'est ce qui me pousse à retrouver Bev. »

Il a hésité longtemps avant de dire : « J'ai reçu des informations à son sujet. »

Je me suis redressé d'un bond. « Quoi ? Où est-elle ? »

« J'y travaille, mais on a vu Vlad à Miami. Les premières infos disent qu'ils ont quitté les Keys de Floride. »

« Miami ? Je suppose que ça se tient. »

« Apparemment, il voulait se remettre complètement et, d'après les infos, c'est fait. »

« Où, à Miami ? Est-ce que Bev est avec lui ? »

« J'y travaille. Ce n'est ni le moment ni l'endroit pour entrer dans les détails. »

« Mais… »

« C'est encore tôt, dès que j'aurai du concret, tu seras au courant. Maintenant, détends-toi, profite. »

« Comment veux-tu que je me détende après ce que tu viens de me dire ? »

« Il faut que tu apprennes à compartimenter. Il y a toujours quelque chose à faire, quelqu'un qui souffre, etc. Apprends à vivre l'instant présent et tu seras plus heureux. »

C'était un point sur lequel j'avais beaucoup de travail à faire. « Plus facile à dire qu'à faire. »

Il a désigné l'eau d'un geste. « Remets le combat à un autre jour et profite de ce qu'on a. »

J'ai quitté la chaise longue et enlevé mon T-shirt Nirvana. « Ça fait des années que je ne suis pas allé dans le Golfe. »

———

J'ESPÈRE que vous avez eu autant de plaisir à lire *Toujours Pas Fini...* que j'en ai eu à l'écrire. Si c'est le cas, je vous serais reconnaissant de bien vouloir laisser un bref commentaire sur Amazon ou votre site de lecture préféré. Les commentaires sont le meilleur ami d'un auteur, et même une ou deux lignes sont utiles. Merci. Dan

LIVRES DE DAN PETROSINI

Art Of Payback

Autres œuvres de Dan Petrosini

Dan est un auteur à succès figurant sur les listes de best-sellers de USA Today et d'Amazon. Il a écrit sa première histoire à l'âge de dix ans et aime raconter des histoires ou des blagues.

Dan trouve ses idées d'histoires en explorant la question : « Et si ? »

Dans presque toutes les situations où il se trouve, Dan se demande : « Et si ceci ou cela se produisait ? Et si cette personne mourait ou faisait quelque chose d'inhabituel ou d'illégal ? »

Le tourbillon incessant de son esprit lui fournit une matière abondante pour tisser des histoires intéressantes.

Passionné de livres et de films aux rebondissements imprévisibles, Dan façonne ses histoires pour empêcher les lecteurs d'en deviner l'issue. Il écrit tous les jours, force les mots à sortir si nécessaire, et a écrit plus de vingt-cinq romans à ce jour.

Ce n'est pas une question de vouloir écrire, pour Dan, c'est une nécessité.

Dan est convaincu que les gens peuvent réaliser leurs rêves s'ils se concentrent et agissent, et il les y encourage.

Son dicton préféré est : « Le prix de la discipline est toujours inférieur au coût du regret ».

Dan rappelle aux gens de chasser la négativité de leur vie. Il la croit contagieuse et conseille d'éviter les personnes négatives. Il sait qu'adopter un état d'esprit véritablement positif donne l'impression que la vie est truquée en votre faveur. Quand il s'en écarte, il se dit : « On ne peut pas passer une bonne journée avec une mauvaise attitude. »

Marié, père de deux filles et propriétaire d'un bichon maltais capricieux, Dan vit dans le sud-ouest de la Floride. Originaire de New York, Dan a enseigné dans des universités locales, écrit des romans et joue du saxophone ténor dans plusieurs groupes de jazz. Il boit aussi beaucoup trop de vin et ne se prend jamais, au grand jamais, au sérieux.

Il publie une newsletter bimensuelle présentant des articles, ses écrits, ainsi que des offres spéciales et de bonnes affaires.

www.danpetrosini.com